万両役者の扇

蝉谷めぐ実

新潮社

万両役者の扇　目次

装画　岸あずみ

万両役者の扇

一　春　役者女房の紅

干した鶯《うぐいす》の糞は三つまみ、生姜《しょうが》の搾ったのは上汁《うわじる》を二しずく。蛤《はまぐり》の殻は細かく砕いて粉にして、舐《な》めた親指を押し付け指の腹にくっついた分を使うぐらいが丁度いい。それらに鶏卵の白身を溶き合わせ、出来た薄濁《うすにご》りのとろとろを角盥《つのだらい》から両手で掬《すく》い上げたその瞬間、お春《はる》の頭にはぴんときた。

ここに美艶天女香《びえんてんにょこう》を足してみるのはどうかしらん。

一旦、盥横の手拭いに両手をなすする。鏡台の抽斗《ひきだし》の取っ手に小指を引っ掛け、つと引けば、見えてくるのは紅猪口《べにちょこ》、紅皿、紅板と、紅化粧に使う品々で、そのどれもが金箔散らし。扇が五つ、円を描いている紋様は京一の細工師をこの江戸までわざわざ呼び寄せ彫らせたものだが、今は残念、それら紅尽くしはお呼びでない。伏せてある猪口をそうっと持ち上げると、ほらね、このお人のご登場。畳紙《たとう》包みの表に描かれた、鶴と戯れる小野小町《おののこまち》を眺めながら、お春はにんまり口端を上げた。

お隣浅草の香具見世《こうぐみせ》、和泉屋《いずみや》の腰高障子に「美艶天女香あり〼《ます》。但し一人につき三包みまで」との貼り紙がされた。その話を耳にした、母親お千代《ちよ》の尻はまるで兎のように畳から跳ね上がったと聞いている。勢いのまま、寝所を出ると家中の女中を掻き集め、和泉屋へと向かったらしい。道中見つけた人懐こい犬の首に縄をかけ、この子も家の内だから、とごねにごね、堆《うずたか》く積まれた白粉《おしろい》包みの天辺にまた二つ包みを積み上げたとの話は、さすが、母親と仲の良いお春であっても小っ恥ずかしく、丸二日お千代と口を利かなかった。お千代の天女贔屓《びいき》は皆が知るところではあったものの、この仕業は身内ながら情けな信濃《しなの》の善光寺。ちょっとしたお灸を据えようと、お春はこっそりお千代の部屋へ忍び込み、簞笥《たんす》の中から一つ白粉包みをご拝借、そのまま自分の部屋に隠していたというわけだ。

長方形に折り込まれた畳紙をゆっくり開いていくと、均《なら》された新雪のような生白粉《きおしろい》が現れる。これを混ぜ合わせてできた薬は、小野小町と鶴が束になってもかなわぬ肌の白さをお春に与えてくれるはずだ。とろとろの入った角盥を手元に引き寄せ、親指と人差し指をちゅぽりと浸した。その指で畳紙の上の白粉をそうっと摘み上げたところで、

「春様、行灯《あんどん》の火を入れにまいりました」

いきなり開けられた襖《ふすま》に、お春は「ひゃあ」と素《す》っ頓狂《とんきょう》な声を上げた。飛び上がった拍子に白粉はぶわりと舞ってしまったが、お春の右手はすぐさま傍らの手拭いを摑み上げ、女中が伏せていた顔を上げる頃には、すでに小野小町と鶴は手拭いの下だ。

「ちょっと郁《いく》。部屋に入るんなら声ぐらいかけなさいよ」

行灯の火皿に替えの油を注ぐ背中にそう嚙み付くと、

「応えを口にするのが面倒だから、次からは勝手に入ってくるよう仰《おっしゃ》ったのは、春様じゃああ

りませんか」

背中にしゃっきり返される。

「だってあの時は今度の芝居の役者絵がやっとこさ手に入ったところだったんだもの。それを郁が邪魔するから」

言い訳で頬が膨らむが、どうやら美艶天女香の存在はうまく隠せたようでほっとした。郁の手で点けられていくぼんやりとした行灯の灯りにお春は外の暗さを知る。いつの間にやら随分と時がたっていたらしい。気付いて、やだやだ待って、お春は沈みそうになっている赤紫色のお日様を、引っ張り上げたくって堪らなくなった。だってお春は明日の着物の帯色を栗皮色《くりかわ》にするか薄柳《うすやなぎ》にするかを決めていないし、簪《かんざし》をギヤマンにするか珊瑚《さんご》にするかも選んでいない。その前に、お春はまだ薬を完成させていないのだ！

「元々お肌の白い春様には必要ないと思いますけど」

驚いて振り返ると、行灯を背に郁の体が真っ直ぐこちらを向いている。

「鶯の糞は三つまみ、搾った生姜の汁を二しずく。蛤の粉に、白粉を入れて混ぜ合わせ、額から顎下にかけて擦り込んでから糠《ぬか》で洗い流せば、楊貴妃《ようきひ》も羨む白い肌が手に入る。その白粉に天女香を使うのは妙案ではありますが、お内儀《かみ》さんのものを使うのはお勧め致しません」

こうまで当てられてしまっては、はてさてなんのことやらと惚《とぼ》けてみせても仕様がない。

「なんであたしが肌を白くする薬を作ってるって分かったのよ」唇を尖《とが》らせると、郁は爪紅《つまべに》を塗った手を口にあて、ふふと笑う。

「『都風俗化粧伝《みやこふうぞくけわいでん》』を持っていない女子《おなご》なんて、この江戸にはおりませんよ」

そう言って、郁がこれみよがしに角盥の横に置かれた本にちらと目をやるものだから、お春の口はますます尖る。だが、つい三日前、二冊目となるこの本を購《あがな》ったお春には言い返す言葉なんてあるはずがない。

『都風俗化粧伝』とは巷《ちまた》で流行《はや》っている女の装いの指南書だ。この本通りに顔を作れば「百媚《ひゃくび》百嬌《ひゃっきょう》をそなう美人となさしむること、何のうたがう処《ところ》かあらん」ということで、江戸中の女子たちはこぞってこの本を鏡台の横に置き、鼻息荒く顔を作っている。化粧水の作り方から白玉の如く輝かせる肌の洗い方、加えて白粉や紅の塗り方だってここには書いてあって、お春の目尻の下がった大きい二皮目《ふたかわめ》も、少しばかり低い鼻も、厚めのふっくらした唇も美人に仕立て上げてくれる。お春はもう文字が目蓋《まぶた》にこびり付くほどこの本を読み込んでいて、紅やら白粉やらを触ったべたべたの手で紙を捲《めく》るから、二冊目を購う羽目になったというわけだ。

郁の狐顔もこの本のおかげで随分とまろやかになったものだが、

「ほら、天女香をお出しください」

手を差し出す郁の目尻は指で吊り上げているかのように鋭くって、お春は渋々手拭いの下から天女香を取り出した。

「お内儀さんが気付かぬ内に戻しておきますね」

そうやって郁が神妙にする意味はお春にだって分かっている。

お千代は先日の和泉屋騒動が語るが如く、このところぐんぐん名を上げている若女形《おやま》、田川《たがわ》天女のことになると普段のおっとり者の皮が一気に剝《は》がれる。天女香が失くなったことに気づけば、何をしでかすか見当がつかない。分かっている。分かってはいたけれど、お春はどうしても顔を白くしたかったのだ。だって、明日はお春が一ト月《ひとつき》前から指折り数えて待っていた森田座《もりたざ》での芝居見物、嗚呼《ああ》、扇様《せんさま》の若旦那！

「さて、明日のお着物はどうなさいますか」

郁の言葉にお春の背筋はぴんと伸びるが、口元の方はちょっぴり緩む。何よ、郁だって明日のために気合いが入ってんじゃない。お着物談義は大好きよ、と身を乗り出すと、郁は廊下に用意していたらしい着物をお春の膝の前に置いた。

「旦那様からこいつはどうかとお渡しされておりますが」

ふうん、とお春は小袖に手を伸ばす。江戸紫の鹿子《かのこ》絞《しぼ》りはお春の胸にもきゅんときたが、袂《たもと》を裏返した瞬間、お春はかっと目を開く。

「これ、三升紋《みますもん》じゃない」

郁に口を開かせる間も与えず立ち上がると、

「駄目よ、駄目ったら駄目、てんで駄目！」

おとっつぁんたら、てんで駄目！

「團十郎《だんじゅうろう》の定紋ですよ」と郁が宥《なだ》めるように言ってくるのも癇《かん》に障って、

「そんなの知ってるわよ」とお春は歯を剝《む》き出した。

「扇様贔屓のあたしに團十郎の役者紋を着せようだなんて、おとっつぁんたら一体どういう料簡《りょうけん》なのよ」

「旦那様はご自分と同じく、お春様にも團十郎を贔屓してもらいたいんですよ」

郁はくすくす笑っているが、お春にとっちゃあ冗談じゃない。お春は近頃の江戸の芝居好きたちの目の付け所には、一言物申したくってたまらないのだ。

今の江戸で役者と言やぁと声を掛ければ、そこら中から成田屋《なりたや》ぁとの声が返ってくるだろう。この成田屋を屋号に持つ市川團十郎ったら、千両もの給金をとる人気役者の一人だが、お春に言わせりゃ團十郎なんぞ、目がぐりぐり大きいだけの団栗眼《どんぐりまなこ》のちんちくりん。それに引き換え、今村扇五郎《いまむらせんごろう》といったら、細筆ですうーっとなぞったような華奢《きゃしゃ》なお顔作りに、唯一ご立派な鷲鼻《わしばな》は品があって上上吉《じょうじょうきち》。舞台の上の柔い仕草からは優しさが滲《にじ》み出ていて、観客はほろほろっとくるわけだ。今は團十郎贔屓が大きな顔をしているが、今に見ていろ、御覧《ごろう》じろ。團十郎の千両なんて、扇五郎様が万両で抜く。この先、扇様の時代が来ることは間違いないのだ。

「だから、着物のお紋は五つ扇じゃなきゃあいけないし、お色は決まって万両色。そうよ、万両。正月に飾るあの草木の名前。あれがたんとつける実は真っ赤《か》っ赤《か》できれいだし、縁起もいいから万両役者への願掛けにもなるでしょ！」

衣裳行李《ごうり》の上に畳んでいた着物を両手で広げて見せれば、郁は寺子屋の手習帳に載っているかのような笑みを顔に乗せる。

「あら可愛らしいお色味で」

「何よ、扇様には無理だって言いたいの？」

「そういうわけではありませんよ、春様。ただ、勝之丞《かつのじょう》の着物の方が少々乙粋《おついき》であったかなと」

お春はふん、と鼻を鳴らした。ほらきた、郁の勝之丞贔屓。いつもは何事も軽くいなして捌《さば》く女中であるが、芝居を語る時だけはこうやって、ちょいと爪を立ててくる。郁は下野《しもつけ》の生まれだが、こういうところは江戸っ子だ。江戸では皆に贔屓の役者が一人いて、着物や小物にその役者の紋を入れる。色も舞台上で役者の演じる登場人物と同じものに染め抜いて、己《おのれ》の贔屓こそが上だ、いや俺のが儂《わし》のが私のがと日々競い合っているのだ。お春だってこんなところで、郁に負けちゃあいられない。

「郁はあたしの女中でしょ。なら、扇様こそが上上吉って三回唱えて」

「はいはい、唱えますよ」

またしても子供に言い聞かせるようにあしらわれ、それなら、とお春はもう一丁上乗せをする。

「じゃあ、明日はそれを芝居小屋の木戸口の前で言うのよ」

それには流石《さすが》の郁もぎょっとした表情で、

「春様、そんなの團十郎贔屓に聞かれちゃ袋叩きにあいますよ」と言うから、お春の胸はすいと空《す》く。

「大丈夫よ、私は天満屋《てんまや》の女中ですよって言ってやればいいんだから」

「それは確かにそうですけれど」と郁もこの言葉には口答えをしない。

江戸住まいの人間であれば、天満屋と聞けばようよう手を出してきはしまい。なにせ天満屋は江戸の中でも五本の指に入る名の知れた大店《おおだな》だ。そんでもって一同揃っての芝居好き。だからこそ、明日の芝居見物のため、仕事なんてほっぽり出して、皆が己の用意で慌ただしい。

お春だって、顔を白くしたあとは簪選びが待っている。着物については、舞台の上にいる扇様のお目目に留まるかもしれないとくれば、ああ、もう、郁相手に贔屓勝負をかけている場合じゃないじゃない。
「お郁、この手拭いに丁子《ちょうじ》を焚《た》いといてね。ちゃんと裏まで香りをつけてくれなきゃ駄目なんだからね」

しっかりと言い付けて郁を部屋から追い出すと、お春は薬の仕上げに取り掛かる。出来上がったとろとろを顔に擦り込み、糠で洗い流す。すると、白さが一層増した気がして、お春はふんすと鼻を鳴らした。色が白いのは美人の第一の条件で、白は七難を隠すのだ。この白く輝く顔は、あのお人の女房に相応《ふさわ》しい。袖を摑んで口に当て、女形がやるように、鏡の前でうふふと笑ってみせた。

芝居小屋は人心を惑わす悪所と呼ばれ、お上は三つの小屋にしか本櫓《ほんやぐら》を出すことを許していない。加えて臭いものは一つにまとめておけと言わんばかりに、その三つともが猿若町《さるわかちょう》に置かれている。御《ぎょ》しやすいようにとのお上の意向だろうが、お春は、このお沙汰をてんで悪手だと思っている。なぜって三つの櫓太鼓が朝一番に鳴る様は圧巻で、芝居見物を明日に控えて夜も眠れずにいた芝居好きたちを、心の底から震わせることになるのだから。

かくいうお春一家もみんな揃って櫓太鼓の音が大の好物。これを耳に入れんがために、家を出るのは早朝だ。お春もこの日ばかりは顔を蒸す手順を飛ばして、白粉を首筋まで塗りたくる。島田髷《しまだまげ》から一寸型を外したこまん島田にびらびら飾りを挿して、鏡台でちょっとばかし眉を抜けば一丁上がりで、廊下に出る。ときは暁七つ、朝日もまだ昇っていない刻限だが、店中はそこかしこから音が聞こえて慌ただしい。己に合う羽織の色を周りに聞いて回っているのは父親の権之助《ごんのすけ》で、いつもは口を挟む隙のない差配で大店を切り盛りしている大黒柱も形なしだ。芝居に連れて行ってもらえる女中や手代たちも皆が一張羅《いっちょうら》に身を包み、留守番を申し付けられた女中につねられた爪の跡を嬉しそうに見せびらかし合っていたりする。

いつまでたっても準備が整わない家の者らに苛々《いらいら》と歯嚙みしながら店の裏手に回れば、すでに屋根船《やねぶね》が三艘ついていていて、お春は、んもうと地団駄を踏む。

「おとっつぁん、もう屋根がきてるよ！　一番太鼓が打たれちゃう！」

娘の金切声にようやく権之助は奥から姿を現すが、その手にはまだ二枚の羽織。

「お春、こいつとこいつならどちらがいいかねぇ」

どちらも三升紋なのだから、扇様贔屓のお春にゃ知ったこっちゃない。

「おっかさんに聞けばいいじゃない」

「聞いたともさ。聞いたけどもね、團十郎贔屓とは口も利きたくないと言うんだよ」

父親の眉毛が八の字に下がるのを目にして、お春はこれみよがしにため息をついた。芝居事が絡むとお千代は権之助に意地悪になるが、こいつは天満屋総出の芝居見物のお定まり事で、隅田川《すみだがわ》を船でのぼる頃には、二人並んで、役者番付を眺めていたりする。

今戸橋《いまどばし》あたりまで来ると、猪牙舟《ちょきぶね》や屋形船がそこら中に浮かび、船着場は人でごった返している。芝居小屋の前ともなると人が押し合いへし合いで、ここを通って木戸口をくぐるのは至難の業だが、お春たちの芝居見物はいつもと同じく此度《こたび》も芝居茶屋の差配に任せている。船を下りると茶屋の者が店の紋入り提灯《ちょうちん》を持ってお出迎え、茶屋につけば、二階の座敷にて煙管《キセル》を一服、高脚《たかあし》御膳に舌鼓。目当ての幕が開く頃合いには、これまた店の紋入り下駄に履き替えて、茶屋の裏口を通って小屋の桟敷席《さじき》へご案内、ごゆるりと芝居をお楽しみというわけだ。

　通された奥座敷で、お春は窓辺に腰を落ち着けた。葦簀《よしず》を手繰《たぐ》りあげて窓から外を眺めてみれば、ここは一本道を挟んだ芝居小屋の真正面で、森田座の様子がよく見える。木戸口に群がっている人々は、身につけている色鮮やかな着物が相まって、まるで餌を投げ入れたばかりの水面《みなも》に集まる金魚のようだ。それに引き換え、こちらは水菓子をゆっくり口に運び、熱い茶で喉を湿らせている。小屋の中での席だってあちらは土に半畳《はんじょう》を敷いただけの平土間で、こちらは床に座布団の桟敷席ってえのは、やっぱり気分がいいよねえ。お春は上がる口端を役者団扇《うちわ》でそっと隠す。それに、桟敷の方が役者と目の合う回数も多いのだ。うふふと声が漏れたところで、ふと目の端に美人が木戸口を横切るのが映って、お春は思わず部屋をふり返る。

「ねえ、おとっつぁん、今日も芝居が終《は》ねたら扇様を呼んでくれるんだよね」

　役者との縁の糸を太くするには、直接会うのが一番だ。芝居終わりに贔屓が役者を茶屋に呼びつけるのはよくあることで、お春が己の部屋の抽斗に大切に仕舞っている扇五郎の使った湯呑みは、もう十を越している。今宵も扇五郎に会えるものだと決めてかかってそう尋ねたが、権之助は体を縮こめながら横鬢《よこびん》を掻いた。

「すまないねえ、お春。今宵は天女に声をかけているんだよ」

「どうして！」

「なんでも扇五郎は芝居のための用向きがあるらしくってね、お座敷には出られないのだと」

　確か犬が待っているとかなんとか、と口の中でぷちぷちと言葉を食《は》みながら、権之助はお春が好きな鹿子餅をお春の膳に載せてくるが、こんなもので許せるはずもない。

「もう！　おとっつぁんなんて大嫌い」

「ああ、お春や、そんなこと言わないでおくれ」

そう言ってお春の手を撫でる権之助は、これを扇五郎狂いのただの癇癪《かんしゃく》だと思っているのだろうが、お春にとっては早起きして何度も塗り重ねた唇の笹色紅《ささいろべに》を噛み締めてしまうほどの一大事。なにせお春は、誰にも告げたことはないけれど、今村扇五郎の女房になると心に決めている。舞台で初めて扇五郎の姿を見たとき、お春は己の肌の下を稲光が走ったのが分かった。嗚呼、あたしはこのお人の女房になる定めなんだわ。それは観音様からのお告げのようで、お春はその日からお稽古事にも力を入れて、化粧の腕も磨いたというのに。

ぶすくれる娘の機嫌をどうにか取ろうとする権之助をよそに、お千代はというと二人のやり取りには目もくれず、涼しい顔で膝にのせた本を読んでいた。

「役者の女房ってのは夫の身上《しんしょう》でしゃらしゃら暮らしているのだと思っておりましたが、案外大変なんですねぇ。見ず知らずのお人らにこうまで好き勝手書かれてしまうんですもの」

お春は思わず胸をどきりとさせたが、どうもお千代はこちらの目論見《もくろみ》に気付いてちくりとやったわけではないらしく、本から一向に視線を上げない。父親と二人してお千代の手元を覗き込むと、権之助が「ああ」と声を上げた。

「『役者女房評判記《やくしゃにょうぼうひょうばんき》』だね。数年前に巷で人気だったのは記憶にあるが、そうかい、続きが出ていたのかい」

遊女に役者、戯作者《げさくしゃ》に医者、果ては虫に魚に鳥にと江戸者はなんでも番付にしたがるが、これは役者の女房を評したもので、刷られた当時は相当に出回って、事あるごとに皆の口の端《は》にのぼったと聞いている。

「ほら、見て下さいな。女形のこの女房。〃性格はいいが惜しいことには顔が大あばた。生壁をそろばんで押さえたような顔〃なんて散々な書きっぷりじゃあございませんか」

文字を指で辿るお千代の眉間には、見慣れない皺が寄っている。どうやら己を役者の女房に置き換えて、腹をぐつぐつと煮立たせているらしい。たしかに、誰かも知らぬ人間に、お前はお顔が上上吉、お前は性格がちと残念と一方的に評されるのだから、女房たちからすればこんな本など、厠《かわや》で尻を拭く落とし紙にでもしたいところだろう。

「まあ、でも役者の女房てえのは表に出てこない。亭主の役者も贔屓に悪いってんでその存在をひた隠すのが常だ。だからこそ、こうやって評されたものが世に出ると中身の真偽は別として、皆こぞって購うものなのさ」

「そんなのおとろしいですよ。私ならなんて書かれるんでしょう」

「そりゃお前、極《ご》上《く》上吉に決まっているじゃないか」

「あら嬉し。そんなら、おまえさんには至極上上吉をお贈りしないと」

鴛鴦《おしどり》が互いの羽毛をついばむようなやりとりからお春は早々に目を外し、お千代の膝上の本へと手を伸ばした。その重さには馴染みがあって、指をついっと本の間に入れてみれば、丁度目当ての三十丁。毎晩本を読み返しているかいあって、このくらいの芸当はお茶の子さいさいで、お春は何十回と開けてきた紙面に目を滑らせた。

お春にとって、三十丁目の表に載っている一人の女房の名前が何よりも大切だ。

扇五郎の女房になると心に決めたお春だったが、調べて歯軋《はぎし》り、その枠にはすでに一人の女が居座っていた。名前はお栄《えい》。下に連なる評をむさぼり読めば、顔は残念、身形《みなり》は貧相、性格は分からずの加点はなしで、位は文字を黒く塗るに至らない白抜き文字の中の上。ああ、なんてえこととお春は憤慨したものだ。扇様の女房ならば、扇様と同じ、極上上吉でなければいけないのに。だからこそ、お春はお栄にとって代わらねばならない。

見てなさい、とお栄の名前にお春は小指の爪を立てる。あと一年もすれば、そこにあたしの名前が載っている。

色が白くて、気立てもよくて、心の優しい、扇五郎の女房、お春は紛れもなく極上上吉だ、と。

店の者に声をかけられ、お春たちは茶屋の裏手に設けられた専用口から森田座へと向かう。贔屓役者の提灯を片手に桟敷口をくぐった瞬間から、小屋の中に満ち満ちていた熱気がお春の肌をぴしぴしと弾《はじ》いてくる。普段ならすぐさま手拭いで鼻を覆いたくなるような人熱《ひといきれ》の臭いも鼻で吸って口から吐いて、やだもう、たまんない。お春は頰を上気させながら、父親たちと一緒に桟敷席までたどり着く。

握り締めていた扇五郎の札はお春の手汗でびしょびしょだったが、なんとか伸《の》して、目の前に渡されている横木に貼り付けた。扇五郎の提灯も飾って一息つけば、やはり下を覗き込んでしまうのは贔屓の性《さが》か。どの役者の紋入り着物が多いのか気になってしまう。平土間の左端から團十郎の三升、三升に、扇五郎の五つ扇。誰の紋やら知らぬ花菱《はなびし》がきたと思ったら、またもや三升が三連続きで、お春は思いっきり横木を叩《はた》く。そうやって五つ扇を数えている内に、チヨンチョンチョンと拍子木が鳴らされ、お春は慌てて客席から舞台へと目を移した。とざいとーざいの掛け声で幕がするすると開いていく。大向こうがかかる中、花道から姿を現すのは、待ってましたの扇五郎。横木に手をかけぐっと身を乗り出すと、間仕切りを挟んで隣、お春と時を同じくして、ぐっと身を乗り出す客がいる。あら、こんな近くに扇様贔屓がいただなんて。お春は横目で左を見やって、そして、はちきれんばかりに目を大きくした。

　鳥の嘴《くちばし》でつまみ上げたかのような上向きの鼻に、目は細すぎて岩にできたひび割れのように見えてくる。ひょろひょろとした体つきは変に上背があるせいで、まるで枯れた蓮《はす》の茎。まるきり評判記の評と一致している。この左隣にいる客は扇五郎の女房、お栄で間違いない。お春は漏れ出そうになった歓声に慌てて両手で口を塞《ふさ》ぐ。役者の女房はみだりに芝居小屋へ顔を出してはいけないのが、皆が口に出さないまでも芝居の世界で定められている不文律だというのに、目当ての女房がここにこうしてお春の隣にいるだなんて。

　神様ったらやっぱり素敵。あたしの普段の行いがいいってんで、こんな機会を与えてくださるんだわ。

　なれば時節を逃してはなるまいと芝居が終ねるなり、お春は席を立つ。人目を避けるためだろう、お栄がそそくさと帰り支度をするのはお春が睨んでいた通りで、お春は父親たちに先に茶屋へ戻るよう言い置いてから、薄っぺらい背中を追いかける。桟敷口を潜って大通りに出たが、人が駆け寄ってくる様子はない。女中も茶屋の案内も付けず、一人寂しく芝居見物とはこれまた好都合。人が少なくなったあたりでお春はお栄との距離を詰め、勢いよくお栄の目の前に体を差し込んだ。

さあ、ここからはあたしこそが千両役者。まずは振り向かぬまま、ちゃりちゃりと煙草《たばこ》入れを鳴らしてみせる。人にぶつかったかのようにくるりと振り返って見せれば、お春の帯に入った五つ扇が目についたはずだ。仕上げに、今気づきましたと言わんばかりの顔つきを浮かべながらのこの台詞《せりふ》。

「あら、あなたも扇様贔屓？　目の付け所が良くていらっしゃるのね」

笑いかけ、細めた目の隙間から、お春は女をじっとりねめ回す。着物は五つ扇が大きく染め抜かれてはいるものの、その色は藍墨茶《あいすみちゃ》でしみったれているったらありゃしない。渋色は江戸の流行りではあるが、此度の舞台で扇五郎が身につけている着物は紅藤色で、それに合わせた色味にしてくるのが贔屓というもの。夫婦《めおと》になって五年が経つらしいが、そんな常識が頭に入っていないとは、役者の女房としての貫禄《ひれ》が全く感じられない。

「あの……何か」

おずおずとした口をきくその唇の横に刻まれている皺に、お春はちょっぴり眉を上げた。評判記では二十三と書かれていたが、それより年がいっているように見えるのは、不審げなその表情のせいだろうか。

「帯に挟んでいる子犬の根付、一目見たとき心にきゅんと来たんです。よろしければ、ちょいと触らせてもらっても？」

お春の頼みに、ためらいながらも帯で揺れる根付を外し、差し出す指先は荒れている。爪の間には赤い染料のようなものが詰まっていて、お春は心の内で鼻を鳴らすが、笑みは決して崩さない。

「近くで見ると彫りが細かいんですねえ。そういえば、あたしも彫り師に扇様の紋を彫らせた根付を持っているんです。どうです、見たくはありませんか」

「はあ」と返すお栄の声は、小さく低く嗄《か》れている。一声二振三男とは良い役者の条件。顔貌《かおかたち》や身振り手振りより、声が一等大事とされる役者の女房の声とは到底思えず、お春は憐れにさえ思えてくる。

「それなら、帯はいかがかしら。五つ扇のお紋は金刺繡《きんぬい》で入れていて、お日様に当たるととんでもなく綺麗なんですよ。見たいでしょう、ねぇ、そうでしょう」

「ええまぁ」

またしても気の無さそうなお栄の返答に、お春はいい加減むっとする。これだけ扇五郎の、お栄にとって己の旦那の話をしているというのに、ちっとも食いついてきやしない。お春はお栄に苛々としてきた。ああ、もう！　回りくどいのは大嫌い！

「あたしのお友達になってほしいの！」

気づいた時には言葉が喉から飛び出ていて、お春は己でも仰天した。もちろんお栄の岩のひび割れのような目だって今はぱっくり開いていて、つられて口もゆっくり開く。

「……お友達ですか？」

「そ、そうなの、あたしには贔屓の友達がいなくって。だから、ほら、手に入れた品の見せ合いっことかしたいじゃない？」

言い訳を並べながら、お春は己の頭をぽかりと叩きたくなった。友達になれだなんてこんな突拍子もないお願いは、怪訝《けげん》に思われたに違いない。駄目よ、駄目ったら駄目。てんで駄目。

なにもかもがおじゃんだと鼻をぐずりとやった瞬間、

「構いませんよ。私でよければ」

お栄が笑みを浮かべてこちらを見ている。お春の口の端からは、えっ、と素っ頓狂な声がこぼれ落ちていた。

お栄の心をがっしと摑み、お栄のお家《うち》へとお招かれ。そこでお春は扇五郎に贔屓と役者としてではなく、女と男として出会うのだ。扇様のお目目はお春の顔を入れた寸《すん》の間《ま》にぴかりと光る。扇様はきっと言うはずだ。ああ、あなたは天満屋の。可愛らしいお人だとずうっと思うておりました。まあ、そううまくはいかなくとも、必ずやお春と扇様の仲は深くなる。すぐさまお栄は扇様に三行半《みくだりはん》を叩きつけられることになるだろうが、お春はそこまで鬼ではない。妾《めかけ》にすればいいのではとの助け舟は、お春が出してやることにしよう。お春はめでたく扇様とご祝言。祝いの膳は鯛の尾頭《おかしら》付きで。


そういう筋書きでいくことを、お春は口の端からこぼれた声が地面に落ちる間に決めた。

そうなれば善は急げで、その場でお春はお栄の両手をぎゅうと握りしめた。扇五郎の贔屓同士、まずは一緒にお出かけでもと誘ってみれば、お栄の顎はこくんと頷く。そこでお栄が己が扇五郎の女房であることを名乗ったので、お春は大袈裟に驚いてみせた。それでも友達になりたい心は変わらぬからと二日後に約束を取り付け、お栄の萎《しな》びた後ろ姿を見送りながら、お春は己の手際の良さに惚れ惚れとした。あれはどうみても鈍そうであるし、お春の魂胆には気付くまい。

じわじわ笑みが滲みっぱなしの二日が経っての朝五つ、お栄が自ら待ち合わせ場所に指定したのは、猿若町近くの合力稲荷《ごうりきいなり》神社だ。路地が入り組んだところにありまして、とお栄は申し訳なさそうにしていたが、お春にとっては平気の平左。なにせその神社の近くには扇五郎の家が建っていて、ぱったり会えやしないかとお春は境内を何度も訪れていた。

今日もすいすいと路地を抜け、境内に足を踏み入れる。入ってすぐの鳥居の影の中、お栄は、まるで数年前から地面に生えていたかのように、つうとそこに立っていた。着物は二日前と同じく苦味のある色目で、顔には白粉さえ塗っていない。隣に並べばお春の肌の白さが際立っていいが、寸分不安な心も湧いてくる。もしや扇様は地味な女子がお好きだとか。醜女《ぶす》好みならあたしの出る幕なんてないじゃない。それでもお春は気を取り直し、さあ、どこに行こうかしらとお栄の袂をちょんと引く。

「呉服屋なら丹後屋《たんごや》ね。あすこは染め抜きの仕事が丁寧よ。それともお栄さんは根付がお好き？　そんなら千鳥屋《ちどりや》がいいわ。仕入れてる根付の数が尋常じゃないもの。甘味がいいってんなら、佐野屋《さのや》なんてどうかしら。鹿子餅が絶品で頬《ほ》っぺたが落ちちゃうの」

お栄の前に並べてやった店名は、そこいらの女子が聞けば目を輝かせるものばかりだったが、お栄は首を横に振り、「実は草履《ぞうり》屋にて用向きがありまして」と小さくこちらに切り出した。

「できれば、ついてきてくださると嬉しいのですが」

やった、これは儲けた！　飛び上がりそうになった体を抑え込み、お春はにっこり笑顔を作る。

「ええ、もちろんよ」

いくら『役者女房評判記』を読み込んでいるからといっても、所詮、あれは好き者が勝手気《き》儘《まま》に評を書き連ねただけのもので、女房の心意気やら立ち振る舞い方やらが載っているわけではない。その好き者がどこぞの役者の女房であれば話は違ってくるが、どうも戯《げ》作者《さくしゃ》との噂らしい。

お春がお栄にくっつくことを決めたのは、勿論、お栄に取り入って扇五郎との糸を繋ぐのを目論んでのことだが、お栄の立ち居振る舞いを盗んでやろうとの魂胆もあった。だからこそ、このお栄の申し出はお春にとっては儲けもの。お栄について回ることでお栄直々に女房指南をしてもらえるというのなら、供をつけずに一人来た甲斐だってあるというもの。

お春が喋り、お栄は頷きで三町ほど歩けば、目当ての店へと辿り着く。玉木屋《たまきや》との店名は、大店の娘であるお春の耳をもってしても聞いたことのないものだったが、長い年月をかけてこの地に根を深くしていったような店構えだ。しかしお店は間口が二間《けん》、随分と小体《こてい》で、お春たちが近づいても中から手代が飛び出してくる様子もない。いつもなら、天満屋のお嬢様がおいでくだすったとひっきりなしにお店者《たなもの》が現れ、揃ってお春に腰を折る。そうやって月代頭《さかやきあたま》に囲まれることに慣れているお春にとっては戸惑う事態で、暖簾《のれん》を分けて入っていくお栄の背中を慌てて追った。

埃《ほこり》っぽい店の中、上り框《かまち》に腰掛け煙管をふかすお爺さんが、お栄の顔を見てからは話が早かった。煙管を片手に奥に引っ込むなり、風呂敷包みを小脇に抱えて戻ってくる。包みを差し出す草履屋とそれを受け取るお栄の間には「阿《あ》」も「吽《うん》」も必要ないようで、どうやら何度も繰り返してきたやり取りらしい。

お栄が風呂敷包みを開くのを、お春は横から覗き込む。その品物を目に入れるなり、お春はふん、と鼻を鳴らした。評判記の中での、あの位付けは、顔貌だけでの評じゃあなかったわけね。これなら、ああもこっ酷《ぴど》く書かれてしまうのも頷ける。

「ちょっと小さすぎるんじゃないかしら」

言葉を交わすことなく品を確かめている狛犬たちの間にずずいと割り込み、声高にそう告げる。草履屋の眉間に皺が寄ったが、お春は口を止めたりしない。

「それって扇様の草履でしょう？」

一寸黙ってから「ええ」と頷くお栄に、お春は「まあ」と大きな声を出してみせる。おまけに右手を頬に添え、首をちょっとばかし傾《かし》げれば、これで完璧。

「扇様のおみ足はそんなに小さくないはずだけど」

芝居終わりに座敷へと呼びつけた扇五郎の全てに、お春は目を光らせている。着物の柄に、煙草の種類、扇五郎の履いている下駄だって、扇五郎が席を外した隙に下駄置き場へ走り込み、己の袂で長さを測って同じ大きさのものを作らせたことがある。それと比べて、この草履は二回りほど小さく見える。もっとよくよく確かめようと目の前の風呂敷包みに手を伸ばせば、お栄はすっと身を捩《よじ》らせた。「たしかに」と草履の代わりに言葉を寄越す。

「たしかに扇五郎さんが履くのには小さすぎますね」

あら、その分かっておりますす顔は、あたしの舌に油を乗せる。

「扇様のおみ足はとっても大事よ。三月《みつき》前の『義経千本桜《よしつねせんぼんざくら》』の欄干《らんかん》渡りだって扇様の足の動きが美しいってんで大入りになったこと、忘れたわけじゃあないでしょう。そのおみ足に履かせる草履の寸法が違うとは、あの人の女房失格なんじゃあないかしら」

痛いところをずんと突いたつもりだが、

「ええ、本当におっしゃる通り」

応えた様子のないお栄にお春はぐっと喉を詰まらせる。お春の鋭い指摘に自信を無くし、己で女房の座を降りてくれれば万々歳。途中からそういう意図も忍ばせていたが、お栄にはなんの意味もなかったようで、お春はぶすくれる。

「じゃあなんで、そんなもの作らせてるのよ」

そこでお栄は薄い笑みを口元に乗せた。

「扇五郎さんは舞台で使う草履を所望されておりましたから」

お春の眉間に寄った皺を見つめながら、お栄は続ける。

「舞台で履く草履は、本当のものより小さくなくてはいけないんです」

「どういうこと」

思わず前のめりになって聞けば、お栄は笑みを深くした。

「扇五郎さんのこれまでの当たり役はすべて、つっころばしです。ちょいと横から肩を押せば転んでしまいそうなほど弱くって、あまりの頼りのなさに笑えてくるのがこの役どころですが、扇五郎さんのつっころばしはちと違う」

一旦お栄は言葉を切って、「あの人は色気の出し入れがお上手なんです」唇をぺろりと舌で湿らせた。

「甘やかされて育った若旦那が周りに煽《おだ》てられて図に乗って、己の着ている羽織を簡単に人に渡してしまう。そんな笑いどころでも、羽織を摑む指先に、草履から抜いた足裏に上品な艶《つや》がある。若旦那の色気にぽうとなったお客さんが、ふと若旦那が舞台に残していった草履を見てみれば、おや、おいらが使っている草履と同じ大きさだ。へえ、扇五郎もおいらと同じ普通の男なんだねえ。そんな考えがぽんと頭に浮かんでしまったが最後、お客さんはもう芝居の中にはおりません。お客さんは現《うつつ》に返ってきてしまっていて、現の物差しで全てを見ている。それじゃあいけない、と扇五郎さんはおっしゃいます。いけないよ、お栄。芝居は現を忘れさせるものじゃなくっちゃねと」

お栄が捲《まく》し立てる様子は、まるで萎びた蓮の茎が一気に水を吸い上げたかのようで、お春は口を挟むこともできず、ただただ、お栄の口の端に出来た唾《つばき》の泡が動くのを見る。

「だからこそ舞台で使う草履は、なよなよしい若旦那の像を壊さぬように、普段扇五郎さんが使っているものよりあえて小さいものを作らせるんです」

そこでお栄ははっとしたように手のひらを口に当てた。唾の泡が音もなく押し潰される。すみません、とお栄は消え入るような声で謝ってくるが、お春は言葉を嚙み殺すのに必死でそれどころではない。扇様のつっころばしはあたしも大好き！　若旦那が羽織を渡したその指でそっと己の首筋を撫でるところなんかもいいよねえ。喉から飛び出そうになったそんな言葉はすんでのところで呑み込んだ。

駄目よ、駄目ったら駄目、てんで駄目。お春は、お栄のあとをついて店を出ながら心の内で首を振る。いきなりの扇五郎話はお春の贔屓心をくすぐって、お春はお栄の胸に飛び込みたくなったが、このお人は己の敵役《かたきやく》。こんなことで絆《ほだ》されていてはいけないのだ。

そう心に言い聞かせた明くる日の行き先は舂米《つきごめ》屋だった。米を商うこちらの上総《かずさ》屋は昨日の草履屋と打って変わって大店で、小僧が三人がかりで表の掃き掃除に励んでいるほどの間口の広さ。お春にとっても父親に連れられよく訪れている馴染みの店とあって気安く暖簾をくぐったが、応対に出てきた奉公人たちはこちらの顔を目に入れるなり、こぞって苦虫を噛み潰したような表情を浮かべる。勿論そこは老舗《しにせ》のお店者で、口の中の虫は一寸の内に呑み下し、人好きのする笑顔で腰を折るが、お春はどうにも合点がいかない。おとっつぁんと何かあったのかしら、それであたしと会うのが気疎《きうと》いだとか。首を傾げたままで廊下を渡り、奥座敷に通されたが、お春はそこでお店者たちの口の中に苦虫が巣食っている理由《わけ》を知る。

お栄は墨染の木綿を畳に広げ、その上にざざあっと籠の中のものをぶちまける。木綿の前に跪《ひざまず》き、尻を高く上げている格好は間抜け以外の何物でもない。木綿に顔を近づけ目を凝らし、目の前の粒を右の巾着へ左の巾着へと選《え》り分けていく。

「何してるのよ」

案内役の小僧もそそくさとその場をあとにした座敷に、四《よ》つん這《ば》いのお栄と二人きり。襖の前に立ち尽くすお春は、目の前に広がる景色が呑み込めていない。

「米粒を選んでおります」お春の問いには尻が答えた。「透明なものであれば右の巾着、白いものが少しでも混ざっていれば左の巾着。右の巾着に入ったものだけを購います」

「何のために」と聞けば、「何のために？」お栄はすうっと顔をあげた。こちらを振り返った顔には、昨日も見たあの薄い笑みが浮かんでいる。

「扇五郎さんのために決まっているじゃあ、ありませんか」

なるほど、扇様のお口に入るものならばとお春も木綿の前に尻を落ち着け、米粒に目を凝らしてみるが、米粒が五十もいかぬうちにお春の腰は音《ね》をあげた。よろめきながら立ち上がり、襖の引手に指をかけ、お春はふと後ろをうかがった。尻だけを高く上げたまま、お栄の体は微動だにしない。三日前に出会ったばかりの小娘の不躾《ぶしつけ》な視線に晒《さら》されても、なお。

「ああ、あの妙ちきりんな米粒選びの理由ですか？　万一、芯の硬い米を噛んで扇五郎が歯を痛めたらいけないからだそうですよ。歯に穴が空いたらそこから台詞が漏れてしまうとのことで」

奥座敷を出るとそこには上総屋のお内儀が待ち構えていて、そのまま別の部屋へと連れて行かれた。どうやらお春が尻尾を巻くのを見越していたらしく、すんなりと目の前に餅菓子とお茶が置かれる。

「もう三年にもなりますよ。ああしてうちで透き通った米粒だけを選んで購って帰らっしゃる。そりゃあ、天下の扇五郎の歯一本にとんでもない価値があることはわかっていやしますがね、ああまでやるものですか」

父親に手を引かれて店を訪《おとな》う幼いお春に飴やら独楽《こま》やらを持たせてくれた馴染みのお内儀だ。気安い口調でのやり取りもいつものことで、お内儀はお春の向かいにえっちら座ると、はあ、と声の割合がずいぶん多いため息をつく。

「でも、扇様のためにすごいわよね」とお春が口にしたお栄への感嘆は、お内儀がふんと鼻息で吹き散らした。

「こっちからしちゃあいい迷惑ですよ。町木戸が閉まる刻限まで粘られた日にゃあ店も閉められませんからね。しかも、米ばかりじゃないんです。扇五郎が口にする水もわざわざ越後から樽詰にしたのを取り寄せているそうですよ。なんでも体に合わぬ水を飲んで腹を壊したら舞台に穴を空けちまう。多くの人にご迷惑をおかけすることになってはいけないってなもんで」

お春が連れだということは頭から抜け落ちているのか、お内儀の口からは、お栄の悪口がぽんぽんと飛び出す。

「そもそも、あの人は役者の女房の器じゃあないんですよ」

悪口が、お内儀のお歯黒の鉄漿《かね》を吸ったかのように、どんどん黒くなっていく。

「曲がりなりにも役者の女房なら、もうちっと身綺麗にすりゃあいいんですよ。顔貌はあそこまで崩れていちゃあ、もうどうにもなりませんが、着物なら金子《きんす》をかけられますからね。扇五郎だって己の女房があんなのだとは口にしたくないでしょうよ。扇五郎の女房でしたら、お春ちゃん、あなたの方がぴったりですよ」

最後のは扇五郎贔屓のお春に向けた毎度の世辞で、お春は言われるたびに、うふふ、と笑ってみせるのだが、今日はそれを素直に受け取れない。いきなりだんまりになったお春にお内儀は焦ったらしく昔と同じく菓子やら簪やらを持たせてくれたが、お栄の米粒選びが終わるまでお春の頬は膨らんだままでいた。

なによ、そんなに馬鹿にすることないじゃない。

草履の大きさや口に入れる米の質、そういう細かいところまで、お栄は扇五郎のための気配りを忘れずにいる。お春の心には知らず尊敬の念が生まれていて、それはむくむくと育っていたらしい。こうなると、『役者女房評判記』のお栄の評がなんだか無闇矢鱈《むやみやたら》に癪《しゃく》に障って、春米屋からの帰り道、立ち寄った甘味屋の床几《しょうぎ》に並んで座り評判記を悪し様に言えば、お栄が「でも、その通りですから」と弱々しく認めるものだから、お春は片手で床几を叩く。

「なんなのその答え。駄目よ、駄目ったら駄目、てんで駄目」

「てんで、駄目ですか？」

「こんなに扇様のために尽くしてんのに、あんたがそんな弱気だから、ああいう風に書かれちゃうのよ。もっとででんと構えなさいな」

あら、あたし、なんで敵のことを褒めてんのかしら。

目論見から外れた言葉が出てくる口を一旦閉じた。気を取り直そうとお春は床几の上の皿を引き寄せ、膝に載せる。串から団子を外し、近くにいた犬の足元に一つ転がすと、痩せた犬はちゃむちゃむと団子を食んでから、お春の脹脛《ふくらはぎ》に濡れた鼻をくっつけた。頭を撫でてやるお春をじいと見つめ、「ああ、素敵」お栄は嬉しそうに微笑んだ。

「やっぱりお春さんは、私と違ってとっても素敵ですね」

「なによ、いきなり」

照れ隠しからつっけんどんになるお春に、お栄はなおも言い募る。

「だってほら、犬にこんなにお優しい」

お栄の細くとも黒黒とした目の中に、腹を出して寝そべる犬ではなく己の顔が映っているのを見た時、お春はふと、疑問に思った。

お栄は何故こうして己と団子を食べてくれるのだろう。

「ああ、本当にお春さんはお優しくて、可愛らしい」

突然声をかけてきた扇五郎贔屓の小娘と友達になったところで、お栄に何か得になることなんてなかろうに。

「それにお肌もとても白くていらっしゃる」

それなのに、どうしてこの人は己と友達になることを了承したのだろうか。

背骨を冷えた人差し指でなぞられた心地がした瞬間、お春は思わず口にしていた。

「だったら肌を白くする方法、教えてあげようか」

突拍子もない提案に「え？」とお栄が目を丸くするのももっともだ。だが、お春はもう後には引けなくなっている。

「お栄さんだって知ってるでしょ。今、巷じゃ『都風俗化粧伝』っていう本が流行っててね、そこに肌を白くする方法が載ってるの。だから、そいつを教えてあげようかって。肌に興味なっていってんなら、紅でもいいわ。お栄さんは肌がちょっと黒めだから、薄紅なんかが良さそうね。薄付きの紅なら井筒屋《いづつや》に、山谷屋《やまたにや》、安田屋《やすだや》があるけど、井筒屋がいっちいいってのも、その本に書いてあるのよ」

言葉を重ねるお春の必死振りに、お栄が「お春さんの指南はとっても楽しそう」とくすくすと笑うと、犬が鼻を鳴らしながら今度はお栄に擦り寄った。

「でも、いりません」とお栄は犬の頭を撫でる己の手に視線を落とす。

「この私には白い肌も赤い唇もどちらも必要ありませんから」

薄く笑みを浮かべたままのお栄に、ははん、なるほど。お春は心の内でぽんと一つ手を打った。この人は己に自信がないんだわ。だから、こうやってあたしの素敵な部分が目についちゃうのよ。お栄がお春と友達になったのもこれで理由がつくと、お春はにんまり上がる己の口端を湯呑みを啜《すす》って隠す。要は、お栄にとって役者の女房という身柄が重荷になっているわけだ。その肩の荷をちょっとでも紛《まぎ》らわすためにお春と贔屓ごっこをしているに違いない。

よく見れば、犬を撫でる手も小さく震えてなんかいたりして、やっぱりなおさら扇五郎の女房の座はお春が代わってやるべきだ。床几に二人分の金子を置くお栄をお春はちらりと横目で見やる。お春が扇五郎の横に立ち、この人は妾かなにかで後ろについているぐらいが丁度良い。ああ、このお人の萎びた背中から、できるだけ早く役者の女房の看板を下ろしてあげなくっちゃあね。

そんなお春の筋書きがずれたのはその五日後のことだった。

今日もまた約束の境内まで向かってみれば、いつものようにお栄が佇《たたず》んで待っている。少し辺鄙《へんぴ》なところにありまして、と歩き始めるお栄を、あら、そうなの、なんて、なんの疑いもなく追いかけている内に、ひとつ、またひとつとまわりから建物が消えていく。あわせてお春の口数もひとつ、またひとつと減ってゆき、ついにお春は足を止めた。目の前にはついぞ見たことのない田んぼ続きの景色が広がっていて、お春は、その田んぼの向こうに微かに見える一画から、目を離せない。

「今日は何を買いに来たの」

すん、と鼻で空気を吸い込むと、一画をぐるりと囲う溝《どぶ》の臭いに混じって、汗で粘ついた白粉の匂いが鼻の中を駆け上ってきた気がして、帯に挟んでいた手拭いで顔の下半分を覆う。

「こんな吉原《よしわら》の近くなんかに」

土手に沿ってすいすいと道を行くお栄の背に言葉を投げかければ、お栄は立ち止まって振り返る。

「人の指です」

「は」

「ほとけの指ですよ、お春さん」

お栄は、お春の目の前に手のひらを掲げ、ゆらゆらと揺らしてみせる。合わせて動く炭黒色は爪紅かと思ったら、何かが爪の間に詰まっているだけらしい。

「廓《くるわ》の中の遊女には指切りという手練手管《てれんてくだ》がありまして、己の指を切り落として男に贈り、遊女は心中立てをいたします。でも、人の指って十本しかないでしょう。客が出来るたび贈っていたなら、すぐにおまんまを食べられなくなってしまう。だからこそ、ほとけの指を店で購って、それを客に渡すんです。勿論、客も指が遊女のものでないことは承知の上で、要は、わっちにゃ主《ぬし》さんだけ、俺の方こそお前だけの二人芝居を楽しんでいるというわけです」

そんなこと、廓遊びの放蕩《ほうとう》が過ぎて若旦那が身をやつす傾城《けいせい》買いを得手《えて》とする扇五郎の贔屓たるもの、知っている。違うのだ。お春が聞きたいのはそれではない。

「あ、あんた、そんなもの買ってどうするつもりなのよ」

声を震わせるお春に、お栄はまたあの笑みだ。

「それは扇五郎さんに聞いてみませんと……私は扇五郎さんに頼まれただけですから」

目当ての店、指切り屋まではお栄のあとをついて行ったが、店の敷居をまたぐことはお春にはどうもためらわれ、駒下駄の歯に詰まった砂利を掻き出すふりをしてうずくまれば、お栄は笑みを浮かべたまま一人店に入っていく。

「触ってみますか？」

四半刻もたたずに戻ってきたお栄は開口一番、そう言った。両手に抱えた桐の箱をお春の目の前に差し出して見せる。

「切ってすぐのものを丁度店が仕入れたようで、皮もまだぴいんと突っ張っておいでで」

じゃりり、と後退《あとずさ》るお春が駒下駄で鳴らした砂利の音は、ずいぶんと大きく響いたはずなのに、お栄は全く気にした様子も見せずこちらに歩み寄ってくる。お春の袂を無造作に鷲摑みにし、そのままぐいと思い切り引く。つんのめったお春の鼻先で、お栄の両手がぱかりと桐箱の蓋を開け――。

「ふふ、ご安心くださいな。作り物です」

ひい、と飛び出そうになった悲鳴が喉元で止まった。

「しんこ細工ですよ。材はお菓子、団子に紅で色をつけたようなものですから、お腹が減っていらっしゃるようでしたら、お八つ代わりにどうです、お一つ」

言いながら、お栄は桐箱の中へ指を入れ、まるで小動物と戯《たわむ》れるかのように切り指の爪の部分をさりさりと撫でる。茶化されたのだ。わかった瞬間、お春の手のひらは桐箱の側面を叩いていた。紛《まが》い物の小指が地面に転がる。

「あんた、扇様が言ったらなんでもするわけ？」

より本物に近づけるためだろうか、桐箱の中には赤く染めた水が数滴入っていたらしい。お栄の頰に飛び散った赤色がすうと顎にかけて垂れていく。お栄は右手で頰を触ると、まるで化粧水かのように己の肌に擦り込んだ。

「だって私は役者の女房ですもの」

お春は暫《しばら》く歯を軋《きし》らせていたが、砂利の上に落ちている指を拾い上げると、御免なさいの言葉と一緒にお栄の手のひらへとぽそりと載せた。そのまま二人して来た道を引き返し始めたが、お春の頭の中ではぐるぐると問いが回っている。

役者の女房ってのは本当に役者のために、人の指を買い漁《あさ》るものなのだろうか。もしそうだと言われたら、あたしは扇様のためにそこまですることができるだろうか。

お春のしかめ面をお栄は横からじいと見つめていた。


はじめ、お春の胸の内にぽんと浮かんだお栄に対する疑いの念は、まるで小鳥の煙草入れのような小さな小さなものだった。だが、お春は歯に虫食いができれば何度も舌で触って確かめてしまうたちで、お春はその後もお栄の用向きに付き合って、何度もお栄のあとをついて回った。するとお栄への疑念はどんどんと大きくなっていく。会話の最中にお春の表情をうかがうように寄越してくる視線も、何だか気になって仕方がない。

ある時、お春は聞いてみた。「お栄さんはどうしてあたしの友達になってくれたの」お栄はやっぱり笑って「贔屓同士仲良くしたいとおっしゃったのはお春さんじゃありませんか」と返してくる。

「お春さんのことを知りたいんです。もっと、もっと知りたい」

じんわり開いたお栄の目がこちらを向いて、お春はいけないと思った。これ以上は駄目よ、駄目ったら駄目、てんで駄目。お栄の舌が作り出す知りたいという言葉は、お春に歩み寄るものではなくて、お春をほじくるようなものだ。

そんな風に、ぴいんと勘が働いた時の身の動かし方は、天満屋を大店にまで押し上げた父親の血を継いでいる。すぐさま、二日後に取りつけていたお栄との約束をすっぽかすことを心に決めて、絵草紙屋やら紅屋やらの芝居に繋がる店には寄り付かないようにした。お栄とは一旦ここでお別れで、次に顔を見るのは扇五郎が己の妾を紹介するときだ。三味線の朝稽古からの帰り道、お春は隣を歩く郁に風呂敷包みを持たせて空いた両手を組みながら、一人うんうん頷いた。そうよ、お栄さんと繫がっていた糸を切ったところで、扇様の女房になる手立てはいくらでもある。

だが、角を曲がったところで、お春の足はいきなり霜がおりたかの如く止まった。お春の店の勝手口前に、萎びた蓮の茎が一本地面に生えている。俯《うつむ》き気味のその顔がゆっくりと持ち上がりきる前に、お春の口はひとりでに動き始めていた。

「お栄さん、この前は御免なさいね。お家を出ようと思ったら、急に癪が出ちゃって、それからずっと寝込んでて」

決して目は合わせるな。だけども声には粉砂糖をたっぷりとふりかけて。

「あとね、これからのことなんだけど、あたし、おとっつぁんのお店の手伝いをしなくちゃいけなくなってね、お栄さんとはそう頻繁には連れ立って遊びに行けなくなっちゃったのよ」

残念だわ、ああ残念、と眉をできるだけ八の字に下げて、縁の糸に鋏《はさみ》を入れようとしたそのとき、

「今村扇五郎に会いたくはありませんか」

お春は口を閉じ、深く息を吸ってから聞く。「……今なんて？」

「今村扇五郎に会いたくはありませんか、とそう申し上げたのです」

いつもの境内でお待ちしております。場所と時間を言い残し、お栄はすうと背を向けた。

訝《いぶか》しげな郁の背を押して家に入るなり、お春は己の思いを天秤にかけた。扇五郎に会いたいという気持ちを左の皿に載せて、右の皿にはお栄の薄寒い微笑みだの、お栄が舌に乗せた知りたいとの言葉だの、己の胸に巣くっている得体の知れない恐ろしさを次々と載せてみたが、左の皿は下がったままでびくともしない。やっぱりお春はどうしても、父や母の目がない場所で、扇五郎のお目にかかりたい。これまで集めてきた役者絵を畳の上に何枚も並べてみると、俄然《がぜん》勇気も湧いてくる。いくらお栄に気味の悪さを感じていたって、この一回さえお膳立てしてもらえれば、そのあとはお春がうまくやる。ふん、と一つ気合いを入れて、お春は抽斗からいくつも着物を引きずり出した。

一度会うと心に決めれば、あとはもう早くその日が来ないかと首を長くするばかりで、境内に用意されていた駕籠《かご》にも飛び入るようにして乗り込んだ。中では寸の間、あれ、扇様のお家はここから近くなかったっけと首を傾げる時間があったものの、逸《はや》る気持ちにぷちりと潰された。

駕籠に揺られる時間は長く、降りる頃には以前の指切り屋の時のような田んぼ一面の景色を想像したが、垂《た》れをあげるとそこは湿った森の中だった。お春の周りをぐるりと何本もの大木が囲い、その表面には深緑の苔が生《む》している。聞き慣れぬ鳥の声が存外近くから聞こえてきて、お春ははっしとお栄の袂を握った。お栄はお春の手を振り払おうともせず道なき道を進むので、お春は黙ってあとにつづくしかない。上等な綸子《りんず》に遠慮もなく染み込んでくる森の陰気に思い切り顔を顰《しか》めていたが、お栄の顔がちらりと目に入ったとき、お春は「あっ」と大きな声をあげていた。

「今日は紅を塗ってるのね！」

お春の言葉に、お栄はきょとんと目を丸くする。

「笹色紅が流行りだけど、お栄さんは肌がちょっと黒めだから、薄めに塗るのがやっぱりいいわ。いつもより華があるもの。うん、綺麗」

お栄の行く先に回り込み、お栄の口元に顔を寄せる。上唇の皺の塗り忘れがちと惜しい。塗り方はまだまだだ。

「その紅を購ったお店は井筒屋？　それとも山谷屋？　安田屋にもきちんと足を運んでみた？紅は一度比べてみるのが肝心要《かなめ》よ。どれがいいか分からないってんなら、あたしが紅屋を一緒に回ったげる。お店者が勧めてくるものを素直に受けとっちゃあ駄目よ。高直《こうじき》なものか売れ残りを押し付けてやろうってな魂胆の輩《やから》が多いの。こういうのは友達の目に見てもらうのがいっちいいんだから」

にこにこと笑みを浮かべながら言って、お春はふと視線を上げた。そして、思わず口をつぐんだ。

お春はただ心の底から思ったことを素直に告げただけだった。いつもはちっとも己の顔に興味がなさそうなお栄が唇に紅を乗せていて、それを褒めただけなのに。

なのに、どうしてそんな泣きそうなお顔をするのかしらん。

お春はそっと右手を上げた。その手がお栄の頰の産毛に触れる寸前、ぎゃあという叫び声が大木の枝を揺らした。お春はびくりと手を止めて、声のした方へと顔を動かす。

誰かいる。誰かがこの森の中、丈の短い草が生い茂る開けた場所に立っている。

まずお春の目の中に飛び込んできたのは、その人の横顔だった。美しい鼻筋はさすが鼻千両と呼ばれるだけのことはあって、すんすん何かを嗅ぐように動いているのがよく分かる。お春もつられるようにして、すんすん動かしてみたその瞬間、思い切り鼻に皺がよった。なによ、このにおい！　両手で口と鼻を覆っても、入り込んでくる激臭に涙が滲む。緩んだ視界が次にぼんやり映すのはその人の手元で、赤く、そして滴《したた》っている。舞台の上で艶《なま》めかしく羽織を摑む、お春の大好きなその指が、ぴくぴくと痙攣《けいれん》する犬の首に細い錐《きり》をねじ込んで、肉を抉《えぐ》り出している。

「うまく血は集まっておりますか？」

お栄の声をお春はぼうとしたままで聞く。目の端には遠ざかっていくお栄の背中が映っている。お春の姿は大木の陰にうまく隠されているようだが、こちらからは顔をあげた扇五郎がお栄に柔らかな笑みを浮かべつつ、右手の錐で犬の目玉をほじくるところまでよく見えた。

「難しいね。烏《からす》の時は首に刃《やいば》を入れればぴゅうと、そりゃもう簡単だったのに、犬となると筋が多くて刃がいちいち止まってしまうんだよ」

聞こえてくる声音は涼しげで、冬の早朝に鳴らす鈴の音のように澄んでいるというのに、その言葉の意味を理解するまでにはずいぶんと間が必要だった。

「血袋はおいくつ？」

「まだ三つだよ」

扇五郎はしゃがみ込み、足元に転がる皮の巾着袋をたふたふと叩く。麻の紐で縛っているらしいその口からは、赤い血が一筋溢《こぼ》れて草を濡らす。

「あと五つは欲しいところだね。これじゃあ床一面ってわけにはいかないからね」

「床一面、ですか？」

「ああ、そうともさ。来月の今頃にはもう皐月《さつき》狂言の幕は開いているだろう。芝居も大詰め、わたしが涙ながらに父親の脇腹を匕首《あいくち》で刺せば、仕込んだ血袋が一気に破れて、舞台一面に赤とした血が広がっていくんだよ。ああ、想像しただけで体が震えてくる。さあ、お栄も頭に思い浮かべてご覧なよ。客は口を大きく開けてなんと言う？」

扇五郎に促され、お栄の肩がびくりと震えた。紅の塗られた唇が、その皺の伸びる音さえ聞こえそうなほどゆっくりと開き、

「そうだよ、すごく素敵なんだ！」

お栄の答えを待たずして上がった扇五郎の高い声に、お栄がほう、と安堵《あんど》の息を吐いたのをお春は見た。その吐き出た息を慌てて吸い込むようにして、早口でお栄は言う。

「ええ、ええ。すごく素敵」

扇五郎は嬉しそうに首を縦に動かした。まるで寺子屋の手習い子のようなその素直さが、お春の首を絞めて、お春の呼吸を荒くする。

「芝居ってのは実《まこと》があってこそだ。来月の芝居でも本の根で言えば人の血を使いたいものだけ

ど、お上に知られちゃあまずいからね。代わりに犬の血を仕込むのは我ながらいい案だよ。こりゃいい芝居になる。間違いない」

声を弾ませながら扇五郎は、大八車に堆く積まれた犬の死体に目をやった。すぐさまお栄の視線が扇五郎の黒目の行き先を追いかける。

「大八車はもう二つ用意してあります。一つはこの春生まれた子犬ばかりを集めたものです。肉は柔らかいですが、血の量がどうにも」

「構わないさ。新鮮なのが一等大事だからね」

大八車の側に寄り、扇五郎は死体と死体の間から飛び出ている黒い鼻先を優しく撫でる。

「でも、よくこんなに死体が調達できたものだよ」

「何でもここいらをねぐらにしていた犬が一斉に泡を吹いて死んだそうで」

「おや、それは可哀想なことだねえ」

痛ましげに伏せたその目に生い茂る、睫《まつげ》毛の先に蠅《はえ》がとまった。扇五郎が履いている草履は扇五郎の足の大きさにぴったりで、お春は目の前の景色が舞台の上でないことを思い知る。

「おっ、お栄、見なよ。ここを突くと血がいっぱい出るよ」

そこでお春の正気の糸は切れた。お春はひうひうと喉を鳴らして、脱兎《だっと》の如くその場から逃げ出した。待たせていた駕籠に飛び乗って、家につくなり母親の寝床にもぐり込み、一日中布団から出なかった。


その日から己の部屋に引きこもり幾日たっても出て来なくなったお春を、両親はもちろん店中の者が心配をした。お春から理由を聞き出そうとしてみても、犬が死ぬのを見たの、それだけなの、とそこまで言って口ごもる。お春のこの気の塞がりようは尋常じゃないと皆が騒ぐのは、いつもなら飛び上がって喜ぶ五つ扇の品々をどれだけ持ち寄っても、お春が青い顔をして首を横に振るからだ。なるほど、お春は扇五郎贔屓を降りたらしい。皆は早々に結論づけて、代わりにお菓子やら絵草紙やらを持ち込むようになった。

お春も芝居から離れて一ト月もすればもう、まわりのすべてが犬に見えてくることも、夢に犬の目玉が出てくることもなくなった。だからこそ、久しぶりにどうだい、と父親の権之助に森田座の木戸札を差し出されたとき、お春は寸の間迷ったものの素直にそれを受け取った。

いつものように天満屋総出で屋根船に乗り、茶屋で一息ついてから、桟敷席へと移動する。お春はそれを、右の椀に入れた豆を左の椀へ箸で移すように淡々とこなす。五つ扇の紋探しだって今思えば、馬鹿らしい。お春はすでに五つ扇紋が入ったものはすべて捨てている。万両色の着物も一枚残らず染め替えた。花道から現れた扇五郎にも、お春は声一つあげなかった。

扇五郎が己の父親の脇腹に匕首を差し込み、舞台の上に血が飛び散る。匕首が右へ左へ捩《ね》じ込まれるたびに、父親から流れる血は量を増し、ついには土間席にまで滴り落ちる。その席に女が座っていたのは扇五郎の儲け物。きゃあと鋭い悲鳴は、扇五郎の芝居に凄味を上塗りする。興奮した声を上げる客たちに、お春の腹は煮えてくる。その血の正体を知らぬから、そうやって喜ぶことができるのよ。眉間に皺をこしらえたそのとき、お春は隣の席からの囁きを聞く。

「燕の糞は三つまみ、生姜の搾ったのは上汁を二しずく。蜆《しじみ》の殻は細かく砕いて粉にして、酒と一緒に混ぜたものを犬の血に混ぜ合わせれば、臭みが消える」

こんなにも小さな声なのに、やんややんやと扇五郎を褒めそやす、この歓声に紛れてくれない。お春の耳たぶにしがみついて離れない。

「艶も出るからいいお色でしょう。三日三晩かき混ぜていたんですもの。この私が」

お春の体は固まって、一寸たりとも動かすことができない。

「ああ、とってもいいお顔」扇五郎の女房が言う。

「犬の血を使うなんて、ってお顔をしている。犬を殺して許せない、ってお顔をしている」

よかった、とお栄は呟く。その声があまりに安堵に満ちていて、気付けばお春は首を動かしていた。お栄は薄く微笑んでいる。

「よかった。あなたが優しくて可愛らしい人間で、ほとけの指を見て顔を顰める人間でいてくれて。犬を殺すことを許せない人間でいてくれて」

お栄は舞台を見つめたままで、

「だってそれって、あの人に相応《ふさわ》しくないもの」

口端を歪《いびつ》に吊り上げる。

「あなたが評判記に載るんなら、書かれるんでしょうね。肌が白くて、気立てもよくて、心の優しい役者の女房だと」

だから、駄目なんです、とお栄は言う。駄目です、駄目ったら駄目。てんで駄目。

「肌の色が白いと血が顔に飛んだときに目立ってしまうでしょう。でも私は大丈夫。私は肌が浅黒いから、血を浴びても誤魔化せる。私は犬を殺すときに眉毛一つ動かさないでいられる。あの人と一緒に犬を殺すことができるのは私だけなんです」

お春はそこで腑に落ちた。ああ、この人はあたしと友達になろうとしていたのではない。この人は確かめていたのだ。お春が、ただ、優しくて可愛らしい人間であることを。己の存在を脅かす女房には決してならないことを。だから、犬を撫でるお春の表情を、人の指に怯《おび》えるお春の表情を、お栄はじっと見ていた。

「あの人の女房に必要なのは、可愛らしさでも優しさでもないんです。人の心を持たないことが、あの人の女房にとっては肝要なんです」

お栄はつと目を伏せて、己の胸に手を当てる。

「私は人の心など、とっくのとうに無くなっておりますから」

ちがう、とお春は思った。だってお春は知っている。お栄は、すり寄ってきた野良犬を撫でるとき、後ろめたさから手が小刻みに震える人間で、お春の口癖がうつってしまう可愛らしさがあって、そして扇五郎に会うときにはお春の勧めた口紅をつける。お春がお栄の口紅を褒めたとき、お栄が泣きそうな顔をしたわけも今ならわかる。きっとお栄は絶望したのだ。まだ己に人間の心があることに。

お栄は人の心を無くしてなどいない。ただ人の心を無くしたふりをしているだけだ。お栄はまだどうしようもなく人間なのだ。

「決して誰にも言ってはいけませんよ。この犬殺しは私とあの人だけの罪なんですから」

お栄はそうやって己に自ら重しをつける。そうやって、扇五郎のところまで沈もうとする。扇五郎は底にいる。糸を引くようなどろどろの沼底からこちらを見上げ、笑みを浮かべて立っている。お春はその場所まで沈めない。父や母や店の者たちが浮《うき》となってお春を引っ張り上げる。いや、そもそもお春には沼へ飛び込む勇気さえありはしないのだ。

お春は沼のへりに立ち、ただ底を眺めていることしかできない。だが、お春はここで足を止めることができてよかったと安堵している。お春はこれからも犬を可愛いと思いたいし、口紅を塗りたい。お春はもう扇五郎の隣に立とうとは思わない。

お栄こそが扇五郎の女房だ。

でも。でもね。お春は恐怖に絞まっていた喉をぐうとこじ開ける。

「でもね、あたしだけは覚えているわ」

お春はお栄を見る。お栄はこちらに目をくれることなく、舞台を見ている。その横顔にお春は告げる。

「あんたに口紅がとってもよく似合うこと」

薄造りのその耳に、必ず聞こえるようにしっかりと。決してまわりの芝居者《しばいもの》らに負けぬよう。

「ずぅっとずぅっと、お婆《ばあ》ちゃんになっても覚えているわ」

この役者女房の紅の色を。

お栄はお春の言葉にも、微動だにせず舞台に顔を向けていた。

舞台の上では、返り血に染まった扇五郎が喝采を一身に浴びている。扇五郎を見つめるお栄の横顔がどうしようもなく綺麗に思えて、お春はなぜだか少しだけ涙がでた。

つっててと己《おのれ》の脇を走り抜けていった男の足音を耳にして、茂吉《もきち》はきゅっと眉根を寄せた。

こいつぁいけねえ。この人、爪先だけに体の芯を乗せてるね。

茂吉は板の上を進んでいた足を止め、後ろを振り返ったが案の定だ。男はたたらを踏むやいなや、手でささげていた大皿ごと前のめりにすっ転ぶ。

皿の中身は板の上にぶち撒《ま》かれ、たらふく煮汁を吸ったぶつ切りの蛸足《たこあし》がてんてんと転がる。近くに座っていた女の客がきゃあと袂《たもと》を引き寄せるが、どうやら煮汁は飛んでいなかったようで、茂吉はほうっと胸を撫で下ろす。天女《てんにょ》の柄が入った鹿子《かのこ》絞《しぼ》りの振袖は、どう考えても今日の芝居のためにあつらえたものに違いなく、汁の一滴でもつこうものなら、びらびら飾りの揺れる島田《しまだ》髷《まげ》は逆立ち、芝居小屋の天井も破って天を衝《つ》くはずだ。

足元の蛸を拾い集めてやりながら、茂吉は四《よ》つん這《ば》いで手拭いをつかう男をそっとうかがう。面皰《にきび》のあとが凸凹《でこぼこ》と残る顔は思っていたより幼くて、色黒とあってお煎餅に似ている。思わず頬が緩んだが、よく見れば目元が涙でふやふやと濡れている。

あらまあ。そんなにしょげなくったたっていいんだよ。

料理をぶち撒いたのがここ、歩《あゆ》みの上であったのは、もっけの幸い。舞台から客席に向かって延びる花道と、客席を挟んで対をなす形で作られた歩みは花道と同じく板張りの道で、もっぱら席を移動する客と料理を運ぶお店《たな》の男衆《おとこし》が使う。芝居の仕掛けに使われることもあるにはあるが、森田座《もりたざ》皐月《さつき》狂言の幕が上がって今日まで五日、役者が足を乗せることはなかった。くわえて今が、五立目《いったてめ》終わりの幕間なのもこれまた幸い。六立目で芯を張る寛次《かんじ》は水茶屋の看板娘のお笠《かさ》にお熱のようで、昨日もお笠が見に来るまで舞台にゃ立たねえとさんざっぱら駄々をこね、幕開きが一刻《いっとき》遅れた。先ほど揃って顔のいい桟敷番《さじきばん》たちが楽屋口へと急いでいたところを見るに、今日もまた己の顔を餌にして、駕籠《かご》でお笠を迎えにいったに違いない。四半《しはん》、いや半刻《はんとき》は開かないね、と茂吉は最後の蛸を皿に入れ、男の傍にごとりと置いてやる。

「汁の方はでえじょうぶですかい」

「え、ああ。ありがとうごぜえやす！」と返す声が大きいのは、やはり新入りさんだからだろうね。

「そんなに張り上げなくても意外と聞こえているもんですよ」

茂吉の言葉に煎餅頭は右に傾《かし》ぐが、無理もない。

なにせ、幕の上がった芝居小屋というものは、兎にも角にもやかましい。

芝居のこととなるとなにやら財布の紐が緩む御仁が多いようで、芝居小屋にはわんさと中売りが集まってくる。客席の間を練り歩きながら、巾着からこぼれる金子《きんす》に目を光らせているのだ。

おこし松風《まつかぜ》饅頭よしかなぁと菓子の名前を連《つら》ねて中売りが一度《ひとたび》声を張り上げれば、絵本鸚鵡《えほんおうむ》石《せき》よしかなぁと芝居本を売り込む声がどこぞから飛んできて、競い合うのは困りもの。こうもうるせえと饅頭を買うのに怒鳴らなきゃいけねえやとぶつくさ言う客もいるのだが、こういった客の口元は大抵ゆるんでいたりする。贔屓《ひいき》の役者の声真似を小屋中に披露できるのが嬉しいらしい。

伊勢屋《いせや》、稲荷《いなり》に、犬の糞。江戸じゃあそこらで目にするものだが、芝居小屋に限って言えば、お尻に贔屓の喧嘩を足していい。寛次は上吉《じょうきち》、そんなら扇五郎《せんごろう》は上上吉だと、唾の飛ばし合いで済んでいる内はまだいいが、どちらかが茶碗の底でぽかりとやって流血沙汰になったことも一度や二度ではない。役者が舞台に現れたってお構いなしで、客は芝居を見ながら飯も喰らうし煙管《キセル》も遣う。芝居の良い時には声を飛ばし、大根の時には尻に敷いている半畳《はんじょう》を飛ばす。

だからこそ、朝から晩まで人の声で波打っているような、そんな芝居小屋が、ぴたりと静まり返る場面には毎日のことながら魂消《たまげ》てしまう。舞台の真ん中、父親の脇腹から背中へ匕首《あいくち》を捩《ね》じ込んだ男は、ゆるゆると口端を上げる。引き抜いた刃と一緒に噴き出した血があまりに生々しい赤色で、客はみんなして息を呑み、ある客などは己の脇腹をさすっている始末。

刃から落ちる雫もなにやらねっちり粘りがあってねえ、まるで本物かと思ったよ。

茂吉も初めて目にした際には芝居終わりに友人を誘い、屋台で蕎麦をたぐりながら語ったものだ。本物を知ってるたあとんでもねえ野郎だと散々揶揄《からか》われたのもよく覚えている。

すいやせん、とかけられた声に我に返る。煎餅顔の男の声は先ほどよりも随分と小さくなっていて、茂吉に親心のようなものが湧く。聞けば十八、名は安太郎《やすたろう》。三十の茂吉の子供にするには少々無理がある歳だが、眉のあたりは六つになる己の息子に似ている気がする。

「さっきの足の運びはちぃとまずいね。たしかに速くは動けるけども、止まると皿の重みで体がつんのめっちまう」

だからね、こうさ。言って右足を板の上に滑らせて、したりしたりと音を鳴らす。

「どんなに急いでいても、足裏は全部板に吸い付けた方がいい」

本当は親指とその付け根のあたりにできた肉刺《まめ》で板を挟むようにすれば、爪先走りでも転《こ》けることはないのだが、この肉刺は十五年、板の上を走り続けて拵《こしら》えた代物だ。新入りにはまだ伝えぬ方がいいだろう。

安太郎は己の日に焼けた大きい足を板に押し付けている。しゃかしゃかと足の皮の擦れる音に口はへの字に曲がっているが、まあそう簡単にしたりしたりを出されちゃ困る。足裏に自然に汗が滲《にじ》むようになるのは、まだまだ先だ。

「この歩みで慣れておくこったね。枡席《ますせき》の板の細さは段違いだからさ」

舞台正面に設けられた枡席は、縦横に角材をわたして枡目のように仕切られた席で、この角材の上を通って茂吉らは客に料理を持っていく。一枡にぎゅう詰め七人、土の上に半畳が敷かれただけの安い席であるから、客の品もよろしくない。料理が冷めてるのなんだのと、けちをつけられる前に運ばなければならないのだが、近頃の忙しさの理由は別にあって、茂吉はそいつに見当がついている。

「あんた、万久《まんきゅう》さんとこのお人だろう」

帯の間に突っ込まれた手拭いは蛸汁で茶色に染まっているものの、万の字が白抜きされた紋がくっきり見えている。安太郎はこくりと頷いた。

「どうだい、やっぱり幕の内弁当さまさまってところかい」

少々おどけた茂吉の言葉にはため息がひとつ返されて、おや、と茂吉は右眉を上げる。

「売り上げが大きくなったのはありがてえこってすが、人手が足りねえからとおいらまで小屋小屋に駆り出されんのはたまんねえですよ。昨日までは店の台所で卵焼きを巻いてりゃよかったのに」

日本橋芳町《よしちょう》の料理屋、万久が幕の内弁当を打ち出したのがたしか初春《はつはる》狂言のときだから、この五月まで未だその人気が衰えていないのは恐れ入る。

小さい握り飯をちょっとばかり焼いたのを十。卵焼きにこんにゃくの煮汁がついちゃあまずいので間にゃ蒲鉾《かまぼこ》。焼き豆腐、里芋、干瓢《かんぴょう》を隙間に詰め入れた笹折弁当を客席で食ってこそ芝居の通人と、そんな話が小屋で流行《はや》ったものだから、小屋の飯に関わる人間はみんなして慌てる羽目になった。

小屋の席の等級がぴんからきりまであるように、小屋の飯にもぴんがあるし、きりもある。ぴんは芝居茶屋を通して席を購《あがな》えるお大尽《だいじん》。昼飯時になると大茶屋に引き上げて、部屋で煙草《たばこ》を喫《の》みながら、寿司に刺身にと膳で運ばれてくるご馳走にゆっくりとありつく。きりは、己の店では料理を用意できない小さな茶屋が他の店に注文した仕出し弁当で、出方に客席まで運んでもらった客はつつましく箸を動かす。だが、このきりが持て囃《はや》されるようになるのだから、びっくり下谷《したや》の広徳寺《こうとくじ》。客席で飯を食っている姿が粋ってなもんで、万久の幕の内は売れに売れ、料理人までもが出方に鞍替《くらが》え、弁当を運ぶや膳も運ぶやでてんてこ舞いというわけだ。

そんなことを思い出しているそばから茂吉と安太郎の横を勢いよく他店の出方が走り抜いていく。すれ違った際に睨まれ、慌てて二人で歩みの端へと移動する。あらま、客に無茶な注文でもされたのかしら、お気が立っていなさるねと、こちとら慣れたものだが、昨日まで台所にこもっていた人間には、その目玉が殊《こと》の外《ほか》効くらしい。隣からすんと洟《はな》を啜《すす》る音がする。

「芝居の最中に飯なんか食わなきゃいいのにさ。お客の目当ては芝居の筋に役者なんだから」

つぶやく言葉は湿っていて、ああ、いけねえ。

「あんたが思っているより、芝居の飯ってのは存外大事なもんですよ」

言って、しょぼくれる安太郎の背中を軽く叩く。

「ほら、此度《こたび》の芝居の勝之丞《かつのじょう》の所作事を思い出してみておくんなよ。真っ赤な着物でひらひら舞って綺麗なもんだが、あそこにゃ鼓《つづみ》が欠かせねえだろう」

若女形《わかおやま》が指を動かせば鼓が鳴って、鼓が鳴れば指が動く。その指と鼓の戯《たわむ》れが美しいとの評判で、若い娘の間では勝之丞の指真似が流行りだと聞く。

「あれと同じさ。芝居にゃ飯が欠かせねえ。芝居がくどけりゃ茶漬けなんかでさらさらっと流し込んで、芝居が物足りなきゃ味の濃いものを食う。芝居ってのは、舌鼓をぽんと鳴らせて添えてやることで、いいものになるんだと俺は思うのよ」

何やら大層なことを言ってしまった気もするが、安太郎には響くものがあったらしい。きらきらとした目がこちらを向いている。表面を磨いたような団栗眼《どんぐりまなこ》の中には己の姿が映っていて思わず、茂吉は鼻の頭を掻く。

小太りでお多福の見窄《みすぼ》らしい男がなにを言ってんだってね。

「ただの饅頭屋の言葉だから、まあ、耳の糞程度に耳の中に残しておいてくれればいいよ。ただなにか大変なことに出くわしたら、遠慮せずに聞きにきな。長年、小屋の中をちょろちょろとしていた甲斐あって、ちょっとばかしは顔がきく。助けになってやれるかもしれないからさ」

「ありがとうございやす！」

そうも素直に返されると、なんだか尻がむずむずとしてくる。それからこいつは一等大事なことだけどね、と照れ隠しに口が勝手に動く。

「美人の横を通るときは気をつけるんだよ。美人を見つけたら蜜柑の皮を投げ付けるってのが近頃の流行りらしくてね、こいつで、すってんいったやつは少なくない」

「肝に銘じやす！」とこちらは力強く返されて、茂吉は少し笑ってしまった。

お煎餅頭を何度も下げて、大皿を片手に安太郎はしゃかしゃかと歩みを走っていった。

板をぐっと押し付けている踵《かかと》に頷いていると「三好屋《みよしや》さん」との声がかかって、慌てて後ろを振り返る。見れば、歩みの真横、平土間より一段高くつくられた高土間から、一本枯れ木が生えたかのように腕が伸びていて、そいつがゆらゆらと揺れている。

「おひとつもらおうかね」と寄越してくる皺だらけの笑みは優しげだが、へい、と応えて歩みを走る茂吉は爪先立ちだ。この枯れ木を引っ掻いたような声が、幕の内を席で食うのは乙《おつ》だねえ、なんて呟いたことから、今の幕の内騒動は始まっている。

茂吉は高土間に着くなり、背中の背負《しょ》い籠《ご》を下ろした。笊《ざる》を取り出し、その上に饅頭を並べていく。

「なかなかいいご高説だったじゃないか」

「やめてくだせえよ、先生」

己の額をぴしりと叩きながらも、目は饅頭から動かさない。一等蒸し色がいいのを懐紙に包んで、板の上を滑らせた。

「うん、変わらないね」と饅頭を頬張る狂歌師の言葉に、ほうっと息が出た。

「売り上げの方はいかがだい」

「いい、とは言えねえのがお恥ずかしいところで」

幕の内騒動は、今や幕の内合戦へと姿を変えている。要は茶屋に料理屋、一膳飯屋が己なりの「幕の内」を携えて、芝居小屋へと乗り込んできたと、そういうわけだ。合戦ともなれば、十五年もの間小屋で饅頭を売り続けた饅頭屋への情けなぞ無用で、三好屋の売り上げは落ちる一方だ。饅頭屋でも虎屋《とらや》ぐらいの大店《おおだな》であれば、顔見世《かおみせ》狂言の初日に酒樽、米俵の積物《つみもの》の横にどどんと新品の蒸籠《せいろ》を積みあげて贔屓筋の仲間入りができるだろうが、風呂桶の壊れたので蒸籠を手作りしている三好屋に、そんな振舞いできようはずもない。

「猫が鼠を見ると飛びついてしまうのと同じでね。芝居好きってのは新しいものがあるとなんでも齧《かじ》ってみないと気が済まないんだよ」

そこで皺で垂れ下がった目蓋《まぶた》が動いて、茂吉を見た。

「あんたのとこの饅頭はよくも悪くも、ずうっと変わらないからね」

そうか、と茂吉は少しばかり口が開いた。変わらぬことは良いことではなかったのか。

「ここが我慢のしどころだね。わしはあんたのとこの饅頭を食わないことには芝居が頭に入ってこないから、踏ん張ってほしいと思っているんだよ」

そう言いながら、先生が左手で手拭いを動かすのを茂吉は見て見ぬ振りをする。手拭いの下に隠されたそれはおそらく葛《くず》饅頭、一膳飯屋が近頃売り出した一品で、先生はこちらに気を遣ったに違いない。隠させてしまったことが、申し訳なかった。

籠を背負い直し歩みを数歩進んだところで、ふと子供と目が合った。枡席からぴょこりと飛び出た頭は真っ直ぐ茂吉に向けられていて、口元が濡れているからお目当ては茂吉の背中の饅頭なのだろう。ご家族一行で芝居を見にきた客は席を一枡分買い占めるのが常である。子供と同じ枡目に収まっている人たちもやはり鼻のあたりがよく似ていたが、何やら隣の枡席と家族総出で言い争いをしている。腹をすかした子供をそっちのけにして、役者団扇《うちわ》を振り回しているところを見ると、ほらね、やっぱり犬の糞の下には、贔屓の喧嘩を足すべきだ。

茂吉は膝をつき、子供の近くへにじり寄る。

「饅頭、どうですかい」

籠から取り出した饅頭を手のひらに載せて差し出す。子供は涎《よだれ》でてらてらと光らせた手を伸ばしたが、

「人の客に手を出されちゃ困るね。三好屋さん」

穏やかな声だった。だが、摑まれた肩にはちょっぴり爪が立っている。

「このお客さん方はあたしら勝海屋《かつみや》で、すでに食事を頼んでいらっしゃるんですよ」

男が言っているそばから、四つ足膳に載せられた料理が次々と運ばれてきて、枡席の前の横木に並べられていく。さすが勝海屋は出方の足音もしたりしたりの、小茶屋の老舗《しにせ》だ。

「あたしらはね、お席に着かれて、まずは菓子をお持ちしたんです」と勝海屋のお店者らしい

男は、手前勝手に喋り出す。

「猪牙舟《ちょきぶね》で一刻も大川をのぼってのお越しですからね、とってもお疲れでしょうとも。特に旦那さんはお船の上で何度もお戻しになったと聞いておりましたから、ところてんを用意しました」

なるほど、それなら胃汁で傷《いた》んだ喉でもつるりといける。

「いつもであればお次は口取り、昆布の煮染めですが、ここは吸い物椀と入れ替えやした。お子さんがまだ大人しくいらっしゃる時分にお飲みいただいた方がいい。鰹《かつお》の刺身に揚げ出し大根、このあとは握り鮓《ずし》が待っております。八つ時にお持ちする真桑瓜《まくわうり》は実がぱつんと張っている上物でしてね。饅頭なぞで腹がくちくなってしまったら台無しだ。お客の口に詰め入れようとするのはやめていただきてえや」

「そいつはすまねえ」

茂吉は心の底からそう思った。お客に出す料理は店が己の色を出そうと工夫を凝らす。饅頭ひとつでその思案がおじゃんになることは、茂吉もよくわかっている。

「古ぼけた味を混ぜてもらっちゃあ、料理の流れが悪くなっちまうんだよ」との文句のあとにふんと鼻を鳴らされるだけで茂吉は済んだが、この子供には悪いことをした。役者団扇を振り回していた母親もこの諍《いさか》いには気づいたようで、子供を窘《たしな》めている。そういや子供に差し出した饅頭はどこぞに行った。探してみれば、後ろ手に組んだ小さな手から餡子《あんこ》がはみ出しているのが見える。ここからあっと声も出ぬうちの早業で、母親が舞台に目をやった隙に子供は口の中に饅頭を詰め込んだ。拍子木が鳴ったちょんの間を狙うとは大したものだ。茂吉は苦笑いする。

そいつは迷惑料として腹に入れといておくんなせえ。

金子をいただいてはいないが、餡子の甘さににかりと光る歯が見えたので、これで帳消し。

ちょんちょんと拍子木の音が続くのは芝居の始まりの合図で、茂吉は小屋の隅へと引っ込んだ。芝居の最中にも中売りは客席を闊歩《かっぽ》し売り歩けるものだが、茂吉はこの幕だけは黙って舞台を見るようにしている。末広屋《すえひろや》ぁ、よっ鼻千両の声がかかって、この役者の一挙一動見逃すまいと客らの箸がぱちりぱちりと置かれる音がこれまた拍子をつけるのだ。

だが、おや、と茂吉は片眉をあげる。ぱちりの音が小さくなったように感じるのは気のせいか。末広屋の名前の書かれた役者札に、扇が五つ描かれた提灯《ちょうちん》も昨日と比べると随分少ない。茂吉は舞台をじっと見た。扇五郎は客席の端から端までを睨《ね》め回している。その目が一人の饅頭屋をうつすことはなかった。


芝居が終《は》ねて夜道をとぼとぼ歩いている茂吉は、手前で手前が恥ずかしい。料理屋の新入りを捕まえて舌鼓が云々《うんぬん》格好つけたくせに、今気になるのは巾着の中で銭の揺れる音だった。

いつもは売り上げなんぞより明日つから餡子の仕込みをあれこれ思案するたちだが、今宵はやけに銭の擦れる音が耳に残る。頭を捻って、ああ、あれかと茂吉はぽんと腑におちた。昼間、饅頭を頬張ってにっかり笑う子供を見てしまったせいに違いない。

今年六つになった息子の平之介《へいのすけ》は、かりんとうが大の好物だ。一時期、茂吉が菓子の勉強のためにと深川《ふかがわ》で有名なのを毎日家に購って帰っていたのだが、平之介はそれが気に入ったらしい。あればあるだけ頬張るので、鼻の穴がぷくりと膨らむ。そのかわいらしい鼻の穴を茂吉は近頃とんと拝めていない。

そのことに気がつくともう、かりんとう分の銭だけでも巾着袋に入れたくなって、たまらず背負い籠を地面に置いた。裏返しにした籠に風呂敷を敷いて、売れ残った饅頭を並べていけば、通りかかった酔いどれがちらりとこちらに目をやって、げっぷをする。

森田座から歩いて数町、芝居町の外れにある三好屋は間口一間のささやかな店構えだ。だが菓子を作る台所の広さはどうしても譲れず、そのせいで店奥の住まいは店に添えられたお漬物の如くの扱いになったが、茂吉の女房であるお園《その》はなにも言わなかった。お園は亭主の稼ぎには一切口を出さぬ女房であった。口は出さぬが、お園の指は茂吉が寝た後に算盤《そろばん》を弾《はじ》き、足はより安いお菜を求めて一刻かかる店へと運ぶ。饅頭の売り切れ御免が続いた日には、三人して泥鰌汁《どじょうじる》屋の暖簾《のれん》をくぐり、たらふく食べた後に夫婦二人残った汁に酒を入れてきゅうっとやるのが楽しみだった。金なぞなくっても、女房がいて、子がいて、友がおり、饅頭がある。茂吉はこれらで腹一杯だった。

居酒屋帰りの男たちに二つ売れ、湯屋上がりのお内儀《かみ》さんに一つ売れたあとは目すらこちらに寄越さぬお人ばかりで、どうやらここいらが潮時か。広げていた風呂敷の端を摘み上げたときだった。いやッ、と甲高い悲鳴が突然茂吉の耳に差し込まれ、思わず饅頭を二つ地面に落っことす。

なんぞ近くで追《お》い剝《は》ぎでもあったのかと慌てて顔を上げてみれば、近くも近く、茂吉の目の前で娘が尻餅をついていた。娘のそばには女がしゃがみこんでいて、この女の腕にすがって娘はわんわんと泣いている。駒下駄の歯がしきりに地面を掻いているのは、もしや少しでも茂吉から離れようとしているためか。

茂吉は己の胸に手を当ててみた。当てるどころか、胸の皮を突き破り心の臓の裏側まで指を入れてほじくってみるが、見ず知らずの若い女子《おなご》を泣かせるような真似なぞした覚えがない。途方にくれた末に風呂敷の上に置いたままの饅頭が目に入り、おずおずひとつ差し出したものの、かえって娘は女の袖に縋《すが》り付く。狐に似ている女の睨みには凄みがあって、すぐさま饅頭を風呂敷にくるんだ。ぺんと風呂敷の上から叩いてもみせる。

娘が洟を啜り始めた頃合いになってから、茂吉は懐紙を手のひらに載せてみた。

「これ、使いなさるかい……？」

ここでようやく女子の顔が上がれば、目にも口にも紅が入れられ、着物は小袖、絞りは鹿子、袂を泳ぐ鮎《あゆ》は銀糸《ぎんし》の刺繍《ぬい》ときたもんだ。どこぞの大店のお嬢さんといった出立《いでた》ちで、なればこちらの狐顔は女中だろう。その女中がお嬢さんの目元に押し当てているのはやっぱり高直《こうじき》そうな絹の手拭いで、懐紙の出る幕はなさそうだ。やっちまったと茂吉は心の内で額を打ったが、涙で湿った指先は茂吉の懐紙を摘み上げた。

「……ありがとう」

話が通じたことにほっとしながら、茂吉はへえと頭を下げた。

「……ごめんなさい。急に泣き出したりなんかして」

女中の手を借りて立ち上がるお嬢さんは袂の砂埃《すなぼこり》を払っているが、こちらの胸内にはまだ靄《もや》がかかったままだ。地面に手をつき、あの、と茂吉は大きい声を出す。

「もし良ければ、俺のなにであんたを傷つけちまったのか教えてもらいてえんです。そいつがわからなきゃ謝ることもできねえから」

すると、お嬢さんが口元をきゅっと結んで俯《うつむ》くから、茂吉はまたしても心の内で額を打つ。こいつはどうも触れてはならぬ話題だったらしい。傍に立っている女中は「答えなくてもいいんですよ」と声をかけている。だが、お嬢さんは頭を振る。簪《かんざし》飾りの擦れる音が消えてから、

「いぬに」とか細い声が溢《こぼ》れて落ちた。

「いぬ、ですかい」

周りを見渡してみるが、野犬の姿はどこにもない。顔を戻してもお嬢さんはずっと俯いたままで――、いや、ちげえと茂吉は前のめる。潤んだ目玉は茂吉の風呂敷包みの上で留まっている。

「売っているお饅頭の形が、犬に見えたものだから」

茂吉は思わず吹き出した。へへへ、まで続けて笑い、残りのへへは空咳《からぜき》で誤魔化す。

どうやらこれは、女子なりの照れ隠しの冗談というわけではないらしい。しかし茂吉はどうやっても、その言葉を真正面からは受け取れない。

饅頭は籠に押し込めた際に一寸ばかりひしゃげてしまっただけで、皮が破れて餡子がはみ出ていたり、外見に細工を施しているわけでもない。さては言いがかりでもつけて金をむしり取る魂胆か。睨みつけそうになった両目を己で揉み込む。売れ残った饅頭を夜道で売っている男の懐を狙ってなんになる。しかも女中が傍に寄ってきて、こいつは他言無用と言わんばかりの金子を茂吉の巾着袋に捩《ね》じ込んでくるものだから、茂吉にはもうわからない。

空咳をこしらえるのも難しくなってきて、なにか犬から遠ざかる話の種はないものか、絞った頭にぴいんとくる。若い女子が二人、好きなものったら決まっている。

「そういやお二人さんはお芝居帰りで？　実は俺もさっきまで森田座におりましてね」

と話したところでお嬢さんの肩がまるで鳩《はと》が飛び立つが如くに大きくびくついて、こいつぁ、間違いなくやっちまった。恐々《こわごわ》お嬢さんの顔を見やって、茂吉は思わず目を開く。

「芝居はもう行かないの」

一生よ、と囁くように言った唇に、頬を伝い落ちた涙が引っかかっている。わんわんと泣いていた時よりその涙の方がどうにも茂吉の心をざわめかせて、気付けば茂吉は帯に挟んでいる手拭いを引っ摑んでいた。手際良く、道商いで稼いだ銭と先ほど女中から巾着袋に捩じ込まれた金子をまとめて包み、行くよ、郁《いく》、と女中の袂を引いているお嬢さんの手に押し付ける。

「こいつで菓子でも購ってくだせえ。いや、いいんだ、女子を泣かしちまった俺が悪いんでさ」


「そんで、息子のかりんとう代をその娘っ子にやっちまったってわけかい」

かあーっと目の前の男は喉を鳴らし、

「本当におめえは人がよすぎる」

言って、ひたひたと茂吉の手の甲を叩いてくる。茂吉を揶揄うたんびの癖には慣れたものだが、男の手が触れて茂吉は右眉を上げる。あらら今日は随分と早いこった。近くにいた店の娘に麦湯を頼みつつ、茂吉は互いの膳を挟んで座る男に唇を尖らせる。

「なんで泣いたかがわからないんだから、しようがないじゃないか」

「犬なんだろ」

「そうは言われたけど、やっぱり何度思い出しても似ていないんだよねえ」

女中の郁とやらは茂吉の巾着袋に銭を捩じ込みながら「お嬢様は恐ろしい場面を目にされて、気が立っておいでなんです」と囁いた。そのせいでなんでも犬に見えてしまう。昨日は大根の煮物と駒下駄に泣き出されてしまわれたと、言い訳めいたことを茂吉の耳元で並べ立ててきたが、それらは茂吉の腹に落とし込めるほどの重さはなかった。

店の娘から受け取った湯呑みを男の前に置く。男は酔っちゃあいねえよ、とぶつくさ言うが、伊達《だて》に四年付き合っちゃあいない。さきほど茂吉を叩いた手のひらはじんわりと熱かった。間違いなく酒が回っている。前に二人並んで屋台で蕎麦をたぐった夜に比べれば熱は低めだが、男はその夜、盛大に蕎麦椀へ胃の腑の中のものをぶちまけたのだから気は抜けない。男が素直に湯呑みに口をつけるのを見てから、言葉を続ける。

「俺にゃあ銭ぐらいしか、泣き止ませ方がわかんなくってね」

押し付けた手拭い包みに、落ちたお嬢さんの涙が吸い込まれるのを見てすぐ、茂吉はその場で踵《きびす》を返した。籠を背負い込み、なにがなんやら、と呟きながら走って家路についた——。

仕事終わりに二人で立ち寄った居酒屋で、思い出すようにしてこの友人に打ち明けてみれば、友人は茂吉を散々揶揄った末に、呆れたような顔をする。

「おいおい、芝居小屋で饅頭売ってる奴がそんな頓珍漢《とんちんかん》なこと言ってんじゃねえよ。男が女を慰める場面なんざ板の上で何百回と見てきただろうが」

そう言われても、こちとらしがない饅頭売りだ。芝居国《しばいこく》の住人たちと一緒にされちゃあ困るというもの。深皿に入った蛸の煮染めを箸でつっつく間にも、でもね、と言い訳だって口にしたくもなる。

「でも目の前で涙をぽろりとされるのは、田助《たすけ》だって居《い》た堪《たま》れないだろ。俺はどうしても人の涙が苦手でね」

「そんなもん、俺っちは毎日見てんだぜ。いちいち気にしてなんざいられねえや」

そうだったと茂吉は、己の口に蛸を突っ込む。こいつに聞くのは御門《おかど》が違った。なんせこいつは芝居小屋の桟敷番。

「店の手代が女郎と心中しただの、おっかさんが子供を手にかけただので、ああもみんな揃ってやかましく泣けるもんだぜ」

見物料の高い桟敷客に付かず離れず目を配りお世話をするともなると、女客の流すお涙にもよく出くわすのだろう。

「近頃じゃあ、芝居客ってのは泣いている己を見せたくって泣いているんじゃあねえかと思うようになっちまったよ」

その上こいつは見目がいい。寛次の片惚れ相手であるお笠を連れに行ったのもこの田助で、お笠は田助を一目見るなり抱いてくれなきゃ駕籠に乗らないと言い出して、そりゃもう大変だったらしい。おかげで俺ぁ明日から、桟敷番と女を釣るみみず役の兼ね役だと、店に入って半刻《はんとき》は愚痴を吐いていた。

この色男と茂吉の仲は、茂吉の饅頭を桟敷席のお大尽がご所望したのが始まりで、年は田助が一つ下だが妙に馬が合い、今ではこうして芝居が終ねた後に酒を飲むようになっていた。好き放題に語って満足したか田助はゆっくり猪口《ちょこ》を舐《な》めているが、茂吉はまだ、手にした猪口に溜まっている酒でさえ、お嬢さんの涙に見えてくる。

「それじゃあ、あの涙も嘘だったのかねえ」

茂吉がそう呟いた途端、田助はぺしりと己の膝を叩いた。

「それがそうとも言い切れねえのよ」

芝居国に住むお人ってのはどうしてこうも勿体ぶるのか。茂吉の口からはため息が漏れるが、ここはいつものように「どういうこった」と拍子木の代わりをしてやる。

「奥役《おくやく》が見たって噂なのさ」と田助が言って、

「何を見たのさ」と茂吉がチョン。

「骸《むくろ》だよ、骸」

「なんの骸さ」とチョンチョン。

「お嬢さんが泣いちまったそのお犬さまのさ」

茂吉が拍子木を叩くのも忘れて口を開けると、田助は口端を片方だけ上げてへへと笑う。

「新入りの奥役がある朝、扇五郎さんに声をかけられたんだと。扇五郎だよ、末広屋。此度の芝居の名題《なだい》役者が力仕事があるから手伝ってもらいたい、とそう言ってきた。奥役は役者付きの裏方で、おまけにこいつは素寒貧《すかんぴん》。礼は弾むよと銭を握らされちゃあ、ほいほい約束の場所に現れるわけさ。だが、そこにいたのは、扇五郎の女房だ。傍には大八車がある。荷台は何やらこんもりとして、上にはでけえ蓆《むしろ》がかけられている。女房が引けというから車を引いた。動いた拍子に蓆が落ち、現れたのが山形《やまなり》に折り重なった犬、犬、犬ってんで、奥役はぎゃあっと悲鳴を上げた。何を驚いているのです。涼しい顔で女房が言うのよ。ほら早くこの先の森まで動かしてくれないと。首を切って血を集めなきゃいけないんですから。奥役は泡を吹いて逃げ出した、ってな話で芝居町はここんところ持ちきりだ」

あの血のことだ、と茂吉は頭の中に、父親の脇腹から匕首を差し込む男の姿を思い浮かべる。刃から滴《したた》っていた、あの妙に粘り気のある血は本物だったというわけか。

「その大八車の犬たちは、本当に扇五郎さんが殺したのかい」

「真偽のほどは定かじゃねえ。だが、まあ、末広屋の人気は落ちてはいるね」

そういうことだったのかと、こちらもまた線が繋がる。末広屋の役者札や役者提灯が日に日に減っていたのは、その噂が小屋の客らの耳に入ったからか。

「そいつが真《まこと》なら、落ちて当たり前だね」と茂吉は口をへの字に曲げる。「名題のお人は、ひでえことをしたもんだ」

「へえ？　ひでえことってのはなにを指す」

田助は蛸を摘んだままの箸を茂吉に向ける。

「そりゃあ、犬殺しだよ。可哀想じゃないか」

「犬殺しがひでえなら、こいつだってひでえことをされているとは思わねえかい」

田助が箸を動かすと、蛸の汁が膳の上に飛ぶ。

「生きたままで煮られて、得体のしれねえ茶色の汁に漬けられて、得体のしれねえ生き物にこうして喰われちまうんだぜ」

田助はちゅるりと蛸を啜って、「ひでえことをするからこそうめえのさ」と続ける。

「そんでもってひでえことこそ面白い。芝居だって同じようなものだと思わねえかい」

茂吉は眉間に皺を寄せる。茂吉にはよくわからない。田助は膳の上のものをひょいひょい口に運びながら言う。

「現《うつつ》で起こった人の生き死にを勝手に板に乗せて泣いて笑って、最後にゃ面白かったで片付ける。芝居小屋で毎日やってんのは、そういうこった。げんに犬殺しだって褒めているお人がいるんだぜ」

「犬殺しに褒めるもなにもないじゃないか」

「なあ、おい、聞いたか扇五郎さんの犬殺し。聞いたぞ聞いたぞ、扇五郎さんたら魂消《たまげ》たぜ。犬殺しに手を染めるほど、芸に身を入れ込んでおいでたぁ」

なんてえすごい役者だろう。

いきなり田助が空いた小皿を差し出してきたので首を傾《かし》げれば、田助は饅頭を載せろと言う。素直にいくつか載せてやると、田助はそれを指で押したり引っ張ったりする。ふふんと満足そうな鼻息が漏れたかと思えば急に豆腐田楽の皿と饅頭の皿とを持って立ち上がり、仕切りの衝《つい》立《たて》から顔だけ出して、隣の小上がりを見下ろした。

「この料理がまあ、うめえのなんのって。お裾分けだよ、お客さん」との声かけは、さすがは本櫓《ほんやぐら》森田座の桟敷番で、おっ、いいねえ、だったり、うまそうじゃないか、だったり、聞こえてくる声も随分と楽しそうだ。そんでね、と桟敷番は甘えたような声を出し、

「こいつは犬の饅頭なんですがね、どうですおひとつ」

何やら試しているかのような間が空いて、

「そいつは面白え。一つもらうぜ」

「あたしは二ついただくよ」

顔を戻すなり田助は「やっぱり芝居帰りの客だったよ」と口端を上げた。

「ほら、こいつで平之介にかりんとうを購ってやりな」

そう言って饅頭を売った銭を捩じ込まれた巾着がずんと重い。茂吉が夜道に座り込んでも稼げなかった銭を、田助は二言三言、客と言葉を交わしただけで売り上げた。

袋の中の銭が擦れた音を出すたびに、どうしてかそれが頭にちらついて、次の日、茂吉はすぐさまかりんとうを購った。家に帰って紙包みを平之介に渡すと雀斑《そばかす》の散った鼻が膨らんで、お母ちゃんお母ちゃんと一目散に家の奥へと駆けていく。

「お土産は久しぶりですね」とお櫃《ひつ》を開けるお園の指はささくれていて、ふとあの夜懐紙を摘み上げた羽二重餅《はぶたえもち》のような指と重なった。お菜の鰺《あじ》の干物が温かいのは、急いでお園が炙《あぶ》ってくれたからだろう。顔近くを飛ぶ虫に一瞬眉をひそめると、蚊遣《かや》りをずずずと寄せてくれる。箸を手に取り、いつもすまないね、と呟くと、なにがです、ときょとんと返される。そんな女房の頭に飾り簪が挿さっているのを、茂吉はこれまで見たことがない。銭が楽に稼げるのなら、と茂吉は漬物を齧《かじ》りながら考える。

一度くらいなら田助の真似をしてみるのもいいかもしれないね。

「ちいと仕込みが残っている」と茂吉が箸を置くと、「ほどほどにしてくださいな。お体が一等大事なんですから」とお園は濡らした手拭いを茂吉の首筋に当てた。

茂吉は菓子作りの台所に立つ。思案して、饅頭の生地をこね始めた。

親指とその付け根の肉刺で板を挟み、茂吉は歩みの上を飛ぶように走る。

爪先で走っちゃあいけねえと新入りにこんこん諭した日から、まだ五日。とんだ変わりようだと己でも少し笑ってしまうが、茂吉を取り巻く何から何までうんと変わっちまったのだから、許しておくんなよ。茂吉は頭に浮かんだ煎餅頭に一つ頭を下げておく。

おおい、こっちにも饅頭だ、と声がかかって、茂吉はまた歩みの上で足を動かす。手を振る枡客の近くで膝をつき、背負い籠を下ろせば、

「てめえ、またお客さまに饅頭を売っていやがんな」と背中にぶつけられる声は、前より随分と剣呑《けんのん》だ。

「この旦那もあたしら勝海屋で食事を手配されていらっしゃるんだ。首を突っ込んでくるんじゃねえや」

どいたどいたと捲《まく》し立てられ、茂吉は笊の上に並べていた手を止めるが、ここで思わぬ助け舟。

「どいたどいたはお前の方だぜ」

客の一喝に、茶屋の男は目を丸くする。いや、しかしですねえ、旦那さま。膝を寄せる茶屋の男の口元は引き攣《つ》っている。

「饅頭なんぞ購わずとも旦那さまのお食事は、この勝海屋で一式用意させていただいておりますよ」

「だって、あんたのとこじゃあ、こいつを売ってはいねえだろう」

客の太い指が笊から持ち上げるのは、三好屋茂吉の饅頭だ。

「そいつは、……ええ、そうですね」

男は語尾を濁らせて、何やら口の中で二つ三つ、言葉をぷつぷつ潰してから、茂吉に歩みを明け渡した。客に饅頭を渡した後にはちいっと舌を打たれたが、こちらだってこんなことになるとは思っちゃいなかったんだもの。そう心の内で言い訳をする間も、おい、三好屋、三好屋さんと饅頭を求める声があちらこちらで聞こえてきて、茂吉は急ぎ、足の肉刺を板に引っかけ、小屋中を飛び回る。

ここは花道よりも狭いけどさ、まるで役者が六方《ろっぽう》を踏むようだねえ。

茶屋の男の前を通り過ぎるときには、ほんのちょっぴり足で板を鳴らしてみたりして、だがこんな遊びができるのも、この数日になってようやくだ。最初のころはただただ魂消た。

犬の形につくった饅頭、犬饅頭がよもやこんなにも売れるとは。

入りはただの小金稼ぎのつもりだった。女房に簪の一本ぐらい買ってやれりゃあいい、と饅頭の皮に山芋を練り込んで、粘りが出た生地を犬の形にして蒸し上げた。目と鼻に黒胡麻をぽっちり埋め込めば、十人聞いて七人ほどが犬と答える見目にはなった。

最初に饅頭を売ったのが、あの馴染み客だったのも良かったのだろう。なんだいこりゃあと狂歌師の先生が枯れ木の引っ掻き声をあげたのが丁度だんまり芝居のすぐ後で、小屋中の耳がこちらを向いた。へえ、犬です。茂吉が恐る恐る答えると、隣の枡席から男の筋張った首が伸びてきた。先生の声はちょっとばかり大きくなる。ほほう、犬の形をした饅頭で殺される父親の魂を鎮めようとは、三好屋さん、なんとも粋なことを考えつくじゃあないか。二階桟敷からは女子の細首がにゅうっと伸びていて、びらびら簪が揺れている。何やら一人興奮しだした先生は、殺される親父の血に犬の血を使っているのも、殺した人間が犬畜生であることを指している、だの、そいつを鎮魂するために犬の饅頭を食うのは道理に適《かな》っている、だのと口端から泡を飛ばしていたが、茂吉にとっちゃあ己に視線が集まっているのが恐ろしく、犬になりてえのはこちらの方だと尻尾を巻いてぶるぶると震えていた。

だが、次の日から饅頭はどんどん売れた。茂吉の巾着袋がたちまちほつれ、大きいのを新しく購うほどにずんずん売れた。田助は犬饅頭の売れ行きを聞いて嬉しそうにしていた。こいつぁ俺の思いつきだぜ、感謝しておくんなよ、なんて笑って、茂吉の手の甲を叩いてきた男の顔が、しかし今日はひどくこわばっている。

「なんぞあったかい」

芝居終わりにやってきた田助の顔色に驚いてそう聞けば、田助は額に手をやり、呻《うめ》くような声を出す。

「お呼び出しだぜ」

「桟敷席のお方たちかい」

饅頭の数は足りるだろうかと背負い籠を下ろそうとすると、いや、と田助は首を振る。

「三階の名題役者だ」

段梯子《だんばしご》を上りきると真っ直ぐに延びる廊下が現れて、茂吉はその上にそっと足の裏を滑らせる。歩みの上じゃあ軽く六方の真似事なんかができた足が、すくみ切ってまるで動かない。白く濁った桶を持った小僧が廊下の奥から走ってくるが、突っ立っている茂吉を猫のようにするりと避《よ》けて汗の匂いだけを残していく。どいたどいたと叫ぶ暇も力も勿体無いと、多分そういうことなのだろう。

茂吉は思い知る。ここにいるのは役者たち。同じ板の上を走っていても、饅頭売りとの間には雲泥万里《うんでいばんり》の隔たりがある、雲の上のお人らだ。

「すまねえ、俺のせいだ」

田助は茂吉の前を行きながら、項垂《うなだ》れている。

犬饅頭の一件は役者のお歴々にまで知れ渡っているようで、廊下を進めば進むほど視線は茂吉の背中に貼り付いた。いかにも田助に用のあるふりをして、目だけで茂吉の上から下までを眺め回してくる輩《やから》もいたが、茂吉はどうしたことか、それがほんの少し気持ちがいい。謝り続けてくる友人に悪い気もして茂吉は神妙に足を進めていたが、

「俺が犬の饅頭なぞ思いついちまったばっかりに」

その言葉を耳にした瞬間、前を行く田助の肩を思い切り摑んでいた。

「田助のせいじゃねえよ」

強い物言いになったことには己が一番驚いた。田助も目を見開いて茂吉を見つめてきたが、目当ての楽屋暖簾の下とあって何も言わずに膝をついた。茂吉もならって膝をつく。

「寛次さん。連れてきやした」

「おっと、ようやっとのお出ましかい」と返された声は真っ直ぐ芯が通っていて思わず耳を寄

せたくなるのに、へへへとお追従《ついしょう》の笑い声が重なってくるのがなんとも勿体無い。名題役者には一人きりの楽屋が用意されるのだと聞いていたが、どうやらこの楽屋には他の役者たちも居座っているらしい。楽屋暖簾をくぐると、胡座《あぐら》を組んだ大柄の名題役者が己の周りを男らに囲ませて、みんなして蕎麦を手繰《たぐ》っている。

「あんたが話題の犬饅頭さんかい」

寛次はずるずると蕎麦を啜りながら話すので、汁が田助と茂吉に飛ぶ。

「いやなに、今日の芝居でついと目を離した隙に台詞《せりふ》が口から逃げ出しやがったもんだからよ」

なんと返せばいいものか分からず黙っていると「とちり蕎麦だよ」と寛次は手に持った漆椀を見せつけてくるが、流石《さすが》に茂吉もその芝居小屋の習いは知っている。舞台の上でとちった役者は、芝居が終ねた後に蕎麦を振る舞う。たしか、好きな時間に店に行って食えるよう蕎麦札を渡されるのが通例だと聞いていたが、寛次の周りで素直に蕎麦に口をつけている男たちはどうも、札を餌に呼び出され、寛次の楽屋飯に付き合わされているといった形らしい。

「蕎麦を食うなら、ついでに大流行りの犬饅頭とやらも食ってみたくなってよ」

にんまり笑った歯には葱《ねぎ》が挟まっていて、なにやらほうっと気が抜けた。思っていたほど恐ろしいお人ではないようで、ならばと茂吉は顔を上げ、楽屋の中を見渡してみた。

「扇五郎はいねえよ」

餅を裏返したかのように一瞬の内に空気がぴりつき、茂吉は思わず息を呑む。

「この俺が直々に渡した蕎麦札を、あいつは投げて返してきやがったのさ」

俺のとちりが許せねえんだと。言い放つ寛次の口元には歪《ゆが》んだ笑みが貼り付いていて、寛次の隣の男が慌てたように蕎麦椀を置く。

「とちりを蕎麦でつるりと流せねえのは、とんだ野暮天《やぼてん》じゃあないですか」

己の膝をぺしりと叩いてまで憤慨して見せたのに、「まあ、そう言いなさんな」と当の寛次がおさめてくるんだから、わけがわからない。

「芝居にあれだけ一途になれるのは素晴らしい。あれこそ役者の鑑《かがみ》じゃねえか」

困ったようにへえ、と応える取り巻きを尻目に、寛次はゆっくり煙管を遣う。

「やっぱり芝居のために犬を殺せるお人は違うねえ」

こうして自在にぴりりを操れるからこそ、この男は名題にまで上り詰めることができたのだろう。楽屋中の人間が、寛次の言葉に動きを止める。

「犬殺しは真のことさ。あいつは笑って犬を殺してやがったんだよ」

ああ、おとろしいねえ。寛次はこれみよがしに体をぶるりと震わせる。

「あいつは芝居のためなら、なにをしてもいいと思っていやがるんだもの」

かんと煙管が鳴らされたと同時に、田助が茂吉の膝を軽く押す。目をやれば、田助の顎が茂吉の横に置かれた籠を指している。慌てて籠の中に手を突き入れると、寛次の鼻から満足そうに細長い煙が出てくる。

「芝居は人間が作るもので人間が見るものだ。人間の性根を失っちゃあ芝居は成り立たねえ」

寛次は笊の上に並べられた饅頭に手を伸ばし、口に放り込む。くちゃくちゃと音を立てるのはわざとだと茂吉は知っている。扇子で口元を隠しながら品よくおはぎを食べる姿を、茂吉は毎日舞台で見ている。

寛次は真っ直ぐに茂吉を見つめ、

「犬饅頭をうんと売って、あいつの恐ろしさをどんどん宣伝してくれよ」

そう言って、にっこり笑みを浮かべた。

楽屋を出るなり「怒られたんでなくって良かったよ」と喜んでいる田助を横目で見ながら、茂吉は思う。

こいつはこんなにも頭の軽い男だったっけ。

「どうだい一杯いっとくかい。いいさ、今晩は俺が奢ろうじゃねえの」

肩に腕を回してくるのも苛々《いらいら》として、茂吉は体を捻って田助の手を避ける。

「とちる方が悪いんじゃないか」

そう吐き捨てると、田助の右眉がついっと上がる。

「なんの話だよ」

「てめえのとちりを棚に上げて、蕎麦札を突っ返してきた相手の悪口を取り巻き連中に言わせる方が、心底格好悪いだろ」

言ってるそばから腹が煮えてくる。その己の腹の煮えたぎりように茂吉ははじめて気づいた。俺は自分で思っているより随分と、扇五郎の贔屓であったらしい。犬殺しの所業には今でも眉根は寄るが、それを種にして寛次が扇五郎をこき下ろしているのが、癪《しゃく》に障ってたまらない。

そんな茂吉の手を、田助はまたぞろぴたぴたと叩いてくる。

「おいおい、お前なにをそんなに扇五郎に入れ込んでやがんだよ。あのお人らがどれだけ組み合っていても、所詮雲の上。俺らとははなから土俵がちげえのさ」となにやら喚《わめ》いている田助の言葉は右耳から左耳へすんなり通し、茂吉は一人考え込む。

「でも、あいつの言うように、犬饅頭は扇五郎さんの恐ろしさを宣伝することになってるんだよな」

独り言のような呟きに「そりゃあそうだろ」と言って田助は白けた顔をした。

あの人の迷惑になるのなら、売りたくない。そう思い悩んだ次の日のことであったから、茂吉は大層驚いた。寛次に呼び出された翌日、芝居小屋でのことである。

舞台の上、扇五郎と寛次は対面して座している。扇五郎扮する若い武士が、寛次扮する親父殿に刃を向ける大詰め前の静かな一幕。お互い茶を啜りながら視線を交わす、その目のやり取りが渋いとあって皆が舞台に前のめりだったからこそ、寛次が扇子を取り落とす一挙《いっきょ》はとても目立った。客はなにごとかと扇五郎を見るが、こちらは黙って湯呑みに口をつけたまま。互いが己の皿に手を伸ばし、皿の上のものを摑み、持ち上げたそのとき、茂吉含めて客たちは、あっと声を上げる。

犬饅頭だ。

昨日までおはぎだったそれが、犬饅頭に替えられている。それを扇五郎は涼しい顔で、寛次は炒《い》った苦虫を嚙み潰すように口に入れたものだから、犬饅頭はその日から連日売切御免。茂吉はその一幕を見るたびに涙がじわりと湧いてくる。

そうなんだね。これが俺の犬饅頭に対する、あの人なりの答えってわけなんだね。

茂吉は自然と拳を握る。それなら、俺もあの人の仕事ぶりに応えねばならない。末広屋の団扇に提灯はうなぎ登りに増えている。ならば、と茂吉は毎日台所に籠り、犬饅頭に細工を凝らした。より本物に近づくように尻穴を作った。口から舌をちょろりと出してやるのもいい。だが、そうやって仕事に精を出していくにつれ、これまで事あるごとに茂吉の前に顔を出していた男の表情が険しくなっていく。ついにはこんなことを茂吉に言ってくる。

「お前のやりよう、最近目に余るぜ」

舞台の上での犬饅頭の一幕が終わってから話しかけてくるだけまだ分別があるか。茂吉は小屋の柱に背を預けたまま、目を怒らせている田助を見やる。

「やりようってのはなんのことだい」

「てめえで雇った人間の面倒はてめえが預かれ。最近、小屋の歩みの上での揉め事が絶えねえのは、お前も承知してんだろ」

名題役者が芝居に使ったことで人気に火がついた犬饅頭は、己一人では捌《さば》き切れない数の注文となり、茂吉はすぐに人を雇った。饅頭を入れた背負い籠だけを雇い人に配り小屋中を走らせると、そこかしこで茶屋の人間とぶつかった。皿や椀の中身は歩みの上にぶち撒かれたが、しようがないよねと茂吉は思っている。だって茂吉は雇い人たちに、爪先で走るように言ってある。お客さまをお待たせしちゃならねえぞと。止まる際にはそこらへんにいる茶屋の人間の肩にでも体を当てりゃあいいと。

「あっちが喧嘩を売ってくるんだから仕方がないんだよ。そもそも売り上げに万里の差があるんだ。俺らに道を譲るのが筋ってもんじゃないか」

茂吉がそう言えば、舌を打って返してくる田助に、小さいねえ、茂吉は口端を上げて見せる。

小せえ、小せえ。そんな器じゃ白玉の一つだって載りゃあしないよ。

この桟敷番は犬饅頭が大当たりしたぐらいから、やたらとつっかかってくるようになった。売りを抑えろだの、いつもの饅頭も作れだのと口うるさいので、居酒屋で言われるがまま好きなだけ料理を頼んでやったのに、それらに箸も伸ばさず、茂吉への小言ばかりを舌に乗せていた。いい加減に面倒くさくなって、居酒屋へも誘わなくなったらこれだもの。

田助は茂吉をしばらく睨みつけていたが一転、「俺も責を感じているんだよ」と静かな声を出す。

「責？」

「犬饅頭なんぞお前に教えてやらなきゃ良かったよ。俺が思いついちまったばっかりになあ」

田助の言葉に、茂吉は柱から背中を浮かせる。

「……田助は犬饅頭に関係がないだろ」

「なにをとぼけていやがるんだよ。あの日、てめえが女を泣かせたただなんだとしょぼくれていたから、この俺がこしらえてやったんじゃねえか」

嘲《あざけ》るように茂吉の手をぴたぴたと叩き、

「犬饅頭を生み出したのは、この田助さあ！」

茂吉の目の前は真っ赤に染まった。茂吉は田助の胸ぐらを思い切り摑み上げる。

「俺の手を叩くんじゃねえ！　指に傷でもついたらどうしてくれる！　俺の手がなきゃ犬饅頭が作れねえだろうが！」

「そんなもん、誰にだって作れるさ。あと数日もすりゃあ、他の店が作った犬饅頭のもどきが小屋中に出回る」

田助は口端を上げている。茂吉とは比べものにならないほど人を苛つかせる上げ方だった。己は口端の上げ方でさえ、この桟敷番には勝てやしないのか。

「犬饅頭はてめえのものじゃあねえんだよ。お前だってわかってるから、そうやって嚙み付いてくるんだろうが」

言い切られてしまえばもう、茂吉は「ちがう」と呻くことしかできない。

「ちがう。犬饅頭は俺のもんだ。俺のもんなんだよ。この犬饅頭で俺と扇五郎さんは繫がっていて」

「繫がっているわきゃねえだろ」

田助はしっかと茂吉の手を押さえ込みながら言う。ぴたぴたとは叩かない。だからこれは、揶揄っているのではない。揶揄いにはしてくれない。

「俺はお前が心配なんだよ」

その真剣な目に、先の居酒屋で小言を吐いていた田助の目が重なった。そして、茂吉は気づく。

あのときこいつは好き放題に料理を選んだけれど、そのどれもが茂吉の好きなお菜だった。

「犬饅頭を思いつかれねえ人間でいいじゃねえか」

茂吉の手を握り込む田助の手が、酒に酔っていたときよりも熱い。

「扇五郎なんかに呑み込まれてんじゃねえ」

「——おやめください」と暗がりの中で聞こえた声はあまりにも小さくて、茂吉は思わず、うん？　と聞き返す。だが、上がり框《かまち》に腰掛けた茂吉の足の前に膝をついている己の女房は、顔を上げない。俯いたまま、茂吉の脛《すね》に木綿を巻いている。

お園の声を聞いたのは久方ぶりだった。犬饅頭を商うようになってから、茂吉は店の台所を寝床にし、毎日犬饅頭の思案に明け暮れていた。田助との一件以降は殊更《ことさら》身を入れた。饅頭の皮を捏《こ》ねている間だけ、茂吉は田助の手の熱さを忘れることができた。今夜、店奥の住まいの方へ足を運んだのは、脛に傷をこさえたからだ。万が一にも血が饅頭に入るようなことがあっちゃあいけないと、腰高障子を開ければ、お園が繕い物をしていた。

「血は出ているけど、そんな大したものじゃあないんだよ。ちょいと脛に爪が当たっちまってね」

肉球の形を見てみたかっただけなのだ。肉球の色もそこに生える毛の具合も、己は確かめねばならぬ。誰にも真似ができないくらいに本物に近づけねばならぬとその一心で、茂吉は仕事帰りに道端で寝ていた野犬の首に縄をかけた。店まで引き摺っていこうとすると前足で足を引っ掻かれ、見れば、脛からはだらだらと血が流れている。手でなくて本当に良かったと、ほうと息を吐きながら言葉にすると目の前のお園はようやく顔を上げた。そして茂吉に言ってくる。

「犬の饅頭を作るのをおやめくださいと、そう申し上げているのです」

こんなに強く茂吉に意見するお園は初めてで、こいつは己の本当の女房だろうかと少しばかり疑いもする。

「いきなりどうしたんだい。なにか不自由があれば言ってくれりゃあいい。今ならなんだって購ってやれるんだから」

　家内を見回し、茂吉は微笑む。飯のお菜は鰺の干物から鯉の洗いに代わり、蚊遣りは一つをずずと寄せてくれなくともいいように、三つ購った。

「びらびら簪も買ってくださいました」

「あれはいい簪だったろう」茂吉はお園の顔を覗き込む。「先客がいたのを、金子を積んでこちらに売らせたやつだからね」

「私は嬉しくって毎日頭に挿しました。でも、簪の似合う私を、あなたはご覧になったことがございません」

　お園の小鼻が膨らんで、右の付け根に黒子《ほくろ》ができていることを茂吉は今日、初めて知った。犬の牙の先が黄色いことは知っていたのに。

「お菜もたくさん買えるようになりました」

「毎日外で食べたっていいんだよ。それくらいの稼ぎはあるからさ」

「美味しいと喜ぶ私を、あなたはご覧になったことがございません」

　茂吉は聞いていられなくなって「喉でもやっちまったのかい」と大きな声を出す。

「ほら、お前の声がどうも小さいようだから、風邪でも引いちまったのかと心配になってね」

　いいえ、とお園は首を振る。

「私の喉は変わっておりません。あなたの耳が変わってしまったのです」

　そんなはずは、と茂吉は思うのに、確かに今、己は前のめりになっている。お園に体ごと耳を寄せている。

「芝居小屋ではそこら中で大きな音がうねりをあげていると聞きます。その渦の中に身を置いていたあなたは、大きな音に慣れてしまわれた。あなたは変わってしまわれた」

茂吉はもう一度家の内を見回した。物が増えたせいだろうか、犬の目玉よりも随分と馴染みのない家に思えた。お園は立ち上がり、ふと後ろを振り返る。

「あなたが変わっていかれた間に、この子もこんなにも大きくなりました」

お園の背中に隠れるようにして腰にしがみついている子供に目をやって、はてと首を傾げそうになった己に茂吉は狼狽《うろた》えた。お園の言うこんなにもが、子供のどこの部分を指しているのか、茂吉にはとんと分からない。

「でも、好きなものは変わらない」

駆け寄ってきた平之介が差し出した手のひらの上には、かりんとうが載っている。

黒く細長いそれを茂吉はそうっと摘み上げる。口に入れて噛み砕けば、じんわりと甘みが広がった。

そうだよ、と茂吉は思い出す。そもそもの始まりはこの菓子だった。かりんとうを頬張って膨らむ平之介の鼻が見たくって、かりんとう分の銭さえ稼げればいいと、そういう心持ちではなかったか。

かりんとうの滋味が頭に回ってきたのか、茂吉は己のことがなにやらはっきりと見えてくる。扇五郎と通じ合っているだなんて、なにを馬鹿なことを信じていたのか。田助の言っていたように、役者と饅頭屋では、はなから土俵が違っている。花道と歩みは似ているけれど、同じものでは決してなかった。

「三日欲しい」と茂吉は項垂れたまま呟いた。お園は黙って続きを促す。

「ありがたいことにお客様たちから注文をいただいているからね。その分を作り終えたら犬饅頭は仕舞いにするよ」

お園の手が茂吉の膝を摩《さす》る。平之介が慌てたように母に倣《なら》って茂吉の膝に触った。

「平之介と一緒に、家でお待ちしております」

お園のその笑みは、ようやく見覚えがあるものだった。


噂話の足が早いのは流石芝居小屋といったところで、犬饅頭の店仕舞いはすぐに小屋中に知れ渡った。それじゃあ一度くらいは口に入れておこうかと購う新客も増えたわけだが、茂吉は小屋での客の注文を一人で捌くことにしていた。集めてきた日雇いたちは金子を弾んで全員お暇《いとま》願った。


歩みを歩くと肩をぶつけられることもあったが、その度、茂吉は懐にそっと手をやる。平之介のかりんとうはしゃりしゃりと粗目《ざらめ》の擦れる音をさせ、これが耳に入れば頑張れた。田助とは胸ぐらを摑み上げた日から言葉を交わしていない。かりんとうをつまみにして酒でも飲もうと誘ったならば、田助は笑ってくれるだろうか。そんな取り留めのないことを考えながら犬饅頭を売り歩いていると、茂吉の背中にかかる声がある。少しだけ期待して後ろを振り返ったが、立っていたのは、あの見目のいい桟敷番ではなかった。

「お呼び出しだよ」と茂吉に告げる奥役の顔は、あの時の田助のものよりも強張《こわば》っていた。

前に訪れた楽屋から奥に二つ。三階の楽屋であることは変わらないのに、こうまで背筋を伝う汗粒の数が違うとは。楽屋の中で膝を折って座る茂吉は、身動《みじろ》ぎひとつできずにいる。鼻をひくと動かしてみても、匂いだってまったく違う。寛次の楽屋では蕎麦と汗の匂いがそこかしこで弾けていたが、ここでは香が焚《た》かれ、白粉《おしろい》の匂いが敷き詰められている。

「まずは御礼を言わせておくれ」

声はこちらの方が怖いと思った。寛次の声は真正面から突き通る声だが、この声は色気の重さで畳に落ちて、それからこちらへ這ってやってくる。

「お前さんの饅頭を舞台で使わせてもらったよ。おかげでいい芝居になった」

鼻千両は、目の前の懐紙に載せられた菓子に目を落とし、ふふと笑う。

「なんてえ趣向だと思ったよ。饅頭を犬にしちまうなんてさ」

茂吉は揃えた膝の上で拳を握り、違うんです、と絞り出すような声で遮る。

「あれは俺の趣向ではないんです。犬の饅頭を思いついたやつが他にいます」

ここで名前を出さないところが己の情けない部分だとわかっている。だが、茂吉はどうしてもこの人だけには、扇五郎だけには言いたくなかった。田助の存在を知られたくなかった。

「俺はそいつの思案をなぞっただけです。俺の手柄じゃありやせん」

「でも犬饅頭の拵えを細やかにしていったのはお前さんだろう。それはお前さんの手柄なんだから誇っていい。わたしに飯やら煙管やら、なんでもたかってくれていいんだよ」

茂吉は顔を上げた。扇五郎は悪戯《いたずら》げな笑みを浮かべている。

「とってもありがたいことだと思っていやす」

たまらず額を畳に打ちつけた。

「ですが、俺ぁもう、犬饅頭は作りません」

扇五郎はしばらく押し黙っていたが、「そう」と呟いただけだった。そのまま降り積もっていく時間を、茂吉は畳のささくれに額を押し付け紛《まぎ》らわせていたが、

「お前さんも、わたしをひどい人間だと思うかい」

え、とまたしても茂吉は顔を上げた。扇五郎はぼんやりと宙を見ている。

「己の芸のためならば、犬をも殺せてしまうような人間だと」

顔を動かし、見開かれた茂吉の目にかち合うと、苦く笑う。

「犬殺しの話は本当さ。父親を刺したときに舞台に流れ出す血は、本当に犬からとったものでね。血袋に詰め入れて寛次の衣裳に仕込んでいる。犬の死体は女房に言って集めさせたよ。わたしにはどうしても無理だったんだ。犬の息の根を止めるだなんて」

「でも、噂じゃあなたは笑っていたと」

犬の首に錐《きり》を差し込み、ほらいっぱい血が出るよと、はしゃいでいたと聞いている。

「此度の芝居じゃわたしは敵役《かたきやく》で、犬を載せた大八車を引かせたのは奥役だったからね」

そこになんの繋がりがある？　首を傾げる茂吉に「わたしの悪人振りをね、見せてやらなきゃいけなかったのさ」と扇五郎は言う。

「芝居ってのは役者こそ表に立ってはいるが、その屋台骨は裏方が支えているものだ。その裏方たちに、わたしが犬の死を悲しんでいる姿を見られてみなよ。あいつぁ舞台じゃとんでもない悪《わる》だが、現ではいい人間なんだねと心の裡《うち》で思うだろう。その日からわたしがどんな悪事を働こうとも、でもいい人間だから、との頭書きがついて回ることになる。その裏方の生温《なまぬる》い態

度は今に表方に、客に、小屋中にうつる。温い目で見られちゃいい芝居なんぞできやしない。わたしは、ぴりりと緊張されるぐらいでないといけないんだよ」

舞台を下りた後もこの人は、敵役でいなければならないのか。茂吉は思わずにじって扇五郎に近づく。

「芝居は当たったが、犬殺しのことを考えると、どこかしんどくてね。そんな時、お前さんの犬饅頭の存在を知った。なんだかね、救われた気分だったんだ。わたしの犬殺しを認めてくれる奴がいたんだって」

扇五郎は楊枝《ようじ》で懐紙の上の犬饅頭を切る。尻尾を切り、四肢を切り、最後に切り分けた頭を口に入れる。

「こいつがわたしがずっと隠してきた犬殺しの顚末《てんまつ》だ。人に話したのは初めてだよ」

柔らかな笑みを浮かべる扇五郎の意図が、茂吉にはどうしてもわからない。

「どうして俺なんかにそのお話をしたんです」

「どうしてって」扇五郎は戸惑ったように一旦口をつぐみ、

「お前はわたしと似ているから」

そうだろう、茂吉、と囁くように名前を呼んだ。

茂吉は顔を伏せ、小さな声で驚きやした、とこぼす。

「あなたは雲の上のお人だと思っていやしたから」

「お前さんは間違いなくこのわたしと同じだよ。わたしと同じで特別な人間なんだ」

特別と、その言葉は真綿のように茂吉の心を包み込む。

「芝居のためならどんなに嫌でも犬を殺してしまえるように、お前さんも饅頭のためならなんでもできちまう人間なんだよ」

傷一つない手が茂吉の手に重なって、茂吉は少し泣きそうだ。

「こんなにも見目の違うやつに、扇五郎さん自ら同じだなんて言ってもらえるなんて、もったいねえことです」

「あら、見てくれで判断しちゃあいけないよ。中身が一等大事なんだから。皮をめくってその中身まで確かめてみなけりゃ、なにもわかっていないのと一緒だよ」

扇五郎はもう一つ饅頭を摘み上げると、歯を立てる。

「そりゃ皮をめくるのは恐ろしいさ。人が嫌がるのもよくわかる。でもね、わたしたちは皮をめくってほじくれる、意気地を持った人間なんだよ」

饅頭の皮だけをぺろりと唇から垂らしている目の前の人間の凄まじさに、茂吉は暫《しば》し目を奪われた。同じでいたいと強く思う。己はこの役者と同じ生き物でいたい。

ぐっとその場で前のめりになった拍子に、茂吉の懐からかりんとうがひとつ飛び出して、てん、と扇五郎の前に転がった。茂吉が慌てて手を伸ばした甲斐なく、扇五郎はそれを手のひらに載せる。

「こいつは新しい饅頭の思案かい」

「え、あ……はい」

思案など何もなかったが、茂吉は首を縦に振る。茂吉は失望されたくなかった。犬饅頭はやめると言ってしまったが、次に向けてあれこれと思案することのできる人間に思われたかった。

そんな茂吉を見て目を細めてから、扇五郎は手元に視線を落とす。そして、ぽつり。

「こいつは骨に似ているねえ」

その時、茂吉の頭にぱちんと思案がひらめいた。それを扇五郎に伝えると、扇五郎の口がぽかりと開き、目の中に綺羅《きら》が入り込む。

「やっぱりお前さんはすごいお人だよ」

そこから先はなんだか夢現《ゆめうつつ》のことのように思える。

気付けば扇五郎の顔が間近にあって、扇五郎の手が己の手を引っ張り上げた。そのまま立ち上がり、楽屋暖簾をくぐり、楽屋口を通って外に出た。日はもう落ちているというのに、扇五郎に手を取られて急ぐ道は砂糖をまぶしたように白く輝いている。道端に目当てを見つけて、茂吉らは足を止めた。犬だ。ううう と唸るので、饅頭を千切ったのを撒いてやった。犬は上目遣いに茂吉にすり寄ってくる。

扇五郎の手が茂吉に触れて、離れて、いつの間にやら茂吉は匕首を握っている。

さあ、おやりよ。

囁かれて、ああ、やっぱりねえと茂吉は笑みを浮かべる。俺もやろうと思っていたんです。

チョンチョン、とどこかで拍子木が鳴っている。人の熱気が渦巻く芝居小屋で、茂吉は花道の上に立っている。舞台に向かって足を滑らす茂吉に、桟敷番や芝居茶屋のお店者らは歩みの上から歯嚙みしている。お前らは一生そこで見ていなよ。

俺の隣にゃ、この人がいる。

きりりと歯を食いしばり、そのまま匕首を振り下ろす。

ずぬりと肉に刃が埋まる感触があった。

なるほど。このくらいの硬さなら、餡子は豆の大きいのを選ばなきゃいけないね。茂吉が小豆の種類を頭に思い浮かべている間にも、犬がぎゃあと鳴いているが、ここで止めちゃあいけないのだ。なんでも中身が一等大事で、己は皮をめくって、ほじくれる。毛の生えた皮を両手で鷲掴みにする。茂吉は一息にめくり上げた。

　歩みを渡りながら、茂吉は今日も饅頭を売る。

したりしたりと足裏は板にしっかりつけているというのに、立ち止まろうとするたび巾着袋の重さでつんのめる。金が貯まっていくのも困りものだね、と茂吉は心の内でため息を吐《つ》く。女房も息子もすでに家を出て行っているのだから、己一人が生きていく分だけありゃあいいのに。

　桟敷番とはしばらく顔を合わせていない。まあ、金さえ出せば引っ付いてくるだろうから早く酒に誘わなければ。早くこの饅頭が己の思案だとわからせてやらねばならぬ。

「三好屋さん、ひとつおくれよ」

　お客から声がかかって、茂吉はあいよ、と歩みを走る。枡席近くで膝をつき、手を上げている男の前に笊を置く。その様子を男の背中に隠れるようにして見ているのは、扇を五つ袂に舞わせた小袖の女子で、なるほど枡席を一枡ごと買い上げた、家族での芝居見物というわけらしい。この娘が父親に茂吉の饅頭をねだったのだろう。茂吉は饅頭を懐紙に載せると、板の上で滑らせる。銭をいただき巾着袋の中に収めても、茂吉はまだ膝を板から離さない。饅頭が若い娘の口の中に入るのを、じっと見る。

いやッと娘が叫び声を上げた。芝居小屋中の人間の目がこちらを向く。

舞台の上にいるあの役者の目だけが、ほんの少し弧を描いている。

「どうかいたしやしたか、お客さん」

茂吉に問われて、娘はいえ、と一寸口ごもり、それから饅頭が、と言い添える。

「饅頭の中に、なにか入っている気がしたので」

「ああ、それなら犬の骨ですよ、お嬢さん」

思ってもみない答えに驚いたのだろう、娘はわっと泣き出して、茂吉は思わずへへへえと笑ってしまう。

「てめえ、うちの娘になんてものを食わせやがったんだ！」

父親が茂吉に摑みかかってくるが、こちとら何も責められることをしたわけでもない。

「体に悪いもんじゃございやせんよ。ほおら、よく見て」

背負い籠から一つ饅頭を出して、中身を割って見せてやる。

「かりんとうですよ、かりんとう」

犬の背中に沿うようにして一本、黒い棒が延びている。

「細おく削ってね、犬の尻から突き入れてんです」

その太さには自信があるのだ。肉を掻き分けてたどり着いた骨は持ち帰るのに苦労したし、何度水を使ってもこびり付いた肉が取れないしで随分と時間はかかったが、やりがいはあった。

茂吉は泣いている娘に顔を近づける。両手で肩を摑んで口の中を覗き込む。

「ようく噛んでくれなきゃ困るよ。背骨のかりんとうの周りにゃ、糖蜜もしこんでんです。噛むたびに、とろろとろろと血ィが出てくるでしょう」

　血の粘りの出し方には悩まされたが、葛を混ぜ込めばいいとわかってからは早かった。味は落ちるがそんなことはどうでもいい。いかに本物に近づけられるかが肝要だった。

　だって、こいつは犬饅頭。

「気色悪いもんを食わせるな！」

　父親に殴り飛ばされて、茂吉は歩みの上で尻餅をつく。

　投げつけられた饅頭が茂吉の目の前にてんてんと転がる。

　顔のひしゃげた犬と目があって、茂吉はにっこりとする。ごまの替わりに万両の実を埋め込んだのは、やっぱり当たりだったね。血走った犬の目そのものだもの。

　あのお人は褒めてくださるだろうか。茂吉は犬饅頭の口から糖蜜が流れ出すのを見ながら、あの夜のことを思い出す。

　あなたも犬の血なんかじゃなくて本物を使えばいいんですよ。茂吉が肉を掻き分けながらそう言うと、なるほどねえ、と唇に手を当てていた。そうですよ、実《まこと》に近付けてこそですよ。茂吉が強く主張すると、お前さんはやっぱりすごいねえ、と寄越された笑みが今も頭に焼き付いている。

　娘はまだわんわんと泣いている。

　茂吉はまた、へへへえと笑った。

一　辰　凡凡衣裳

畳の上に両手をついて、辞儀をするお指はなるほど、ついっと揃っている。

つまらないものですが、と風呂敷包みのどら焼きをお辰《たつ》の前に滑らせて、こちらをうかがうそのお目目は、とっても健気《けなげ》でしおらしい。

まあ、前の客よりかは、幾分ましなお人のようで。

お辰は風呂敷包みを押し戻しながら、四半刻《しはんとき》ほど前に応対したお客人を思い出す。

その人もお辰の前に風呂敷包みをでんでんと二つ積み上げた。三津屋《みつや》と筆書きされた店札をこれでもかと見せつけて、この金平糖は去年のお八つ番付で小結《こむすび》をとったとか、朝から人を並ばせてやっとこさ手に入れた品だとかを捲《まく》し立ててくるのはうんざりで、早々にお帰りいただいた。目の前のお客は、そのような押し付けがましい真似はしないが、風呂敷の結び目をちょいと解《ほど》いて、こちらも人気の店らしい店札をちらりと覗かせてくるところは小賢《こざか》しい。

「ねえ、お辰さん。後生ですから、お目通りだけでもさせてはもらえませんかねえ」

声のいいところは、もっともっと小賢しい。前のお客も声だけはやっぱり良くって、金平糖のぺいの声の出し方には、ほんのちょっと聞き惚れている己《おのれ》もいた。

だが、お辰は決して騙されない。

どんなに礼を尽くした指先も、健気なお目目も良い声も、お辰を騙くらかすことなんかできやしない。

この仕立て師、お辰の前では、その身に着けている着物がなによりも物を言う。

「何度お願いされても答えは変わりません。衣裳の仕立てのご依頼はお引き受けできません」

きっぱりお辰がそう言うと、お客の目にはすぐ剣呑《けんのん》な色が滲《にじ》み出てくる。

「一体なにをお望みなんだい」

苛々《いらいら》と指で畳を叩く仕草に、ほらね、とお辰はお客の着物に改めて目をやった。

黒柿色の小袖は江戸のお人好みの渋色で、裾に縫い付けられた打出《うちで》の小槌《こづち》、巻き軸、七宝《しっぽう》、巾着袋の宝尽くしの紋様は太糸《ふといと》が色取り取りに使われ、たしかに目を引く。

ただ、その縫い付けの糸が弱いのだ。古い糸を使ったのか、染めを繰り返しすぎたのか。目を凝らさなければ分からぬくらいだが、刺繍《ぬい》を施したあたりだけ妙に布地がよれている。

ほらね、おんなじ。お辰は背筋を伸ばし、真正面から男を見据える。

綺麗なお顔に丁寧な仕草でどれだけ仕立て上げられていても、時が経つとほつれが出始める。

こうして堪忍袋の緒だって、すぐ切れる。

「ああもう、まどろっこしいね」

男はちいっと舌を打ち、

「いくら金を出しゃあいいんだい！　鬘《かつら》でもなんでも質に入れて、用意してやろうってんじゃないのさ」

　お辰に向かって片袖を捲ってみせるが、お辰にはてんで応えない。

「金子《きんす》の問題じゃあないんですよ。今日までにお受けした仕事で手一杯で、新しい注文を差し込む余裕がないんです」

　切って捨てれば、今度は打って変わって男の目には涙が溜まる。

「半年振りにようやっと名前のある役をいただけたんだ。霜月《しもつき》の顔見世《かおみせ》以降なんともぱっとしねえお役ばかり回されて、芝居好きの口の端《は》にのぼりやしねえ。だからこそ、私は此度《こたび》の芝居でなにをしてでも皆の目ん玉に映り込みにいかなきゃならない。次の夏芝居で名を揚げられなきゃ、おしまいなんだよ」

　捲り上げていたはずの片袖がいつの間にやら目元に添えられ、男はよよよと泣き崩れている。お辰は一つため息をつく。

　どうしてこうも来る客来る客、己の涙でどうにかできると思うのか。

　ここ丹色屋《にしきや》は、芝居役者のみを客とした舞台衣裳の仕立て屋だ。その、情に訴える泣き落としがどれだけ芝居客の涙を誘い、「泣きの清九郎《せいくろう》」との大向こうが飛び交うのか知らないが、この店の中では通用しない。

「金があるなら、越後屋《えちごや》にでも頼んだらいいではないですか。あれだけの大店《おおだな》なら、腕のいい仕立ての職人を山ほど抱えているでしょうし」

「越後屋なんかに頼むかってんだ。丹色屋こそが天下一の仕立て屋と見込んでいるから、こうして頭を下げているんじゃないか」

「それは……どうもありがたいお言葉で」

「森田座《もりたざ》の初春《はつはる》狂言にやった『絵本太功記《えほんたいこうき》』の四王天田島頭《しほうでんたじまのかみ》の衣裳、あれには腰が抜けちまったよ。初日の幕を閉じてすぐ寛次《かんじ》さんに縋《すが》って聞けば、ここの仕立てだっていうじゃないか」

袖は広く、丈は短く、裾の両脇には切れ込みを入れて四つに裂いたように仕立て上げ、馬簾《ばれん》と呼ばれる飾り房を縁にぐるりと縫い付ける。雲龍《うんりゅう》、雲鶴《うんかく》を欲張って亀甲《きっこう》の内に閉じ込めた縁起担ぎの紋入り総刺繍《そうぬい》には満足そうな鼻息を貰ったが、飾り房だけの裾回りは物足りないらしかった。もっと派手に揺らしてくんねえとの役者の要望に、飾り房の先っぽに蜻蛉玉《とんぼだま》を結びつける工夫を思いついたのはお師様《しさま》で、お辰はお師様と二人して、夜を明かして蜻蛉玉の穴に糸を通したものだ。

「四天《よてん》は芝居でしか使われない着物ですから、仕立て師にとっちゃあ腕の見せ所。お師様も寛次さんと額を突き合わせてうんうん悩まれておりました」

引き締まった背中とひょろけた背中が仲良く一緒に丸まって、一枚の紙を覗き込んでいた光景を思い出す。

「だからだよ」との優しげな声に目線を上げれば、清九郎は穏やかな笑みを浮かべていた。

「そうやって心《しん》から役者のことを考えてくれる仕立て師さんだから、私は丹色屋さんに此度の衣裳を仕立てて欲しいんだ」

清九郎は一旦言葉を切ると、「お願いするのはこれで最後にいたしやしょう」緋色の腹切帯をしごき、お辰に向かって膝を揃える。

「昨今の江戸の流行《はや》り廃《すた》りは私ら芝居役者が中心だ。皆こぞって芝居役者の真似をする。中でも衣裳にゃ殊更《ことさら》目を光らせて、染め色、紋様、かぶりものに帯の結び方あたりが目の付け所。その真似っこに役者の名前がつけられたらもう、こっちのもんさ。梅幸茶《ばいこうちゃ》、菊五郎格子《きくごろうごうし》、菖蒲《あやめ》帽子《ぼうし》に吉弥結《きちやむす》びと、役者の名前は広まって、果ては舞台《いた》じゃどんな風に着付けているのかしらんと、客は芝居の木戸札を購《あがな》うから、興行も大入り売切御免。役者の成り上がりは衣裳次第と言っても過言ではないわけさ。そのことを、丹色屋さんはようく分かっていらっしゃる。だからこそ、私は丹色屋さんに衣裳を作ってほしいんだ」

清九郎は片手をついて、ぐうっとその体をお辰に寄せる。よれていたはずの小袖はぴんと張り、宝尽くしの刺繍はほつれてもなお、煌《きら》めいている。

もしかすると、このお人なら。

お辰は、じりりと膝を進める。

このお人なら、頷いてくれるんじゃなかろうか。

「いいでしょう」

お辰の言葉に、清九郎は目を見開いた。

「清九郎さんの衣裳へのその心意気、しっかと受け取らせていただきました。このお辰でよければ、仕立てを請け負います。まずは衣裳の思案をおうかがいいたしましょう」

清九郎の口はぽかりと開き、

「いや、そいつはちょっと勘弁しておくんな」

へへ、と薄ら笑いが浮かび上がる。

「こいつは私の干からびた頭から捻《ひね》りに捻って出したものだからさ、そう容易《たやす》くは口にできないよ。いや、お辰さんを疑っているわけじゃあないんだよ。前に衣裳を作ってもらった店がとんでもない悪党で、私の思案を他の役者に横流ししやがったんだ。私の心は深く傷ついてねえ、それからどうも敏感になっちまって」

そう早口で捲し立ててくる男の睫毛《まつげ》は、先の嘘泣きの涙に濡れて束になっている。その隙間から上目を遣い、「ねえ、お辰さん」との甘え声。

「あんたのお師匠さんとお話しさせてほしいんだけど」

お辰はかっとなったりしない。お辰はきっちり膝を詰めた分だけ畳を退《すさ》って、頭をゆっくり下げることができる。

いつものことだ。お辰を侮《あなど》り、お辰を丹色屋の主人を引きずり出すための取っ手ぐらいにしか思っていない。だからこそ、お辰はここで口調を変えるのだ。

「これはえろうすんません。あたしが一人突っ走ってもうたみたいで、お恥ずかしい限りだす。先のあたしの言葉には墨でも引いておいてくださいませ」

お客は皆揃ってあっという顔をするから、お辰は少しばかり胸がすく。

貴重な上方の職人をみすみす逃したんやで、このすかたん！　とぶちかましたい気持ちなんておくびにも出さず、「そんなら、此度のご依頼はお断りするしかなさそうで」と己の眉毛を八の字にする。

「ああ、残念至極。どうぞお気をつけてお帰りくださいませ」

案の定、清九郎は畳の上で大の字になって駄々を捏《こ》ね始めたので、お辰は弟弟子二人を部屋に呼びつけ、事の始末を任せた。入ったばかりの見習いの方はうへえと顔をしかめていたが、あの役者は贔屓《ひいき》の目を気にする質《たち》だから、店の格子戸でも開け放してやれば今にすっくと立ち上がり、しゃなしゃな店を出ていくはずだ。

舞台の衣裳では飽き足らず、普段の御召し物も見てみたいというのが贔屓の性《さが》で、中には役者の家塀によじ登り遠眼鏡《とおめがね》を使って覗き見をする輩《やから》もいるらしい。小雨の降る縁側で黄昏《たそがれ》ている扇《せん》様は一層乙《おつ》だと濡れた塀に足をかけるのが、大店の商家で蝶よ花よと育てられたお嬢さんだというのだから、役者の魅力というのは計り知れない。

お辰は奥の間に入って抽斗《ひきだし》から大福帳を取り出した。二、三年前までは片手で扱えていた注文帳がよくぞここまで太ったものだ。だがその繁盛の割に役者相手とあって面倒事も多く、働き手が居着かないのがお辰の困りの種であったりする。

帳面に諸々を書き付け帳場机に手をつくと、指にちくりとした痛みがあった。見れば人差し指の腹に赤い線ができていて、どうやら大福帳で指を切っていたらしい。口に含んで傷をねぶったままで、お辰は唇を尖《とが》らせる。

この手もお仕立てができる手だっせ。お師様が引き受けた仕立ての注文で、簡単そうなのをひとつでもこちらに流してくれたなら、店の回りも早くなるというものを。

だが、お辰の手はいつまでたっても、針で刺した穴よりも紙で切ってこさえた切り傷の方が多いのだ。

廊下に出てすぐ、お辰は右手の座敷に目をやった。障子に二つぺたりぺたりと耳が貼り付いているのが透けて見えている。お辰が障子の紙を弾くと、慌てたように各々《おのおの》の座布団へと走り戻る音がする。深くため息をついてから、お辰は声を掛けて部屋に入った。

中では男が二人向かい合って尻を据えていて、顔だけをお辰に向けている。

「助かったよ」と背中を丸め、弱々しい言葉を溢《こぼ》すのはお師様だからいいものの、

「見事なお捌《さば》きでございやした」と目の中に綺羅《きら》を入れ、お辰へと身を乗り出してくる男には、自然と眉間に皺が寄る。

「先のお声はうちの座の清九郎、その前のお声は中村座《なかむらざ》の松之丞《まつのじょう》さんでござんしょう。おっとその顔、大当たりってとこですね。いやあ、どちらの注文もきちんとお断りいただいて、ありがてえのなんのって。だってほら、丹色屋さん、次の夏芝居じゃあ、あたしらの小屋が抱える名題《なだい》役者の注文を沢山引き受けてくださっているでしょう？　次の興行には金子をかけておりますもんで、他座さんのは言わずもがな、うちのお下《した》の下克上《げこくじょう》狙いの注文も、今回は突っ返してお歴々の衣裳に注力いただきたいと、そう思っていたんですよ。そいつを頼まずとも叶えてくれるとは、さすが天下のお辰さんだ」

お辰と客の会話を盗み聞くのは毎度のことなので、もう咎《とが》めたりはしない。ただ、男の手元で広げられているそれは見過ごせない。男の傍まで近づき思い切り膝頭を畳に落とすと、尋常の女子《おなご》たちより背丈がある分体重が乗って、ずびしと畳が悲鳴をあげる。

「またお上を騙す算段をつけているんでっか」

言葉には険を含ませたが、流石《さすが》に客の品とあって慎重な手つきで引き寄せる。

色は銀鼠《ぎんねず》、織りは綸子《りんず》、なるほど友禅染の縫羽織《ぬいばおり》。背中に散った大柄紋の雪持松《ゆきもちまつ》は洒落《しゃれ》ているのに、枝の先は明らかに柄色が足りていない。紋の間々《あいだあいだ》にもわざと空けたような隙間があっ

て、お辰は、ははんと得心した。畳の上に広げられている附帳《つけちょう》を覗き込むと、やっぱり金糸も銀糸も抜いておくようにとのお指図だ。紋の間には別裂《べつぎれ》に刺繡した鷹を縫い付けるとの魂胆らしく、陣平《じんぺい》さん、とお辰は声を張り上げる。

「誤魔化すのも大概にしてもらわんと。糸を抜くだの、別裂で刺繡を縫い付けるだの、そないな小細工でお上の衣裳検《あらた》めを通したところで、芝居の幕が開いてお咎めを受けたら、衣裳はお召し上げなんでっせ。役者が捕まりでもしたら、こちらも吟味を受けること、きちんとわかってはるんやろな」

「もちろんわかっていますとも。だからお役人になにか聞かれたときには、これこれこうお答えくださいましねとお教えするため、こうして丹色屋さんに寄らせていただいているのではありませんか」

ねえ、玄心《げんしん》先生、と陣平は甘えたような口を利き、お師様はその白髪《しらが》混じりの無精髭《ぶしょうひげ》が生えた顎を慌てたように縦に振る。

お辰はぎりりと歯を嚙み締める。己の八重歯の見せ所をわかっているようなこの男、お辰は心底嫌いだが、しかしながら、森田座の衣裳方としては頭一つ分抜けている。

十五やそこらの子供っぽい顔つきとは裏腹に仕事はきっちりこなすと評判で、森田座の衣裳蔵にある蔵衣裳は数も種類もその身丈も、帳面を見ずとも頭に書き込まれているから、手配が早い。舞台の出しなに突然切れた衣裳の仕込み糸も、慌てず騒がず舞台端で仕掛け直してくれるとあって、役者たちからは信頼が置かれている。

「お世話になっている丹色屋さんになにかあっちゃあいけねえと心から思っているからこそで

すよ。ご存じのとおり、森田座の皐月《さつき》狂言は大入り、稲荷《いなり》のお狐様の手まで借りてえと慌ただしい中、毎日お伺いしていることは、どうにか心に置いていただきてえ」

「そりゃあ、分かっておりますけども」

「まあ、先の改革以来、次々と法度《はっと》が出されるようになった事情もございます。禁止される項目も毎度細かく変わるもんですから、その都度うまく言い抜ける思案を玄心先生と一緒に講じる必要がありまして。中村座じゃあ銀箔塗りの下駄でさえお召し上げ、番所で打ち割られたというじゃありませんか」

　役者の衣服は舞台衣裳は無論、平生《へいぜい》の衣服も絹紬《けんちゅう》と麻布以外の布地を用いてはならぬ。金銀糸の縫、箔の使用もご法度で、小道具も金銀、華美なものは許さない。奢侈《しゃし》禁止、質素倹約と四角四面に記されたお触書を手に、奉行所から見分役が芝居小屋へとやってくる。次の舞台に使う衣裳を並べさせ、法度の項目に反したものはないか確認するわけだ。

「次の芝居でも衣裳の召し上げは勘弁願いたいですねえ」

「願いたいですねえ、で片付けてもらっちゃあ困るんです。あたしらも衣裳の仕立てで喰っているわけですから、衣裳には金糸も銀糸も縫い付けてもらった方がええのは当たり前。費用《かかり》が高ければ高いほど懐に入る金子は重くなる。それでもあえて口にするわけですけど、もう少しお上の意向に沿った衣裳を拵《こしら》えてもええんとちゃいますか」

「ああ、お辰さん。森田座のことをそうまで考えていただけるなんて、なんていいお人」

　陣平はにっかり八重歯を見せつけて、

「でも、ご安心くださいな。きちんと言い抜けの思案は立っておりますから」

「その思案ってのは、衣裳書上《かきあげ》に嘘を書くことなんでしょう。だから先にも言ったように、それは幕が開いたらいっぺんにばれるんやから、意味がないと言うんです」

ため息混じりに言ってお辰は、畳の上に開かれたままの衣裳附帳に目をやった。

これを狂言作者が配役ごとに書き記し、役者に渡すところから衣裳作りは始まる。役者は附帳を基《もと》に思案を捏ねるのだが、捏ね上げたものがそのまま衣裳書上に書かれることはない。金糸銀糸は縫い付ける前、箔は刷り込む前の衣裳をこちらが此度の芝居衣裳でござぁい、とぬけぬけ顔で奉行所へと提出する。その後、下見分《したけんぶん》と称して、見分役が申告と相違ないか実物を検めにくるのだが、その目をうまく誤魔化したところで、舞台が開けば絢爛《けんらん》豪華な衣裳はどうしたとて役人の目に入る。お咎めを受け、衣裳が召し上げとなったら、元も子もないとお辰は言うのだ。だが陣平はなんでもない顔で附帳を拾い上げて、懐に入れる。

「この長羽織はさる奥方からの頂き物なんです。扇五郎《せんごろう》贔屓とのことで、どうしても衣裳を贈りたいとそう仰《おっしゃ》られまして」

「さる奥方」

「おっとお名前は勘弁してくださいまし。ですがここだけのお話、もしも衣裳召し上げ、興行差し止めになっても、奉行所にそうっと手を回すことのできる御仁でいらっしゃる。あとは町廻り同心への賂《まいない》もしっかりとさせていただきました。次の夏芝居にかける予定の演目を御耳打ちしたところ、どうもお好みの名題であったようで、随分興奮しておらしゃった。その興奮がお腹にきたのか、いきなりいててと脇腹を押さえなすってね、ああ、心配だ。桟敷《さじき》のお役穴から芝居を見分する際、持病の癪《しゃく》が出て衣裳の吟味を見逃してしまうかも知れぬ、とそういうことで」

お辰が言葉を継げないままでいると、陣平は片方の口端だけを吊り上げて薄い笑みを頬に浮かべた。

「ご安心くださいと申しましたでしょう」


今の世は、どいつもこいつも芝居狂いや。

森田座へ足早に戻っていく陣平の後ろ姿を見送りながら、お辰は思う。

扇五郎贔屓のさる奥方とやらも、筋立て好きの町廻り同心も、芝居のためならお上に楯突くことを厭《いと》わない。世間が芝居に熱狂すればするほど、お辰のおまんまの種につながるから、こちらとしてはありがたいが、お辰はときたまその熱狂ぶりにぞくりとさせられるときがある。

店の間に戻って、お辰は玄心の前で膝を折る。「お師様」と声をかけると、骨の浮き出た肩がびくついた。

「あの……ご苦労だったね」

「清九郎らのご依頼のことだすか。それについてはねぎらっていただく必要などありまへん。ねちこい役者相手に断るのは心胆がいるのはわかりますから、これまで通りあたしに振ってくれはったらええ。せやけど、衣裳方に対してはもう少し強《つよ》お出てもらわんと。またええように使われる羽目になりますで」

こくりと頷くそのお顔は、なにかをお腹に隠しているお顔だ。眉間に一本皺を寄せると観念したように、「考えていた仕込みを試させてくれると言うんだもの」と白状する。

「やから森田座役者の衣裳の注文をもう一枚請けていただいてその仕込みを試しましょう、やなんて押し切られたんとちゃいますか」

これまた玄心がこくりとやるから、お辰はため息を吐《つ》く。

世間が芝居狂いなら、こちらは衣裳狂いときたもんだ。

「引き受けたらあかんとは言いまへんけど、今月は先の月より抱えてらっしゃる注文が三つも多い。あたしもうまく捌くようにはいたしますが、お師様の御体は一つしかないんでっせ」

「うん……ごめんね」

うなだれるお姿は頼りない。髷《まげ》は緩んで艶《つや》がない。剃刀《かみそり》の当てが甘いせいか、痩《こ》けた頬にはちまちまと無精髭が残っている。年は五十四。二十五になるお辰より二回り以上も上だというのに、お辰に叱られたことにしょげ返り、それを半刻《はんとき》は引き摺る。

そんな性分なものだから、次の客に応対する時間になったというのに、目の前にいるお客は意識の外で、こうしてちろちろとお辰の顔色をうかがってばかりいる。だが、お辰は隣からの視線なんて見て見ぬふりだ。目の前でしんねり横座りをしているお客に向かって、笑顔を見せる。

「胴抜《どうぬき》にした方がええと思います」

呉服屋から届けられたばかりの縮緬《ちりめん》を手元に置いて、お辰は告げる。

「あら、紋付ではないの？」

おっとり小首をかしげると際立つ頬の丸みは、なるほど指でなぞってみたくって、この女形《おんながた》の役者絵が売れるのもよくわかる。くわえて、肌の白さは極上上吉《ごくじょうじょうきち》と評判で、江戸の女子たちは皆こぞってこの女形が浅草に開いた和泉屋で白粉《おしろい》を購い、己の頬に擦り込んだ。その白粉が天女香《てんにょこう》と呼ばれ始めてから、あれよあれよという間に女形、田川《たがわ》天女は森田座の立女形《たておやま》の座に収まった。明くる年には大坂での天女のお披露目興行も決まっている。

「大坂に舟で乗り込むときにも使う衣裳なんでしょう。そんならやっぱり上方の習いに従うべきやと思います」

お辰はきっぱりと言い切った。尋常、丹色屋では衣裳の思案から仕立てはお師様が回し、そのお師様の指図に従いお辰は生地の手配や縫い付けに手を動かす。だが、上方生まれの芝居や役の衣裳となると、思案の段階でお辰に声がかかるのだ。

「江戸の型でいくんなら、仰る通り紋付になります。天女さんの演じる花緒《はなお》は大見世《おおみせ》の太夫《たゆう》です。裾に紋様を散らしたぐらいの着物の袂《たもと》で、はたはた男をあしらうのが、なんとも粋で格好がいいってのが江戸のお人らの言葉です。でも、その江戸好みは上方では通じまへん」

上方のお人らに言わせれば、天女はんの演じる花緒は大見世の太夫でっせ。そないな地味なお仕立てでお客の前に現れるかいな。

「上方では本物に近い方が好まれますからねえ。たしかに本物に寄せるんなら、遊女の部屋着は胴抜さね」

襟と袖、裾を胴とは別布で仕立てた胴抜は、もちろん江戸でもよく使われる衣裳ではあるが、上方下りの遊女、花緒は江戸と上方とで演じられ方が違う。舞台の上での仕上がりだって随分と変わってくる。

「上方下りのお辰さんがそうおっしゃるなら、そう致しましょう」

口端が緩んでくるのを、お辰は慌てて畳に額を近づけて隠す。

もう、お辰。こんなことくらいで喜んでいてどないすんの。だが、仕立て師お辰の一歩には間違いなくって、お辰は弾む手つきで手元の縮緬を引き寄せた。

「それじゃあ袖の仕立ての思案と行きまひょ」とねっとり上方弁で天女に話しかけたところで、

「いや、紋付だ」

低く抑揚のない声が遮った。お師様だ。お辰は一寸息を詰め「でも」と出した声は己でも思いの外大きい。

「でも、天女さんが舞台でお手に持つのも団扇《うちわ》ではなく、懐紙なんですよね」

目線を天女へ動かすと、視線を受けて天女はまったりと頷く。

「ええ、上方ではそれを使うとお聞きしましたから」

「そんならお師様、やっぱり衣裳は胴抜ですよ。半端に江戸の型を取り入れるより、なんもかんも上方尽くしの方が大坂では受けがええんですから」

「いや、此度は、紋付でいくべきだ」

そう呟くお師様の声は、ぷつぷつ池底から上がってくる泡粒のように小さいのに、お辰はもう何も言えなくなってしまう。

「花道に登場する花緒は遊女をたくさん引き連れている。胴抜で華やかになるのは却《かえ》って色が混ざっていけないね。花緒だけ色を抜くことで客の目を引く。大坂への舟乗り込みだって幟《のぼり》が何百と川縁《かわべり》に立つんだから、色を戦わせちゃあいけないんだよ。冬が明けてすぐの川は川面が光って照り返すから、引き抜き。天鵞絨《ビロード》が映えるはず。どこに継ぐ。いや、でっかく片身替《かたみがわり》で使ってみるか。ぶっかえり。天女さんの肌の色には紫鳶《むらさきとび》。違う、桜鼠《さくらねず》」

言葉と言葉の間の繫ぎがなくなり、話があちこちに飛び始める。目蓋《まぶた》は半開きになっていて
その下で目玉がくるくると動いている。

「玄心さん、私は衣裳に渋みを入れたいんだけど」

天女がにこにこと話しかけ、お師様は顔を動かすことなくそれに返す。

「それなら黒柿を帯に。きゅっと場が引き締まる」

「ぶっかえりは良い案ですね。舟の上で衣裳が変わったら上方のお人らも腰を抜かすんじゃないかしらん」

「仕込み糸は袖口に。袂をひっくり返して、色を変える」

「よござんす」

お多福天女は柔らかい笑みを浮かべる。

「此度は紋付でまいりましょう」

お師様はここでようやっと顔を上げる。満足そうに一人頷いてから、お辰の顔を見「あっ」と声を上げげた。まるで今お辰がいることに気づいたかのようなお顔だった。そして、右に左にうろうろ目玉を動かしてから「もう、昼飯の時間じゃないか」といきなり頓珍漢《とんちんかん》な言葉を絞りだす。

「お辰はきすの天ぷらが好きだったよね。すぐに購ってくるよ」

天女とお辰を部屋に残し、お師様はそそくさと逃げ出した。

「とっても嫌なお人だねえ」

開け放されたままの襖《ふすま》を見ながら、天女は口を開く。

「お客の目の前で、あすこまで思案をばっさり切って捨てるんだもの。胴抜もいいね、でもね、と一言添えてくれていれば、お辰さんのお顔も立ったのに。いや、その分別がつかないところも腹が煮えるんだよね。衣裳を前にしたら何にも目に入らなくなって、思わず口から思案がこぼれ落ちてくるってな体《てい》だもの」

この女形は芝居国《しばいこく》のお人にしては珍しく嘘も世辞も口にしない。天女が好む色無地の小袖はいつだって染みひとつなく、お辰は見るたびほうっとする。

「お師様は優しいお人ですよ。あたしは、お師様にこうして指南してもらえてありがたいと思うてます。衣裳のお仕事を任せてくれへんのは不満ですけど」

歯に衣着せない天女の物言いも、こうやって、お辰に強がることを思い出させてくれる。お辰はなんでもない顔をして手元の縮緬を畳みながら、そうや、と己の言葉を嚙み締める。

そうや、ほんまに優しいお人や。大坂から逃げ出してきたお辰が丹色屋の格子戸を叩いたときも、あの人はとても優しかった。わたしは上方の仕立てには疎《うと》いから手伝ってくれると助かるよ、とお師様はお辰を店内に入れて、仕事をくれた。

そうしてお辰が張り切って、上方の習いや好みを教えると、お客は皆、喜んだ。お辰の両手を握ってお辰を褒めちぎってくる癖に、そんなら、とお辰が衣裳の仕立てを申し出れば、皆揃って口端に薄笑いを貼り付けたまま、仕立ての話はさて置いてくる。あのお師様でさえ仕立てをしたいとのお辰の申し出には、首を縦には決して振らず、あ、だの、うう、だの理由も渋って口にしない。

「あら、私だって、お辰さんには衣裳の思案はお願いしたくないもの」

むうっと口をへの字に曲げれば、「ねえ、お辰さん」と天女が居住まいを正すので、お辰も縮緬を傍に置く。

「役者にとったら衣裳ってのは書抜《かきぬき》の中の己の台詞《せりふ》よりも大事なものであるんです」

「あたしも衣裳で喰わせていただいている身やさかい、重々承知しておりますよ」

丁寧に応えながらも、腹は立つ。お辰だってただ毎日指図された仕事をこなしているだけではない。役者絵、評判記と役者に関わる紙束は片っ端から買い漁《あさ》った。指に紙の切り傷を拵えながら、いつか仕立てを依頼されるかもしれない役者のあれやこれやを頭に詰め込んだ。殊《こと》に芸談集なんかは役者の衣裳への考え方がよくわかる。

「役者の身上能《しんしょうよく》なるも、金よりは先《まず》衣裳が先へ溜《たま》れば能なるなり」

何度も頭の中でなぞってきた一文を誦《そら》んじれば、「あら、よく知っていらっしゃる」天女はぽんと手を打ち鳴らす。

「給金を溜めることより、手衣裳を溜めることこそ先んずるべき。萬屋《よろずや》さんのお言葉ですね」

そうです、とお辰は両方の口端を上げてみせ、心の内ではそもそもそんなんできるんかいな、と片方だけ口端を上げている。

金を溜める余地なんて、芝居役者にあるんかいな。

まずもって役者の衣裳は、蔵衣裳と手衣裳の二つに区別ができる。狩衣《かりぎぬ》、十二単《じゅうにひとえ》、陣羽織といった古代を舞台にした着物や、大立ち回りでの揃いの着物については衣裳方が用意し、小屋の衣裳蔵に保管する。下っ端役者はこの蔵衣裳が貸し出されるから、己の懐を痛める必要がない。費用《かかり》は小屋持ちのこの蔵衣裳に引き替え、手衣裳の費用《かかり》は役者持ち。己で仕立てて、己で小屋に持ち込まねばならぬ。役者の座組みが決まってすぐに小屋から給金の三分の一が払われるのも、こいつで一つあっと驚く衣裳を仕立てておくれの意味合いがあるという。その衣裳が己の人気を左右するから、役者は金を惜しまない。

「歌舞伎の筋立てにも流行りがあって、この頃は、現《うつつ》の生活を描写する生世話物《きぜわもの》が好まれております。だから、役者たちは今まで以上に思案を捏ねくり回す。皆、己の色を出そうと必死です。此度の芝居では犬の血を使って衣裳を濡らす役者までいるんですから」

「え。あれってほんまもんを使っているんでっか。てっきり赤色に染めた葛《くず》でも詰めているんかと」

ぎょっとはしたが、そういえば、先日森田座の役者から犬の形をした饅頭が売れているとの話を聞いたような気もする。

「変化物《へんげもの》や血を仕込む衣裳は衣裳方が手配するものですから、衣裳方のお人らは毎日大変そうですよ」

血袋は重いだろうから縫い付けるのも一苦労に違いない。衣裳方の指には針の刺し穴がたくさん出来ているはずだ。その穴まみれの手がお辰は羨ましかった。

増えていく切り傷に腹は煮える一方で、いよいよ端切れでも手に巻いて過ごしてやろうかと思っていたから、「衣裳を仕立ててみないかい」とお師様が言い出した時には、飛び上がらんばかりに驚いた。

どういう風の吹き回しなんでっか、と思わず口にしてしまいそうになったが、すんでのところで呑み込んだ。

「お許しくださるんやったら」と素っ気無く言えば、お師様は「じゃあ五日後だよ」とお辰の手を軽く叩く。「へえ、心得ました」と答えるお辰の心の内は、うれしいのが半分、気持ち悪さが半分だ。

これだから天才ってえのは、わからへん。

お辰があれだけ頼み込んでも首を縦に振らなかったくせに、なんの前触れもなくお辰に仕立ての仕事をくれるという。それならいつ反故《ほご》にされてもおかしくはないと、役者の名前も仕立ての内容も下手に聞けずにびくびくと過ごしていたお辰は今、お師様と一緒に芝居茶屋へ向かう駕籠《かご》に揺られている。

森田座の向かいに大きく構えた芝居茶屋、八角屋《はっかくや》の前で足を下ろすなり、手拭いを持った女将が茶屋から飛び出してくるのは、さすが江戸一の仕立て師といったところ。冷やされた手拭いで遠慮がちに汗を拭ったお師様が店の間へ上がるのに続いて、お辰も草履《ぞうり》を脱ぐ。

番頭の案内で廊下を進み、階段を上がっていると、階下で何やら揉めている声がする。手摺りから一寸ばかり身を乗り出してみれば、一人の男が茶屋の男衆《おとこし》たちに囲まれていた。八角紋の店半纏《みせばんてん》の袂を握って泣き落とす、そのやり口には見覚えがあって、お辰はああ、とため息混じりの声を漏らす。

清九郎さんたら、諦めの悪い。

どこかでお辰らが八角屋にやってくることを聞きつけたのだろうが、ここで会おうとしてくる役者は野暮天だ。階段をのぼりきったところで、前を行っていた女将がこちらを振り返る。するりとお師様の袖下へと差し込んだそれは、可愛らしい犬の形をした饅頭だ。贈った相手の名前を聞けば、さもありなん團十郎《だんじゅうろう》。こうやって次の衣裳はどうぞひとつよろしくと、お菓子を女将に預けておける役者が粋なのだ。

さて、あたしが担当する役者は粋か、それとも野暮か。

女将が奥座敷の襖を開ける。役者はすでに部屋の中で平伏して待っていた。

役者が頭を上げた瞬の間に、お辰は頭の中の役者絵を捲るが、そのお人の顔はどこにも載ってはいなかった。それなら次に見るべきところは決まっている。

「このたびは、俺の無理な捻じ込みをお受けくだすってありがとうございやす」

お辰たちが腰を下ろすなり喋り始める役者の羽織は、黒に近い煤竹色《すすだけいろ》で行儀霰《ぎょうぎあられ》の紋がその名の通りお行儀よく並んでいる。折り目はきっちりとついていて、糸のほつれも見当たらない。

「先の顔見世にて相中《あいちゅう》へと上がりました門田市之助《かどたいちのすけ》と申します。そう簡単にはお引き受けくださらねえと聞いておりやしたあの丹色屋さんが、衣裳を仕立ててくれるなんてとんでもねえご幸福。なぜ俺が選ばれたのか、ちと不思議ではありやすが、この幸せにどっぷり浸かろうと思った次第」

にいっと市之助は人懐こそうな笑顔を浮かべるが、それが向けられている相手はどう見たってお師様で、お辰は着物どころではなくなった。

ちょっとお師様、お話がちゃいますで。

斜め前に座している玄心の背中をじいっと睨みつけるとお辰の視線が刺さったのか、慌てたようにお師様は、顔の前で手を振った。

「いえ、いいえ！　違います！　市之助さんの衣裳を仕立てるのは私じゃあないんです。今回は私の弟子に任せてみようと思っておりまして」

こちらへ動いた二皮目《ふたかわめ》は、睫毛の生え際あたりに色気があって、お辰は思わず息を呑む。これまでお辰の衣裳の仕立ての申し出を断ってきた役者たちの嘲《あざけ》り顔が浮かんで消える。

「はあ、そうでしたか。いや、俺ぁてっきり玄心さんが担当してくださるものと思っておりましたもんで」

お辰はぐっと唇を噛んだ。

さあどないや。このお人はどんなお顔であたしを見る。

「よろしければ、お名前を」

「……お辰と申します」

聞いて、市之助は膝を揃える。

「お辰さん、どうぞこの度はよろしくお願いいたしやす」

深々と畳に近づいてから上げられた顔は優しく、お辰はほんのちょっぴり涙が出そうになった。そんな弟子の様子にお師様もうれしそうで、珍しくお辰の肩を叩いたりして、己の頭で捏ねくるんだよ、と声をかけてから部屋を出る。お辰が腹に力を込めて頷いて、襖が閉まった途端のことだった。市之助が羽織を払う音でお辰は顔を上げ、思わず片手で額を覆う。

悲しいのではない。悔しいのだ。

いくら緊張していたからといって、こんなにも目の配りが甘かっただなんて。

ああ、あたしとしたことが、そこを見るのを忘れとった。玄心さんの仕立てじゃねえのかよ。ちぇっ。浮かれて損したぜ」

隠し裏や。

「なんでえ、話が違わい」

「あの丹色屋で衣裳をつくってもらえると思ったら、玄心さんの仕立てじゃねえのかよ。ちぇっ。浮かれて損したぜ」

行儀霰の羽織の裏地は表と違って派手派手しい紅色で、髑髏《どくろ》がいくつも並んでいた。粋なお人がやれば洒脱《しゃだつ》に見えるものだが、こうも沢山絵柄を入れるのは、かえって無粋で笑ってしまう。明らかに気合いが空回っている着物に肩を落とせば、一緒に言葉も口から転がり落ちる。

「こっちゃって話が違うわ、野暮天役者」

「てめえ、今なんて言いやがった」

市之助はこれみよがしに膝を立て、歯を剥《む》いてくるから、お辰も「なんやの、やる気でっか」と畳をはたく。

「相中になったばかりの役者が、お師様に仕立ててもらえると本の気で思ってはったんならお笑いですわ」

お客からの嘲りを捌くのはお辰の得意とするところなのに、この役者相手だとどうも地金《じがね》が出るのはなぜなのか。くわえて役者も取り繕うことをしない。

「己の腕を過信してるのは手前の方だろ。お前の話で小屋ん中は持ちきりよ。衣裳を仕立てさせてくれと無理に押し込んでくる弟子がいて困るってな」

「へえ、そないなことをおっしゃってんのはどなたさんやろ。お名前教えてほしいわあ。二度と店の敷居をまたげんようにしたるさかい」

「力もねえ癖に手前が店を仕切っているかのその物言い、救われねえな。今にお師匠さんに店を追い出されるんじゃねえの」

「そちらこそ、小屋に収まっていられるのも今のうちやないですか。あんたのような粋無《すいな》し者《もん》には衣裳の仕立てが思いつかん」

「おいおい、手前に腕がないのを俺のせいにするのはやめておくんな。可哀想で聞いちゃあいられねえ」

最後はお互い畳を毛羽立てるほど勢いよく踵《きびす》を返して、部屋を出た。

店へ足早に戻りながら、こりゃあご破算だとお辰は思った。己は言いたい放題言ってやったし、相手も怒りのあまり涙袋を赤く染めていた。それならもうなにを気にかける必要もなく、帰ってすぐにお師様に詰めよれば、なんでも扇五郎から持ちかけられた話だという。

「扇五郎って、あの陣平さんが指南のために持ち込んだ長羽織の」

「うん、そう。さる奥方からの贈り物だと見せてくれたあの長羽織。あれの糸の仕込み方を新しい衣裳のお手本にしたくって、もう一度見せてもらおうと小屋を訪ねたら、持ち主である扇五郎さんの楽屋に案内《あない》されてね。するとやっぱり次の芝居の衣裳を作ってほしいと頼んでくるから、お辰に言われていた通り、私はちゃんと断ったんだよ。そしたら、自分のじゃなくって、ある相中に上がったばかりの役者のだと言うんだよ」

詳しく話を聞いてみれば、その役者は弟子のお辰と同じ年。性格も聞いた限りではよく似ていて、との言葉にはお辰は目を怒らせて、お師様はきゅうっと体を縮こまらせたが、

「それにね」とまたおずおずと口を開く。

「お辰にはうってつけのお客さんだと思ったんだよ」

「うってつけって、どこがですのん」

「あのね、頭にきりりときたんだよ」

「……きりりですか」

「いや、ぴりりといった方が正しいのかな」

一人頭を捻っているお師様に、またこれや、とお辰は歯嚙みする。

天才は天才同士にしか分からぬ言葉を使う。お師様が役者と思案を重ねるときだって、きゅるりとしていいですね、だの、ここはしゃらりとさせないと、だの、同席したお辰は必死になって己の手帳に書き込むのに、後で見返しても何一つ分からない。だが、仕上がった衣裳はいつだって素晴らしい。

だから、お師様がそういうのなら、この客はお辰にうってつけなんだろう。これまでお師様がお辰のお願いを頑《かたく》なによしとしなかったのも、そのきりりやぴりりがなかったせいなら、お辰はこの好機を逃してはいけなかったのだ。

ああ、もう。なんてえことをしてもうた。居てもたってもいられぬようになって、簞笥《たんす》にしまっている衣裳附帳や役者絵を引っ張り出して並べていると、店の格子戸を叩く音がする。戸を開けるとそこには、市之助が不貞腐《ふてくさ》れた顔で立っていた。

上がったばかりの相中に与えられた役は、ぽっと出、ぱっと消えの追《お》い剝《は》ぎで、名前だってつけられていない。だが、しがない悪人役を与えられたが衣裳に工夫を凝らして大当たりをとったあの名人中村仲蔵《なかぞう》を頭に思い浮かべれば、市之助に気合いが入るのはよくわかる。そして、それはお辰も同じ。この仕事で上上の評価を得ることができれば、お師様もお辰に仕事を任せてくれるに違いない。幸い森田座の夏芝居の演目は、これまでも幾度か舞台に乗せられてきたものであったから、参考にできる評判記も役者絵も容易に集めることができた。

市之助は毎日のように店へとやってきて、お辰と思案を重ねるのだが、お辰の腹には苛々がたまっていく一方だ。市之助の意見といったら、赤ん坊の首のように据わりが悪いのだ。いいねとその日は首を縦に振っていたくせに、次の日になるとやっぱり駄目だと首を横に振る。次から次へと思案が溢れてまとまらないというのであればまだ分かるが、出てくる意見は市之助のものではない。

すべては扇五郎、扇の兄《あに》ぃが言うことには、だ。

そもそも市之助がお辰の仕立てを承諾したのは、扇五郎の説得があってのことで、お辰は森田座に向かって手を合わせたものだが、ありがたかったのはこれきりだ。

扇の兄ぃが帯は細長帯を神田結《かんだむす》びにするのがいいと言った、扇の兄ぃが裾に浅蜊《あさり》の刺繡《ぬい》を入れろと言った、などと伝えてくるから、お辰は毎日附帳に墨を入れることになる。ついにはこんな頓珍漢なことも口にする。

「袂にでっかく犬の顔を縫いつけてくれよ」

「阿呆を仰らんでください」

さすがにお辰は筆を置いて、目の前で胡座《あぐら》を組んでいる役者を睨みつける。

「犬が芝居にどう関わってくるって言うんです」

「今、森田座でかかっている芝居を知らねえのかよ。父親が腹を刺されるとぞんぶりと血が出てきてな。犬の血なんだがこれが舞台に映えて美しいのなんのって」

「だからって、次の芝居には犬なんか出てこおへんやないですか」

「うるせえな。ただの転合《てんごう》じゃねえか」

冗談なんぞ言うてる暇がどこにあるって言うんや、このすかたん。

またぞろ腹は煮えくるが、市之助の顔を見て口を閉じる。

「犬の血を使うなんて俺にゃあ思いつきもしねえよなあ」

市之助はどこか遠くを見るような目つきをしていた。

「あの人が口からこぼした言葉はぜんぶ拾い集めて、俺のものにしなきゃいけないのさ。俺の頭じゃその思案の魂胆がわからなくとも、あの人の言葉には何ぞ必ず意味があるのさ」

お辰は黙って市之助を見つめる。お師様の言葉が分からぬ己と重なる気がして、その兄ぃとやらに少しばかり興味が湧いた。

扇五郎というのは、一体どんな役者なのか。

衣裳のほつれを直しに来ていた天女に何の気なしに聞いてみれば、

「芝居がお好きなお人ですよ」

そう言ったきり、天女は手元の衣裳の刺繍《ぬい》模様を指で撫で付け始め、お辰はむいっと口をへの字にする。

「もう。太夫ったら御口数が少なくていらっしゃる。それじゃあなにもわかりませんよ」と応えたのは、天女のお供として丹色屋にやってきていた陣平だ。

「とんでもねえ人気のお人です」

あのいつも斜《しゃ》に構えた衣裳方が鼻息を荒くして、お辰に向かって身を乗り出す。

「犬を殺すことにお心がひどく痛むのに、芝居のためなら己の心を殺し犬をも殺す。搾り取った血入りの袋を、涙をこぼしながら衣裳に縫い付けるってんですから、芝居国の人間ながら感服いたしやすよ」

「犬を殺すことに心が痛む……心根が優しいお人なんですか？」

「そうですよ。犬を殺すのを嫌がっていることがばれてはいけないと涙を必死に隠していらっしゃるんです。御役柄が悪人ですからね、俺たち小屋の者には心根を知られちゃあいけねえとそう考えておられるようで。だけど芝居のためならできてしまう。芸にすべてをかけたお人なのです」

陣平は一旦言葉を切って言う。

「あのお人は天才ですよ。ああいうのを役者の鑑《かがみ》というんですかね」

天才か。お辰は少しだけ顔を背けて、へえ、と言った。天女は微笑んだままこちらの話を聞いていて、また「芝居がお好きなんですよ」と言った。

だが、扇五郎という役者がわかったところで、こちらの思案は一向に進まない。市之助はお辰が必死になって集めてきた評判記と役者絵の上に衣裳附帳を広げて、扇五郎の思いつきを書き連ねるのだ。そのくせ、日毎《ひごと》に市之助の舌打ちが増えるのも全く解《げ》せない。悪いのは扇五郎の思案を衣裳に詰め込んでくる市之助だってのに、なにをお辰に当たってくるのか。

「一昨日《おととい》に言うたときには耳の糞でも溜まってはったようやから、もう一度言わせていただきますけどね」とお辰は畳に爪を立てぬように細く息を吐きながら、附帳に指を突きつける。

「その桑の実色はあきません。山吹色に染め込むべきです」

「なんでだよ」

「評判記ぐらい読んでくれはりませんか。前にこの芝居をやった井髙屋《いだかや》さんも山吹色の衣裳を選んではります。評も上上吉やったから間違いはありまへん」

お辰がきっぱり言い切ると、

「なら、そんな色、俺が選ぶわけがねえだろう」

ちいっと一際大きな舌打ちが飛ぶ。果てには、

「小屋の連中があぁ言っていた理由がわかったぜ。たしかにお前には衣裳を仕立てて欲しくねえわなぁ」とお辰の古傷を抉《えぐ》ってくる。

だが、そうやってお辰の苛々を嵩増《かさま》ししてくるだけなら、まだ良かったのだ。お辰はこのところ、市之助を見ていると怒りよりも恥ずかしさの方が湧いてくる。顔を突き合わせるのも嫌になってきて、こりゃあかんとお辰はこの日、一旦筆を置くことにした。怪訝《けげん》そうな顔をする市之助に向かって笑顔を見せる。

「見世物《みせもの》小屋に行くのはどないでしょ」

両国《りょうごく》では天竺《てんじく》からやって来た駱駝《らくだ》とやらが大層人気で、連日江戸雀たちが押し寄せているという。人波に揉まれれば無理やりにでも顔が近づくことになろうと思っての誘いだったが、市之助は胡座を組んだまま、ふいっと顔を横に背ける。

「行かねえよ」

「思案も行き詰まっておりますし、このままやったら気鬱《きうつ》になるだけでっせ。ここいらでちょいと気分でも変えへんと」

「もったいねえだろ」

「……何がです」

「駱駝を見りゃその分、俺の頭ん中から芝居のことを追い出さなきゃいけなくなるだろ」

ああ、これだからお辰は嫌だと言うのだ。

「俺ぁ、芝居で頭をいっぱいにしておきたいんだよ。他のことを頭に入れちまうと、俺の中の芝居が薄まっちまう」

恥ずかしげもなく言ってのける男に、お辰は頭を搔きむしりたくなる。

どの口が言うとんねん。あんたは團十郎にでもなったつもりか。そうせせら笑いそうになるのを、胸を押さえて我慢する。

「芝居の衣裳の思案のために行くんですから、薄まりはせえへんでしょう。全ては芝居のためだすで」

芝居に紐づいていることを強めて言えば、市之助は黙って考え込む。お辰が財布を抽斗から取り出す間に、市之助は腰を上げていた。

見世物小屋は丁度人波が引いていて、木戸銭を払って小屋に入れば一等前から駱駝を眺めることができた。二人して木堺に身を乗り出すが、駱駝はどうやら眠っているようで、傍にいる唐人風の男も客が少ないからか持っている棒で無理矢理起こしたりもしない。獣の臭いに集まった蝿《はえ》が二人の目の前を飛び交っている。

「なにか思いつくか」と市之助が駱駝に顔を向けたまま聞いてきた。

「いいえ」とお辰も駱駝から目を離さずに答える。

少ししてから「なにか思いついたか」とまたあって、「まだです」とお辰は渋々答える。

「そろそろ思いついたか」と続くから、お辰の堪忍袋の緒は切れて、

「そう簡単に思いついてたら苦労せえへんのじゃ、阿呆《あほ》んだら」

思い切り怒鳴り返してから、しまったと己の口を覆ったが、「そうよなあ」と市之助は木塀の上に頬杖をつく。

「扇の兄ぃだったらすぐに思いついちまうんだろうなあ」

お辰はふとお師様のことを思い出す。

「あのお人だったら、たぶん一目見るだけで駱駝のあれやこれやを衣裳の思案に入れるんだぜ。これだけ見ても俺はぴんともこねえし、大体からして駱駝を見るのだって下手くそだ。駱駝を見ていたって俺ぁすぐに目移りしちまう。駱駝番の男が涎《よだれ》を垂らして寝てやがる、だったり、木戸銭が地味に懐に痛えな、だったり、今日の夕飯は茶漬けで足りるかだったり、駱駝にちいとも紐づかねえ部分が気になって仕方がねえ」

嫌だねえ、と市之助はぽつりと言う。お辰の頭の中には、一心不乱に衣裳の思案を口から溢していたお師様の姿が思い浮かんでいる。ほんまに嫌ですね、とぽつりと返すと、市之助は一寸こちらを見たが、黙って駱駝に目を戻した。そうして二人並んで駱駝を見つめる。

恥ずかしいのは似ているからだ。

お辰は、一人静かに腑に落ちる。

市之助の言うことは全てお辰が心の内で密かに思っていることで、ただお辰はこれまでそれを必死に隠してきたものだから、今になってそれに目の前で胡座をかかれると目を背けたくなってしまうのだ。

でも、だからこそ、あたしたちは、お師様の言うようにうってつけなのかもしれない。

「絵でも描いてみませんか」

向けられた市之助の眉間の皺の深さに、お辰は少し笑ってしまう。

「ぱっとは思いつけへんのやったらその分、時間をかけるしかありまへん。駱駝を絵に描いて、お家でじっくり思案するのがええんとちゃいますか」

お辰が袂から紙と筆を取り出すと、市之助も同じように己の袂を漁るから、今度は声に出して笑ってしまった。やっぱりあたしたちはよう似てる。駱駝番が目を覚ますまで、お辰と市之助は木塀に紙を置いて、駱駝の絵を描いていた。

見世物小屋から帰ってきてのお辰は気合いが入って、衣裳の思案集めに奔走した。駱駝の毛並みに似た糸が手に入った日には嬉しくなって、お辰は森田座の小屋に足を運ばずにはおられなかった。女人不可入《にょにんいるべからず》の舞台の裏へも、お辰の顔は女人ではなく丹色屋の弟子として知られているから、木戸番にすんなり通される。芝居終わりの小屋は客を吐き出した後も熱気に包まれ、芝居者《しばいもの》たちもまだ忙《せわ》しない。汗に湿った着物と着物の間に割り込んで進み、段梯子《だんばしご》に足をかけたとき、上の階からひどく聞き覚えのある声がした。誰かと話しているようだが、この市之助の弾みっぷりからして、お相手は扇の兄ぃに違いない。二人揃っているならこれを逃す手はないと、お辰は段梯子を上り切る。市之助と扇五郎は廊下の中ほどに立っていた。困った笑顔を浮かべる扇五郎に綺羅を入れた目を向けながら、市之助がひたすら書きつけている、その手元の紙は――。

「好きにしたらええわ」

段梯子を下りながら、お辰は呟いていた。

駱駝を描いた絵に色々と思案を書き加えたお辰の衣裳附帳を裏紙にして、そこに扇の兄ぃのありがたいお言葉を書きつけるんなら、もう、好きにしたらええ。

次の日からお辰は、市之助の口から出る思案をすべて黙って衣裳附帳に書き付けた。市之助はこちらをちらりと見たが、何も言ってきやしなかった。

その呉服屋の手代は丹色屋の格子戸を叩き、上がり框《かまち》に尻を置くなり、

「市之助さんから金子を預かっておいでではありませんか」と聞いてきた。

客を帰したばかりのお辰が「いきなりなんですのん」と眉根を寄せれば、板の上に膝を揃えて、失礼しやした、と謝る分別はあるようだ。すらすらと続けた河内屋《かわちや》との店の名前も丹色屋が取引をしたことはないものの、中堅どころの店構えだ。そんなお店がなぜこうも礼を欠いた訪《おとな》いをするのか。理由は市之助の金払いだという。

「金子なんぞ預かってはおりまへんけど」

「それならあんたのとこも気をつけた方がいい」

「気をつけるって、何をです」

「あの人、いろんなところで金を借りていて、ツケがたんまり溜まっているそうなんですよ」

麦湯を入れていたお辰が顔を上げると、手代はお辰が床に広げていた衣裳附帳に目を細めている。

「あたしらの店で購った反物代も踏み倒されるのではと、心配をしておりまして」

わざと足音を立てて板を踏みしめ附帳を懐に回収すると、手代は何事もなかったかのように
麦湯を啜《すす》る。

「ほら、相中になったばかりの役者は逃げ出すお人が多いでしょう。その附帳のように染めも
織りもなんでも豪奢《ごうしゃ》にして、費用《かかり》が払えなくなって姿をくらます」

目ぇ泥棒め、とお辰は手代を睨みつけていたが、その言葉は気に掛かった。

「相中はそんなすぐに逃げ出すもんなんでっか」

「ええ」

「それはどうして」

「中通りより上に上がった役者は、舞台に取り憑かれますから」

手代は淡々と言葉を返す。

「相中になるまでは小屋から貸してもらえる蔵衣裳で芝居をしますから、芝居が受けずともど
こか他人事なんですよ。衣裳が悪かったから仕方がないと言い訳をつけられる。でも相中にな
って己で衣裳を思案できるようになったら、すべてが己の責になる。そいつを楽しめるものが
生き残り、言い訳を捏ねくるものは逃げ出します。生き残ったものはもう舞台に取り憑かれて

おりますから、逃げ出すことなんて思いつかぬようになりますよ」

「逃げ出さん」と口に出している己にお辰は驚いた。だが口は止まらず、

「市之助さんは逃げ出したりしませんよ」ともう一度言う。

手代はにこりと笑顔を浮かべ「それならいいんです」と空になった湯呑みをこちらへ滑らす。

「ただあたしらも商いが太いわけじゃあありませんから、心配の種はつきねえもので。市之助さんがなにかおかしな素振りをしておりましたら、教えていただけると助かります」

手代は訪いとは打って変わって丁寧に腰を折り丹色屋の暖簾をくぐったが、お辰は見送ることもせず膝に置いた拳を握っている。なんでやの、とお辰は己に問いかける。

市之助からあれだけ虚仮《こけ》にされておきながら、なんであたしは市之助の肩を持つような言葉を口にした。肚の奥底をぐるぐると渦巻くものは心底不快で、本人を目の前にするとぶつけてやらねば気が済まない。

「河内屋さんが先ほどいらっしゃいましたで」

店の間で胡座をかく相中にそう告げると、その相中は慌てたように身を乗り出してきた。

「染めがうまくいかなかったんじゃあねえだろうな」

「いいえ」

「なんでえ驚かすない」市之助はほっと息をつく。

「あの染め色は扇の兄ぃ一押しの色味でね。なんとしても此度の衣裳には取り入れてえのさ。万両色だよ、万両色。どこぞの贔屓が万両役者への願掛けで入れた染め色なんだが、これが犬の血の色に似てるってんで、今じゃあ扇様贔屓ったらこのお色。扇の兄ぃの給金が、万両にな

んのもいよいよ近《ちけ》ぇ。俺ぁこれにあやかって」

「あんたの懐具合を確かめにこられておりました」

花の咲きそうな思案話をぶった切ってやれば、市之助の目がぎろりと動く。

「なんの糸目もつけへんで金子のかかる工夫ばっかり衣裳に取り入れて、ほんまにお支払いいただけるんかと心配されておりましたよ」

「払いの日が来ねえうちから疑いやがって。余計なお世話だってんだ」

「ほんまに払えるんでっか」

「どうにかして払ってやらあ」

「扇五郎の思案をすべて呑むから、そういう始末のつけられへんことになるんとちゃいますか」

お辰はここぞとばかりに責め立てる。

「衣裳は目立てばええってもんやないでしょう。まずは筋立てに沿うことが大前提で、その上に工夫を乗せるから芝居が楽しめるんや。せやのに派手にするばっかりで、挙句の果てには犬の顔を袂に縫い付けろでっせ。笑ってまうわ」

お辰が必死になって集めてきた評判記と役者絵からの提案を蔑《ないがし》ろにしてまで採用するその役者の意見は、そうまで価値のあるものか。

「扇五郎は、ほんまに天才なんでっか」

「だから手前の思案の通りにしろってか。反吐《へど》が出る」

市之助は吐き捨てる。

「役者が皆、お前の思案を断る理由を教えてやろうか。お前の思案は全て猿真似なんだよ。これまで演じられてきた衣裳の型をそのまま仕立てるんならいいのさ。そうやって衣裳を繋いでいくことには意味がある。だが、お前のはこれまでの衣裳の継ぎ接《つ》ぎ《は》だ。己の色を出そうと頭を抱えているところに、そんな提案をされちゃあ拍子抜けもいいとこだ。だから皆、お前に仕立ててほしくねえんだよ」

そうか、とお辰の体からは力が抜ける。せやったんか。それが分かっていたから、客はあたしの思案に薄笑いを寄越していたのか。ああ、そうや。たしかにあたしの思案は継ぎ接ぎで、

「……でも、お師様のようにそうぽんぽん思案が出てくるわけないやないですか」

お辰は畳に両手をつく。腹に渦巻いていたどろどろが口から流れ出てくる。

「それができとったら、上方から江戸に逃げてきたりしまへんのや」

市之助を見るとお辰が恥ずかしくなるのは、市之助が己とよく似ていて、そして昔の己を思い出させるからだ。

小さい頃から縫い物を頼まれることが多かった。仕上げたものは褒めそやされたし、己でも針を動かす器用さは唯一無二だと思っていたから、上方の呉服屋から仕立て師の話がきた時は、二年ほど遅いんと違いますか、と言い放った。お辰は仕立て師として三年ほど働いた。蓋を開けてみれば、縫い物の腕なんて他と比べて小鳥の頭ひとつ分ほどしか抜けていない。そのくせ、腕がないのを認めたくないから、生活の全てを衣裳の仕立てに費やして、肥えた知識をまわりへの言い訳とした。だが、そうやって小鳥の頭を大きくしたところで、頭の骨は変えられぬ。口ほどにもない仕立て師で名が通る頃には、お辰は荷物をまとめて身ひとつで上方を飛び出し

た。街道を足早に進むお辰は思い知る。

「あたしの頭からは凡凡の思案しか出てこない」

江戸に来て運よくお師様に拾ってもらってからは、お師様が雪隠《せっちん》で思案を思いついたと聞けば、お辰もすぐに真似をした。だが、雪隠に籠《こも》って一時間粘ってみても、きりりもぴりりも降りてこない。臭いだけが着物に染み付いて、なんとまあ惨《みじ》めなこと。

「あたしはどうひっくり返ったって、お師様のようにはなれやしまへんのや」

ほら笑ったらええやないか。お辰は待つが、お辰の頭の上に笑い声は落ちてこない。顔を上げると、あの市之助の不貞腐れた顔がある。そのまま「扇五郎さんの衣裳はな」とぽつりと言う。

「派手じゃなくって色も落ち着いている。金糸も銀糸も必要以上に使わねえ。俺が扇の兄ぃの意見だと持ってきた思案は、俺が兄ぃにまとわりついて、無理矢理いただいてきたものだ」

「せやったら、なんであんなにも豪奢な衣裳を仕立てようとするんです」

「……神様に見つけてもらわねえといけないからさ」

「……かみさま」

「少しでも衣裳を豪奢にして、芝居の神様に見つけてもらわなきゃいけないんだよ」

俺だってどうひっくり返ったって、扇の兄ぃのようにはなれねえからさ。

ずびり、と市之助の高い鼻から音がする。

「犬だって俺の思案だ。芝居小屋で祀《まつ》ってるお稲荷様はお狐だから犬が苦手だろ。嫌い嫌いも好きなうちってんで、俺のことをちらりとでも見てくれるんじゃねえかって、そう思ってさ」

「なんやそれ」

阿呆やなぁ。お辰は目の前で洟《はな》を啜り上げる男を眺めながら、しみじみ思う。あたしもあんたも阿呆で凡凡。才のある人間を羨《うらや》んで己を卑下して、二人して空回っている。

お辰は裾を払って立ち上がり、抽斗から一枚新《さら》の紙を取り出すと、床の上でぴしりと伸ばす。

「これまでの思案は全て御破算《ごはさん》や。此度は市之助さんの色で真っ向から勝負いたします」

「……俺を搾《しぼ》ったところでいい色は出ねえ。出たところで、肚の中は嫉妬やら恨みやらでどろどろ汚ねえ搾りかすだ」

「そのどろどろこそが、あんたの色なんやろう」

市之助の皮肉げに上がっていた片方の口端が落ちる。

「あんたの中の嫉妬も恨みも、己から切り離そうとしたらあかんのや。己のきれいなところだけ見てもらおうたって虫が良すぎるわ。それがあっての相中役者、門田市之助なんとちゃいますか」

役者は衣裳を煌びやかに豪奢にして客に夢を見せるものだけど、一人くらいどろどろを見せる役者がいたっていい。どすぐろい色をした凡凡衣裳を着る役者がいたっていい。

「あんたの衣裳をあたしに仕立てさせてください」

お辰が筆を取ると、市之助も黙って筆を取る。

二人して一枚の真白の紙を覗き込んだ。


昼夜どっぷり十日かけて仕立てた衣裳は、上上上出来の一着となった。

似紫《にせむらさき》の鮫《さめ》小紋に擦り切れた長羽織を羽織り、裏地には目無し達磨《だるま》をいくつも並べてあえて無粋を散らす。裾まわりに縫い付けた子犬はそうやすやすと見えぬくらい小さいのが丁度良い。紐に近いしごき帯の色目は扇五郎の思案を取り入れた。

「あたしは勘違いをしていたようです」

肩口に糸を仕込みながらそう言うと、向かいに尻を落ち着けてお辰の手元を眺めていた天女が、

「なにをです？」と聞いてくる。

「扇五郎は人の思案に口ばかり出してくるうっとうしい役者やと、そう思い込んでいたものですから、市之助さんが持ってくる思案ははなから相手にしてへんかったんです。せやけどこうしてきちんとお声に耳を傾けてみたら、とても洒落者でいらっしゃる」

市之助が、初めて扇の兄ぃの方から声を掛けられたのだと鼻息荒く聞き帰ってきた思案の帯色はまだ半生《はんなま》のようなやわらかい玉子色で、これがまたよく映えるのだ。

「市之助さんの衣裳を気にかけて、費用《かかり》も相中祝いや言うて支払ってくれたんですから驚きだすわ。なんや斜に構えて見ていた自分が恥ずかしいです」

感じ入っていると、思わず針でちくりと指をやってしまった。お辰は指に吸い付き、ふと見ると、天女はやっぱり笑みを浮かべている。

「あの人は芝居がお好きなんですよ」

市之助は仕立て上げられた衣裳を何度も着付けるばかりか、町木戸が閉まる刻限になっても

袂を撫で、縫いに指を這わせてと、手元から離そうとしない。しまいにはこんなことを口にする。

「今日は家《うち》に持って帰っちゃあいけねえかい」

「総ざらいのお稽古は衣裳をつけへんのとちゃいましたっけ」

素っ気無くお辰は言うが、気を緩めると吹き出してしまいそうだ。そんなお辰に気づかず市之助は唇を尖らせる。

「衣裳をもうちっと体に馴染ませておきてえんだよ。そうだよ、衣裳を着付けたまま帰りゃあいいんじゃねえか」

「もう。子供やないんですから」

「おっと、そいつは俺にとっちゃあ褒め言葉だぜ」

時折、役者は子供のようだと形容される。芝居に夢中になるあまり、芝居のこと以外にはうとく、世間知らずで、わがままだ。市之助はよく役者子供の振りをする。知っていることにもわざと首を傾《かし》げ、分別がついているのに床で大の字になって駄々を捏ねる。だが、市之助のする子供の猿真似が、お辰は好きだ。

「子供やからって、衣裳を汚《よご》さんといてくださいよ。折り目やってあたしの中ではこうこう、こうすると決まっておりますんで。肩口の仕込み糸を切りでもしたら、張り手じゃすましまへんで。盗まれるんはもってのほか。追い剝ぎ役が追い剝ぎにあったやなんて、笑い話にもならへんのですから」

今宵は月も細い日で、障子を透いて入ってくる光も心許《こころもと》ない。衣裳は金子がかかっているから、悪党に狙われたっておかしくない。長合羽《なががっぱ》を上から着込んだところでその裾からは、金糸で縫い付けた子犬が見えてしまう。

「てやんでぇ。命に代えても衣裳を守り抜くに決まってらあ」

憤慨する市之助に提灯《ちょうちん》を持たせ、玄関先まで送り出す。

「腹が減ったからってそこらへんの屋台で蕎麦をたぐるんもあきまへんで。汁が飛んだら一大事や。太ったりしてもあかん。腹下しもあかん。肌の色が変わったら、衣裳が映えなくなるさかい」

「細けえんだよ、馬鹿」

そんな憎まれ口を叩いて、わざわざ口端まで上げてみせた癖に、この人は己との約束を守ってくれやしなかった。

体は汚れているし、蕎麦のつけ汁によく似た茶色の染みが点々顔にこびりついているし、腹は赤子のように膨らんでいる。

何より、肌の色が変わったら似紫が映えないとあれだけ言ったのに、
なんやねん、この真白にふやけた肌色は。

「この色じゃあ、あかんのですけど」

お辰が口から言葉を転がし落とすと、隣に立っている男が不審そうにこちらを見遣る。だが、お辰は構わず地面に膝をつき、仰向けになった市之助の顔を上から覗き込む。

ああ、あかん。そんな黄土色に濁った目の玉をしていちゃあ、目無し達磨が効かへんやないですか。

「目の玉の色は黒に戻してくれないと駄目なんですけれど!」

「戻らねえよ、もう死んでいるんだから」

町方の同心はそうぶっきらぼうに言い捨てた。お辰はまだ目の前の光景が信じられないでいる。丹色屋の格子戸が強い力で叩かれたのは昼前だった。若い同心見習いは土間に足を踏み入れてくるなり、丹色屋の客の一人が死んだと告げる。お辰は息を呑み、どなたでっか、と声を荒らげると、あまりに聞き覚えのある名前が寄越された。そんな阿呆な。半笑いで同心見習いに付いていくと、あまりに見覚えのある顔の、いや、顔だけではなく、その手の長さも足の長さも肩の厚さも腰回りもよく知っている男がずぶ濡れで、お堀の近くに転がっている。

「なにを死んではるんでっか、市之助さん」

「殺しだよ」

今朝方お堀に浮かんでいるのを棒手振《ぼてふ》りが見つけた。首に残った指の跡から、背後から首を絞められたのだろうと同心は言う。そら、絞めやすいでっしゃろとお辰はぼんやり思う。この人は肩回りの厚みに比べて随分とお首が華奢で、仕立てが格別難しかった。

「お着物は？」

「剝《む》かれている」

見りゃあわかるだろうとは同心は言わなかった。お辰の嚙みしめた唇から垂れる血に気づいたからかもしれない。

「こいつは役者だろ。いい着物でも着ていたんじゃねえのか」

何をしてんねん、とお辰は地面に爪を立てる。あんたはころりと殺された挙句、衣裳を命に代えて守りぬきさえできなかったのか。

その後、お師様が迎えにきてくれたそうだが、お辰はとんと覚えていない。

五日もすれば、針で突いた指先の傷は埋まった。衣裳附帳にも触れぬようになって指先の切り傷も消えた。飯だって体が受け付けないから包丁でこさえる傷もない。お辰は丹色屋の店奥でひっそり過ごして、市之助を殺した下手人の報を待ったが、疑いのある人間すら現れなかった。

その日、お師様のためのお菜を購って丹色屋の格子戸を開けると、なにやら見慣れぬ草履が土間に揃えられている。盗人にでも入られたかと頭では考えるが、体はまあ、ええわと勝手に上がり框に足をかけている。投げやりに生きちゃあいけないよ、と眉を寄せるお師様の顔が浮かんで消える。

店の客間には男が一人座っていた。

「ちょいと衣裳を見て欲しいんだけど」

お辰はゆっくり畳の上に尻を落ち着けて、店に入り込んでいた男を眺める。

渋みがかったええ着物を着てはるわ。色味もなんや黒っぽくて、まぁ小粋とちゃいますか。着物を見る目にも気合いが入らず、お辰は嗄《か》れた声で言葉を返す。

「お師様なら芝居小屋に用向きがあって、おりませんが」

「玄心さんじゃなくっていいんだよ。わたしはあんたに見てもらいたかったからね」

畳の上を滑らされた衣裳を手に取り、お辰は目を見張る。

似紫の鮫小紋。擦り切れた長羽織の裏地には目無し達磨をいくつも並べてあえて無粋を散らす。裾まわりに縫い付けた子犬はそうやすやすと見えぬくらい小さいのが丁度良い。紐に近い

しごき帯の色目は——、

「……どこでこの衣裳を手に入れたんや」

目の前のこの男、この役者の思案を取り入れた。

「さあて、どこだったっけかな。柳原土手《やなぎわら》の近くだったと思うけど、古着屋の名前は覚えちゃいないねえ」

「あんたが殺したんか」

お辰の言葉に扇五郎は目を丸くして、それから、

「なんのお話だい」と不思議そうに首を傾ける。

「この衣裳の仕立てはあたしがしたものです。この世に二枚とないものや」

凡凡同士が二人、額を突き合わせ、泣いて怒って思案を詰め入れた。己の衣裳を初めて手にした相中は、それを心底気に入って、店にいる間は衣裳のそばから離れようとしなかった。

「殺されでもせんかぎり、あの人がこの衣裳を手放すことなんてないんですよ」

「言いがかりはよしておくれよ。どうして殺しだなんてそんな物騒なお話になるんだい」

「あんたは急に優しなった」

市之助は真白の紙を床に置き、二人して新しい思案を考えるようになってから、しょっちゅう嬉しそうにお辰に語った。今日も扇の兄ぃに話しかけてもらってよ。

「前に市之助さんがあんたに思案をねだってまとわりついてたときは、適当を言って相手にせえへんかった癖に、あたしらの思案を市之助さんに聞いてからは、自分から声をかけるようになったそうやないですか」

お辰は手元の着物を握り込む。

「衣裳に目をつけてたんやな。己のもんにするために」

皺になるのも構わず力を入れる。扇五郎は膝の上に置いた指をぴくりとも動かさない。

「衣裳のために人なんか殺したりはしないよ」

眉を八の字にして困ったような笑みを浮かべる。

「これでも給金はたくさんいただいている方だからね。己のものにしたいからといってわざわざ丈の違う古衣裳に手を出したりはしないさね。欲しけりゃ金子を出して、同じ思案の衣裳を作らせればいいんだから」

通っている筋立てに頷きそうになって、いや、あかん。どこかにほつれがあるはずだとお辰が探し始めようとしたその時に、

「だからね、こいつはもしものお話だけどね」

扇五郎はお辰に顔を寄せ、口元に手を添えながら囁いた。

「その殺しをしたっていう下手人は中身が欲しかったんじゃないのかね」

「中身」

「その衣裳を身につけた人間丸ごと欲しかったんだよ」

扇五郎の言葉に、お辰はふっと息を漏らした。

「人間を欲しいって、なんやそれ。あんた、何を言ってるのん」

お辰は少し笑ってしまう。扇五郎も笑って、おまけに片目もつぶってみせる。

「とっても似ていたんだよ、その中身。下手人の役者が次の夏芝居で殺す男の顔に、背格好に

ね。最初はどこぞの端っぱ役者がなにやら話しかけてくるのが鬱陶しいと、適当な思案を言ってあしらっていたんだが、よくよく見ると次の芝居で己が殺す役に当てはまる部分がたくさんあるじゃないか。若くて色が白くって、お首が華奢だ。こいつはいいねと下手人の役者は手を叩いたらしい。だがね、お見本にしてみようと思った途端、市之助さんたら日に日に顔がお暗くなっていくんだよ。ああ、駄目駄目、わたしが次に殺すお役は元気で明るい男なんだから。そこでその役者は市之助さんの衣裳に助言をしてやった。市之助さんはいいお顔を見せてくれるようになってね」

締めに役者は市之助を殺したよ、と扇五郎は嬉しそうに言う。

「次の夏芝居じゃ本水《ほんみず》を使う。本当の水を舞台に持ってくるんだ、金子も仕込みの時間もかかるとあって、そう何度も使われる仕掛けじゃない。お恥ずかしながら、水場での殺し場がある芝居にお目にかかったことがなくってね。でも市之助さんのおかげで助かったよ。どうやって水に浸けりゃあ、その華奢なお首が分かりやすく強張《こわば》んのか、水に浸けていくつ数えりゃ息継ぎをなさんのか、元気で明るいお顔が苦しみもだえる様子をお客に見せるには、どんな角度で水に沈めりゃいいものか、わかったからさ」

お辰は息を止め、尻で畳の上をずり下がった。

「あ、勘違いしないでおくれね。わたしじゃないよ、その下手人の役者が言っていたことだからね」

扇五郎は慌てたように両手を顔の前で振るが、お辰にはその指先の爪が伸びていることすらもう心の臓が止まりそうなほど恐ろしい。怖がらせたお詫びにその衣裳は置いていくからと言葉を残し、扇五郎は立ち上がる。丹色屋を訪れた意味も何もかもがお辰には理解できないが、この場から去ってくれるならそれが何より。お辰は息を詰めて扇五郎の背中を見守る。扇五郎が格子戸に手をかけたときだった。

「少し惜しい気もしているよ」

こちらを振り返らずに扇五郎はそう言った。

「あのこはとってもいい役者だったから」


店の客間で呆けていたお辰の頬をぺんぺんと叩いたのは、傷ひとつない滑らかな手のひらだ。

「お辰、お辰」と遠慮がちに名前を呼ぶお師様を見たとたん、お辰の目からは涙が噴きこぼれてきた。扇五郎のことをお辰は全てぶちまける。

「せやからあの役者が市之助さんを殺したんです。間違いありまへん」

「そ、そうだね」と頷くお師様の反応があまりに薄くて、お辰は不満で仕方がない。

「あたし、同心に全てお話ししてきます」

立ちあがろうとすると、お師様はちらりと部屋の奥を見た。その視線を追って、お辰の頭にかあっと一瞬の内に血が上る。衣桁《いこう》に掛けられているのは陣平から依頼され、新しい仕込みを試しているという衣裳で、嘘《うせ》やろ、ありえへん。この人はこんな状況にあってまだ衣裳の仕立てが気になるんか。

お辰は逃げるようにして土間に足を下ろした。

「あのね、お辰」

お辰が振り返ると、お師様はお辰が抱えたままの羽織を指差している。

「とってもいい衣裳を仕立てたね」

店暖簾に額を打ち付けるようにして外に出た。

通りを早足で歩きながら、お辰はちくしょう、と地面に吐き捨てる。ちくしょう、ちくしょう。こうやってまた凡凡は天才の溢した言葉ひとつで翻弄されてしまうのだ。

だってあたしは嬉しいのだ。

あんなむごたらしい殺しを見ておきながら、仕立てをお師様に褒められたのが嬉しくて、嬉しく思えることが嬉しくて、嬉しく思えている己が好きなのだ。

こんな時に弟子の仕立てを褒めてくるお師様の気持ち悪さだって、あたしはとんでもなく嬉しいと思っている。だってその気持ち悪さが、お師様の言葉が本物であることを証《あか》し立《だ》てしてくれる。お師様は言わずには居られなかったんだと。言わずには居られないほど、あたしの仕立てはよかったのだと、証し立てしてくれる。

殺された市之助だって扇五郎にいい役者だと褒められて、あの世で喜んでいるんじゃないかと、そんな都合のいい考えだってしてしまう。このまま道を進んで番屋に駆け込み訴えれば、お上のお調べが店に入るはずで、するとお師様の仕立ててきた衣裳がすべて召し上げられてしまうと、そう思いが及んだとたん、止まってしまう己の足だって、お辰は多分好きなのだ。

お辰は道の真ん中で立ち止まる。空に向かって思い切り顔を上げて、ちくしょう！　と叫んだ。

一狛　狛犬芸者

酒樽をいくつも積み上げた積物《つみもの》の陰から顔を出し、まずは目玉を右に動かす。すると、あちらの通りからやって来る人の塊で目立つのは二つ。手前の塊は、一歩前を行く男がことあるごとに後ろへ向かってへこりへこりと頭を下げているところを見るに、どこぞの商家御一行。その奥の、女二人に男一人の塊は同じ役者団扇《うちわ》を帯に挿し込んでいるから、父母娘の親子連れ。どちらの塊もはなから芝居目当ての出立《いでた》ちだから、小屋に入るための木戸札はすでに懐の中にあるはずだ。

そんなら残念、こいつらは俺らの獲物になりゃしない。

狛助《こますけ》は左に目玉を動かすが、こちらの通りからやって来る塊も、いずれも提灯《ちょうちん》を持った男が先導していて、思わずちいっと舌を打つ。あの提灯持ちは芝居茶屋の男衆《おとこし》。ならば、あの塊たちもすでに、芝居茶屋を通して木戸札を購《あがな》っているということ。

隣の男からの目線は今や、腹を空かせた小鳥がつついてくるかの如くひっきりなしに寄越されているが、まだだ、と隣の男の金箔摺《きんぱくずり》の紅色帯をとんと押す。

まだ、俺たちの出る頃合いじゃねえ。

もちろん、隣の男、金太《きんた》の焦る心内もわかっちゃあいる。すでに昼の八つ時は過ぎており、次の幕開きに間に合うようにと小屋前には芝居客が集まり始めている。季節は夏真っ盛り。ちょんの間でも風通しのよい小屋外で出来るだけ時間を潰したい。そんなお人らの多いこの幕間の時間を使うのが、いつもの流れではあるけれど、だが、狛助たちのお仕事は、幕開きを待つばかりの芝居客を楽しませるだけじゃあいけない。道行く人々の足を止め、首をくるりとこちらに向けさせて、ああもう観ずにはおられねえと財布を取り出し、木戸札を購ってもらわねばならぬ。そのためには道行く人々を見極めて、まだ札を手にしていない連中が一等多く目の前を通る、ここぞという頃合いで木戸台に乗るのが肝心要《かなめ》。

と、左の通りから獣の臭いがぷんとして、狛助はおっ、とそちらへと目を向けた。やって来る男らはいかにも小金を持った若旦那といった身形《みなり》だが、どいつもこいつも頬《ほお》っぺたを赤くして、しきりに一つ拳を背中に当てている。ありゃあ両国見世物《りょうごくみせもの》小屋で駱駝《らくだ》を見てきたに違いない。その興奮を利用しねえ馬鹿がどこにいる。帯をきゅっと扱《しご》き上げれば、右の通りから習いの帰りらしい女子《おなご》の塊がやって来るのが見えて、口端が上がる。あれにきゃあきゃあ言わせれば、人目も一層引くってもんよ。狛助は金太と寸《すん》の間《ま》、目を合わせ、

「いくぜ」と狛助。

「おうよ」と金太。

二人して積物の陰から飛び出して、腰を屈《かが》めて芝居小屋前の人波へと突っ込んでいく。紅藍《こうらん》紫金《しきん》に銀、万両、色鮮やかな着物の袂《たもと》をはたはた、暖簾《のれん》の如く額で押して、勢いそのまま木戸

口横の台の上へと飛び乗った。腰ほどの高さしかないものの、それなりに見通しは良いもので、膝を折りつつ頭をぐるりと回してみれば、台の周りには随分人が集《たか》っている。やんややんやの中に、待ってましたの掛け声が混じっているのを聞いちゃあ、手拭いを引っ摑む手にも気合いが入る。万両色のそれで頭を覆い、顋のあたりで結び目を作る。同じく万両色の長羽織《ながばおり》に腕を通す際には、襟ぐりに染め抜かれている役者紋が目に入って一層気が引き締まる。目立つ身形をしているのだから、ここでのしくじりは許されない。どんなにささくれ立っていようとも、木戸台こそが己らにとっての花道七三《しちさん》。役者が見得を切るところ。森田座《もりたざ》の狛犬との呼び名にふさわしい働きをして見せねばならぬ。

狛助と金太、二人して木戸台の上に座し、客に向かって頭を下げる。額が木板に当たる音で互いの拍子をうまく取り、

「「とざい、とーざい」」

声はいつもの如くにぴったと合わせる。声通りの良さに足を止めた通行人は一《ひい》、二《ふう》、……六人、駱駝帰りの若旦那衆もこちらに顔を向けていて、まずまずだ。

「本日読み立てを申し上げ奉りまするは、」

ここで一つ息を吸い、狛助は腹の底から真っつぐに声を出す。

「狛助、金太のこの二人。未だ尻の青い青二才の呼び込みにかようにお集まりいただけて、まったくありがたいこってすなあ」

「左様じゃ左様じゃ」

金太は喉を震わせ甘ったれた声を出し、これがなんとも狛助の声とうまく馴染むとの評であ

る。よくよく見れば、客の数はいつもよりずいぶん多く、狛助は心内で手を合わせる。

こいつぁ、式亭三馬《しきていさんば》様様だ。

あの戯作者《げさくしゃ》の書いた『戯場訓蒙図彙《しばいきんもうずい》』なる滑稽本《こっけいぼん》は、芝居で使われている物から芝居小屋内で働く人の生業《なりわい》までが事細かに説明されたものであるが、ここで狛助らの生業が大変おもしろいと紹介された。木戸芸者《きどげいしゃ》、なんて小屋内でもほんの端くれの生業の名前が、黒々と墨書きされているのを見たときには、狛助は飛び上がって金太を呼んだものだ。

江戸っ子であればそのほとんどが知っているが、遠国《おんごく》の人に知らすため三馬がここに物真似をいたす、との始まり方で台詞《せりふ》仕立てに書かれたそれは、三馬の目論見《もくろみ》通り遠国にまで早々と伝わったらしい。木戸台を取り囲む、あまり聞き慣れぬ方言を使う客らの顔を、狛助はまじまじと見る。書き物でさえこんなにも足が早いのだ。このところ芝居町で回り始めた噂話の足が早いのも、仕方がねえ――。

「皆々様のお耳に早う入れたいところでは御座いまするが、此度《こたび》の森田座芝居の名題《なだい》は、なんと申されましたかな」

金太からの問いかけに、はっと我に返った。慌てて狛助はふうむ、と顎に手を当て、

「はてさて、なんでございましょうや」

「確か此のように申されました」

金太が扇子で口元を隠しながらむにゃむにゃとやるので、狛助は立ち上がり、地団駄を踏んで怒ってみせる。

「聞こえねえやい、どうでんすな」

「焦りなさんな、こうでんす」

立役者《たてやくしゃ》の声色《こわいろ》を使って大仰に芝居の名題を謳《うた》い上げる金太に、木戸台周りの客らが沸く。

ここでちらりと頭の上の看板に目をやるのが、この相方は大層うまい。

櫓《やぐら》を上げることを許された芝居小屋は江戸でわずか三つ。その内の一つになったという誇りはそりゃもうとんでもないらしく、三座とも小屋表を埋め尽くさんばかりの看板を出す。中でも一等高く一等大きく掲げられているのは、大名題看板。勘亭流《かんていりゅう》なる丸こい文字で太々と書かれた名題の上の絵姿は、芝居で芯を張る人気役者だから金太はよく声真似をする。ほらあの看板のお人の真似でさ、と指で示してお客を小屋へと一歩近づける。よく見えねえよと目を擦《こす》るお客には、それなら隣の絵の描かれている看板をご覧なさいましと勧めて、さらにもう一歩。絵看板は芝居の場面が切り取られていて彩り楽しい。そうやって寸の間でも看板を眺める時間をつくれたならば、あとはもうこっちのもので、所作事で踊る役者を人形《ひとがた》に切り出して作られている招き看板に、役者の名前と定紋があわせて書かれた紋看板などなどに順繰りに目移りさせていく。大人も子供も目の中に綺羅《きら》が回り出した頃合いを見て、狛助は扇子で木戸台を叩いてやるのだ。ぱしりと鋭い音を耳の穴にぶちこめば、客らは雷に打たれたようになって、狛助たちから目が離せぬようになる。

「して、その大小の名題を読み終わって、役割はなんと読まれましたな」

「武士権助丸《ごんすけまる》。これを相勤めまするは、誰でござりましょうぞや」

「これこそは大沢寛次《おおさわかんじ》でござい」

狛助が足裏を板に叩きつけ、目を剝《む》き睨みをきかせると、大升屋《おおますや》ぁ！　と野太い声が飛んできた。見れば、小屋の前、米俵の積物のあたりで人がやんやと沸いている。米俵の山の上には正月でもないのに尾頭《おかしら》つきの鯛が載せられていて、流石《さすが》人気役者なだけあるが、高さはまあ、まずまずってところだな。

「徳子《のりこ》姫《ひめ》を相勤めまするは、誰でござりましょうぞや」

「これこそは田川天女《たがわてんにょ》でござりまする」

金太が顔の前で扇子を広げ、横からそうっと顔を出すと、近江屋《おうみや》ぁ！　と声が上がるのは酒樽の積物のあたりだ。習いの帰りらしい女子たちの塊も一緒になってきゃっきゃと跳ねているのが見えて、狛助はよしきたと拳を握り込む。そうやって頬を赤らめたまま家へと帰り父母に芝居をねだってくれるなら、木戸台に上がるのを待った甲斐があるというもの。

贔屓《ひいき》連中から役者へと贈られた品を小屋の前に積み上げるという芝居町の習わしを積物と言い、こいつを見ればその役者の贔屓の多さが一目で分かる。もちろん、積物だけで全てが測れるわけではないのだが、狛助は役者の身振りを真似るとき、これらに一度目をやることにしている。一目のうちに高さを比べ、どの役者の真似に力を入れるべきかを決めるのだ。

うまい具合に進む読み立てに「最後にもうお一方お聞きしやしょう」との金太の声も弾んでいる。

「敵高坂甚左衛門《かたきこうさかじんざえもん》を相勤めまするは、誰でござりましょうぞや」

聞かれて狛助は、ちらりと積物の方へと目をやって、

「これこそは今村扇五郎《いまむらせんごろう》でござあい！」

今日一番の声を張り上げ、見得《みえ》を切った。指先は人差し指だけをちょいと反らし、鼻はでき

る限り膨らませる。鼻千両とはいかずとも、鼻十両くらいには似せてみせよう。普段からよく見ている甲斐あって、己でも上上吉《じょうじょうきち》をつけてやれる出来栄えだ。

だというのに、木戸台周りのお客らは冷や水を打ったように静まり返った。一寸ばかり変な間が空き、だが、それをかき消すようにして蒸籠《せいろ》の積物のあたりから末広屋《すえひろや》ぁ！　と声が上がった。蒸籠のお山はどの山よりも高いだけあって、ここで仕損じるわけにはいかない。蒸籠周りのやんややんやに狛助はほうっと息をつき、その場に腰を下ろしたが、

「人殺しぃ」

狛助と金太とは比べものにならないほど通りの悪い声なのに、その一言はひどく響いた。これが皮切りとなって、あちらこちらから声がかかり始める。

「人殺しの役者を、舞台に立たせるんじゃねえや」

「檜《ひのき》舞台が人の血で汚れちまったらどうすんだ」

「今すぐ舞台からおりやがれ」

どんどん勢いを増していく悪口《あっこう》は、どうやら米俵のあたりから聞こえてくるらしい。

「負けた犬ってのはよく吠えらあ」と蒸籠のあたりが打って返すのは至極当然。

「手前らの贔屓役者が上上吉を貰えねえからって、こっちにありもしねえ吝《けち》をつけてこられちゃあ堪《たま》んねえや」

だよなあ、違《ちげ》えねえ、と蒸籠の仲間内で頷き合う声は落ち着いたものだが、「ありもしねえってのはどうかねえ」と米俵はせせら笑うかのような物言いをする。

「末広屋さんは衣裳欲しさに、憐れ若手役者の細首をその手で絞めて堀に沈めた。今の芝居町

じゃあ、誰もが知るところさね」

「そんな根も葉もねえ噂をよく信じられるもんだ」

「なんでえ、末広屋贔屓ってのは芝居中に居眠りこいてやがんのかい。根も葉もあるどころか舞台《いた》の上で花を咲かせていなさるじゃねえか。あれだけ洒落《しゃれ》た衣裳なんだ、見えねえってことはねえよなあ」

そうだ、見えねえはずがない。狛助はぎりりと歯を嚙み締めながら、思い出す。たしかにあの衣裳は芝居の幕が開かれてからずっと、舞台の上で花の如くに客の目を引いている。似紫《にせむらさき》の鮫《さめ》小紋に、重ねた長羽織の裏地には目無し達磨《だるま》がいくつも並び、あえて無粋を散らした様がなんとも洒落ている。裾回りに縫い付けた子犬はそうやすやすと見えぬくらいに小さいからこそ、思わず目で追ってしまう。


末広屋、扇五郎が若手役者、門田市之助《かどたいちのすけ》を殺して手に入れたと言われている衣裳は、どこぞの役者が市之助の役柄とともに継ぐこととなった。殺され、未だ下手人が分からぬ役者の替え役とあって、幕が開く前は色々と話題に上ったものだが、今もなお、その〝どこぞの役者〟の名前が覚えられることはない。顔やら所作やらは全て、衣裳に食われてしまっている。

「帯については扇五郎本人がぽろりとこぼしなすったそうじゃないか。楽屋口で出待ちをしていた贔屓に聞かれて、あの玉子色はわたしが選んだんですよ、いい色でしょう、ってな」


蒸籠の山はだんまりで、米俵の声の調子はますます上がる。

「そのまま殺しのこともぽろりと吐き出しちまえば楽になれんのにねえ。ああ、でもそうだな、吐くなら舞台の上で吐いてもらいてえ。板の上でお縄をかけられるお姿は芝居よりも面白いはずだぜ」

これには蒸籠の山も火の玉を吐いた。

「いい加減にしやがれ！　黙って聞いてりゃ馬鹿にしくさって！」

興奮で額の皺まで赤くした贔屓の一人が取り出した長煙管《ながギセル》が鈍く光って、おいおい、そいつはいけねえや！　狛助は木戸台の上で膝を立てる。贔屓同士の喧嘩なんぞは日常茶飯。どちらの役者が上だ下だと言い争っているだけなら、芝居が盛り上がっている証と笑っていられるが、血が出て同心たちが集まってくると大分話が違ってくる。臆病者の相方はいつの間にやら木戸台から逃げ出しているし、ここは己《おのれ》がおさめなければならぬだろう。狛助が腰を上げかけたそのとき、

「おい、そこの芸者野郎」

目線を上げれば、米俵、蒸籠、くわえて酒樽も皆んなして狛助を睨みつけている。一寸ばかり考えてから、

「あっしですかい」

へへへ、とわざと剽《ひょう》げた口をつかうと、呼び立ててきた贔屓はふん、と鼻を鳴らした。

「手前だって小屋に出入りしている芝居者《しばいもの》だろう。それなら、知っているんじゃねえのか」

「おっとそいつぁ何をです」

拍子木を打つかのようにして返す。喧嘩もうまく芝居仕立てにしてやれば、怒気も萎《しぼ》んでくるだろうとそう思ってのことだったが、

「扇五郎が本当に、市之助を殺したかどうかだよ」

狛助は答えられなかった。笑い飛ばすか、真面目腐るか、苛立つか。木戸芸者の己ならどうとでも声色や身振りを変えることができたはずなのに、狛助は咄嗟に選ぶことができなかった。寸分のだんまりが、余計に喧嘩をけしかけた形になって、贔屓らは互いに摑みかかっている。と、そこへ小屋裏手から駆けつけてきたのは腕っ節の強そうな男らだ。さすが留場《とめば》は小屋内外の争いごとを任されるだけあって、血の気の多そうな贔屓のみを見分けて首根っこを押さえつけ、その場を収めていく。

「大丈夫かい、狛助」

木戸台に上って狛助の肩を優しく叩くこの相方が、留場を呼んできてくれたらしい。

「……ああ、助かったよ」

二人して小屋内へと逃げ込む間も、狛助は己の長羽織をきゅうっと握り込んでいた。

手渡された椀《わん》には素直にありがとよ、と礼を返したが、受け取ってみるとまったく重さを感じない。椀を引き寄せ中を見てみれば、干からびた芋のかけらが二つで、芋の尻がひたってい る汁には艶《つや》もなければ照りもない。千切られた菜っぱは点々、椀の底にこびり付き、思わず正面に尻を下ろした金太を見遣ったが、

「それしか残っちゃいねえんだからしようがないだろ」と恨み節を寄越される。

「お役者衆が、鍋底の芋の皮までさらっていきなさるんだからよぉ。そりゃあ、芝居終わりで疲れているだなんて言われちゃこっちは引き下がるしかないけどもさ、あんなになみなみ注《つ》いでいくことはないんじゃないの。下の者への慈《いつく》しみってのをちっとは身につけていただかねえ

と」

己の椀をかっ込みながらぶつくさと言うが、木戸芸者への扱いといったらそういうものだ。芝居小屋からは給金は払われず、贔屓や役者から貰う心付けで生計《たつき》を立てる。舞台に立つ役者と狛助ら舞台下の表方の間には黒々とした線が引かれ、芝居終わりに振る舞われる飯も身分の高い役者から順繰りによそっていく。狛助らがありつける飯はいつも残り滓《かす》だが、だからと言って仕事で手を抜く理由になりはしない。

狛助は啜《すす》っていた椀を床に置き、「ところで、今日の木戸芸だけどな」その縁に置いた箸をぴしりと揃える。

「渡しておいた鸚鵡石《おうむせき》は、きちんと頭に入れてきたんだろうな」

森田座の立女形《たておやま》、天女が此度の芝居で披露する口説きはとんでもない長さだからと鸚鵡石、台詞が書き抜かれた本を押し付けていたのだが、案の定、金太はこちらに向かって上目をつかい、

「へへ、やっぱり狛助は気づいちまうよね。今日はちいと捨て台詞を使っちまったよ」

はあ、と深く息はつくものの、これは己も悪いのだ。木戸芸者を五年もやっているだけあって、金太は咄嗟に拵《こしら》えた台詞でもきちんと堂に入ったものを口にするし、狛助も金太の言葉選びの癖を分かっているから、合わせてやれてしまうのだ。

「身振りはもっと腰を落とせ。楽をしようってな魂胆が見え見えだ。声はいつものとろみがついてねえ。お前、昨日酒を飲みやがったな。幕が開いている間ぐらい我慢しろ。それに木戸台に上がる前は鏡を見ろ。歯に海苔《のり》がついてやがんだよ」

「え、早く言ってくれよ、おっ恥《ぱ》ずかしい」と慌てて舌を口の中で動かし始める相方にまたぞろため息を一つ吐《つ》き、狛助は懐の手鏡を渡してやる。

「そんなだから、森田座の狛犬は点をつける場所がおかしいって言われちまうんだよ」

森田座の狛犬といったら世間様へと配られる芝居番付の語りにも、名が載るほどに知られている。声色と読み立てがうまい狛助に、身振りと顔がいい金太を合わせて狛助と金太、真ん中をずっぽり抜いて狛と太で狛犬だ。太を犬とはちっと強引じゃないかとも思ったが、金太が度々しくじりをするものだから、点がずれているくらいで丁度いいとの評である。

「お前は芝居者としての覚悟が足りねえんだよ」

狛助は己が芝居者であることに誇りを持っているのだ。金太の生業への姿勢には、舌を打ちたくなるときがある。

「いや、でもさあ、小屋内がこんなじゃあ働こうってな気持ちも失せるじゃないか」

金太は椀の口をこちらに向けてこれ見よがしにゆっくり揺らす。残っている芋が椀の中、からころと転がる音は芝居が終《は》ねたあとの楽屋内とは思えないほどに大きく響く。

「前はこんなじゃなかったのにさ」

金太の言葉に、狛助は椀底の菜っぱをつついていた箸を止める。

「……前っていつのことだよ」

「分かっているくせに白々しいねえ。あの噂がたつ前に決まってるだろ」

扇五郎が役者を殺したっていうあれよ。

「馬鹿、あんまり大きい声で言うんじゃねえよ」と窘《たしな》めるが、金太は「遅《おせ》え遅え」と鼻で笑う。

「今日の喧嘩騒ぎのせいで噂の足も増えたに違いねえや。今頃四本足で芝居町を駆け回っているんじゃねえのかな」

人の口に戸は立てられぬというが、ここ芝居国《しばいこく》に住む者の声は格別大きく、戸を立てかけたところで意味がない。そもそも芝居国の戸が、戸として真っ当な働きをしてくれるのかは疑わしい。突然どんでん返されてもおかしくないし、指一本で破れてしまう仕掛けだってここではお茶の子さいさいだ。そんな芝居国の住人たちに、狛助はむすりとする。

「犬を殺してその血を衣裳に仕込む思案には、小屋中皆んなして流石は扇五郎さんだ、役者がちげえなんて褒めてたってのによ。すぐに手のひらを返しやがる」

「そうやってつけ上がらせたから、扇五郎は人を殺しちまったんだよ」

「あの人は人を殺してなんかいねえ!」

己でも思ってもみないほどの大きい声が出て、慌てて、すまねえと頭を下げる。喧嘩騒ぎで贔屓から問われた際にすんなり返せなかった己が気に入らないからとて、こうして金太に八つ当たるのはお門が違う。

「でもさあ、扇五郎が市之助の着物を持っていたってのが何よりの証し立てじゃあねえの」

言われて、狛助はぐうと押し黙る。

始まりは、今月の夏芝居の幕開きを目前に控えた、舞台に立っての立ち稽古終わりに一人の鼠《ねずみ》が森田座に乗り込んできたことだった。芝居者らが鬘《かつら》や衣裳を腕に抱えてごった返している三階廊下を、何かが走り抜けたと思ったら、あろうことか扇五郎の楽屋に突っ込んでいく者がいる。幸い扇五郎はさっさと家に帰っていたからよかったが、楽屋主がいないのを確かめるや否や、扇五郎を出しやがれ！　と叫ぶ鼠の声は甲高い。鼠は女であった。しかし、一人乗り込むその意気地がどんなに強かろうとも所詮は女子の体形《からだかたち》で、いとも簡単に取り押さえられた。女人禁制である芝居小屋の楽屋口を通り抜けてきたのだから、芝居に関わる者かと疑ってみれば、やはり見たことのある顔であった。

「腕がいいお人だったのに、勿体ないやねえ」

言いながら、金太が己の羽織をさわさわと撫でている。同じようにして狛助も撫でてみた己の羽織は、扇五郎から直々に頂戴してから一年が経つというのに、木戸台でどんなに動き回ろうともほつれることなく、だんだらの染め色も落ちてくることがない。

木戸芸者が普段身につける着物は、役者からのお仕着せがほとんどだ。役者らは時折狛助たちを楽屋に呼びつけ、着物をくれる。お可哀想に、この頃ぴゅうと風が寒うなりましたでしょうというのが建前で、木戸台に上がるときにはこいつを身につけあたしの芝居紋を見せつけてやんなというのが魂胆だ。そういうわけで、狛助らは役者たちからしこたま着物をもらうわけだが、丹色屋《にしきや》なる仕立て屋が仕立てた着物は、飛び抜けて質が良い。

「乗り込んできた女子は、その店の直々の弟子だったんだろ」

「狛助はその場に居合わせなかったから知らねえだろうが、女子はとんでもねえ剣幕だったんだよ」

板間に押さえつけられてなお女子は歯を剝き出しにして、衣裳を返せ、と声を張り上げた。あたしが留守にしている間にあの野郎、衣裳を奪っていきよった。扇五郎や、扇五郎を出さんかい！　唾《つばき》の泡まで吹いての訴えに応対したのは衣裳方の一人で、女子の頭の横に膝をつくなり、お辰《たつ》さん、と名を呼んだ。衣裳の費用《かかり》は扇五郎さんが払われたと聞いております。それなら衣裳は扇五郎さんのものですよ。返せというのは、少々おかしくはありやせんかね。女子は寸の間黙った。しかし、腑から絞り出したような声が「殺したんや」と板の間を這う。

「扇五郎が殺したんやで。間違いあらへん、あいつが市之助を殺したんや」

声色を真似た金太がぺろりと唇を舐《な》めるとその舌先に赤がへばりついている。思わずぎょっとしたが、こなくそ、紅でも仕込んでやがったな。

狛助は金太を一睨みしてから「苦し紛れの嘘っぱちだろ」と鼻で笑う。

「殺された市之助さんの衣裳作りの面倒を見てたのは、扇五郎さんってな噂じゃねえか。それだけ、市之助さんに目をかけていらっしゃった。可愛がっていた弟分の衣裳を手元に残したい心持ちは腹に落ちるよ。むしろお辰さんが、そんなにも衣裳を手元に置きたい理由がわからねえ」

「ま、小屋の中なら、誰がどんな筋書きを拵えたっていいんだよ」と金太は狛助の考えに息を吹きかけるような真似をする。

「だが、その筋書きが世間様に出回るとなると問題だ。犬殺しはいい方向に働いたが、人を殺《あや》めたとなるとさすがに木戸札の売り上げにもかかってくる。今のところは、物盗りの末の殺しだとお上が判じているから芝居小屋へのお咎《とが》めはないが、この噂がお役人たちのお耳に入りゃあ、余計面倒なことになる」

堀に浮かんでいた市之助に身寄りはおらず、番屋に運ばれた死体の身元改《みもとあらため》には森田座の座元が出向いた。座元は番屋に入って四方八方十六方に頭を下げていたが、骸《むくろ》を前にし、目を細めて言ったという。

　こうも水で膨れっ面になられると困りますねえ、この仏、本当にうちの市之助でございましょうか……。

「お役人相手でもすっとぼけるんだ、小屋の上のお人らは容赦無く役者を切り捨ててくるぜ。扇五郎ほどの人気役者であっても、どこまで庇《かば》い立てしてくれるかどうか」

　庇わぬだろう。狛助はそう言い切れる、言い切れてしまう。小屋の上のお人らは心の内で思っている。

　犬を殺すことのできるお人なら、人間を殺したって不思議じゃねえやな。

「あの人はそんなお人じゃねえ。皆、知らないだけなんだ」

　呻《うめ》くようにして言う狛助に、金太は楊枝《ようじ》をくわえながら右眉を上げる。

「いやに末広屋の肩を持つじゃあないの。ああ、そういや狛助はあの人の迎えもやっているんだったね。よくそんな面倒なことができるもんだよ」

　ああ、そうだよ、飛び切り面倒だから、明日の迎えは味噌田楽一本で代わってくれやしねえかい。半年前の狛助なら、木戸台のささくれでめくれた指の皮を剝きながらそう言っていたに違いない。

　迎えは表方に割り当てられるお役目だ。受け持ちの役者が駕籠《かご》で小屋まで乗りつければ真っ先に駆けつけて、役者を一目見ようと楽屋口に集まった贔屓らの人波を割って小屋内まで先導する。扇五郎贔屓は役者衆の中でも殊更《ことさら》多く、楽屋番頭《がくやばんがしら》から任じられた際は思わずうへえと舌を出した。そんな狛助を見かねてか、珍しく金太から代わってやろうかと持ちかけてくれたが、まあ、寛次のように我儘《わがまま》を通してくる役者ではなし、適当に捌《さば》きゃあ良いだろうといつものように贔屓を押し除け扇五郎を小屋内に入れた。

髪の一本でもと伸びてくる手をすり抜け、小屋内で息をつく。ふと扇五郎の足元を見やると草履《ぞうり》が血で染まっていた。狛助は慌てて屈んで確かめる。あまりに小さい草履を履きすぎて足裏が爛《ただ》れたようになっているのだ。こいつはいけねえ、すぐに替えやしょう。楽屋に駆け込もうとする狛助を、扇五郎は首を振って止める。わざとさ、と扇五郎は狛助に耳打ちをする。わざと小さいのを履いているのさ。わたしが演《や》っているのはつっころばし。なよなよしい若旦那の足が大きいとわかっちゃ興醒《きょうざ》めだからね。そう言って、扇五郎は艶やかに微笑んで、でもその首筋に一本青筋が浮き出ているのを見つけたその日から、扇五郎の迎えに自《みずか》ら名乗りをあげている。

狛助は扇五郎のその青筋に惚れ込んだのだ。芝居のためなら己の痛みに気付かない振りをする、その芝居への献身に惚れ込んだのだ。扇五郎の足のため懐に塗り薬を常備するようになった狛助に、お前はいい男だねと告げるその扇五郎の笑顔に惚れ込んだのだ。あんなにも檜舞台を一等に考えているお人が、人など殺して舞台を離れるわけがない。

狛助はきゅっと唇を噛む。お助けしたい。お助けするにはどうすればいい。眉間に皺を三本拵えて、ぽんと浮かんだ考えは、すぐさま口から転がり落ちた。

「人殺しの下手人をとっ捕まえればいいんだよ」

「はあ？」

金太の口から楊枝がこぼれ落ちるが、金太はそれを拾おうともしない。

「お前、そいつは本の気で言ってるのかい」

そう問われて膝をずずいと前に滑らせるのが、狛助なりの返答だ。

「本物の下手人を見つけりゃ噂は間違いなく消える。扇五郎さんのお株だって上がるだろうさ。ありもしねえ噂で下手人に決めつけられても、じいっと押し黙っていたその渋みが格好いいってな」

言葉にすればするほどこれが一等良い筋道の気がしてきて、狛助の口端には笑みが浮いてくる。己でもわかるほどに鼻息は荒くなり、鼻の穴周りがほんのり熱い。

「まあ、勝手にやっつくれな。あたしは扇五郎さんが人を殺していなさろうが、いなさるまいがどちらでもいいからさ」

金太はにへらと笑ってそそくさ立ち上がるが、そうは問屋《とんや》が卸《おろ》さねえ。

「何言ってんだ、お前も一緒に捕まえに行くんだよ」

「なんであたしが一緒にやらにゃあならないんだよ」

間髪容《かんぱつい》れずに返してきたなら、こっちのもんだ。

「このまま扇五郎さんが噂で駄目になっちまったら困るのは俺らじゃねえか。生計《たつき》がなくなるぜ」

「大丈夫だよ、あのお人は噂で駄目になっちまう役者様じゃあないんだから。万が一そうなったら、あたしがなんとかしてやろうじゃないの」

よくもそんな駄法螺《だぼら》を吹くものだ。耳に入っていない振りで、狛助は金太にしがみつく。

「ついてきてくれるだけでいいんだよ。それに、下手人が見つかったら扇五郎さんからの駄賃ははずむだろうぜ、どうでんすな」

「あたしはそう暇じゃあねえやい……こうでんす」

読み立てをするときのお決まりの回し文句を仕掛けてやれば、ほらな、と狛助はほくそ笑む。

ほらな、俺たちは二人で狛犬、狛犬芸者だ。

「駄目駄目。阿《あ》、と言ったらすぐに、吽《うん》、と言ってくれなきゃ」

金太は頭を抱えながら、ううん、と唸ったので、狛助は犬歯を見せて笑った。


そうと決まれば話は早い方がいい。下拵えなんて出来ぬ性分の狛助は、明くる朝には渋る金太を連れて、芝居町の仕立て屋の戸を叩いていた。丹色屋は繁盛しきりで、飯は袂に入れている干菓子で済ませてしまうほどの忙《せわ》しなさだと聞いている。約束だけでも取り付けられればとの訪《おとな》いだったが、出てきた背高の女子は狛助と金太をちらり見るなり奥の間まで通してくれる。女中にしては愛想もなく、声は掠《かす》れてやつれちゃいるが、こいつぁ、しめたね。幸先がいい。ほくほく顔で、隣を歩く金太を見やれば口を一文字に引き結んでいる。首を傾《かし》げるこちらに気づいた金太は「運がいいのか悪いのか、いきなり引き当てやがって、まあ」と一つ呆れたような息をつき、

「あいつが小屋に乗り込んできた鼠だ」

お辰だよ。と、そう言った。

そのお辰の案内のままに踏み入れた部屋の中は所狭しと衣桁《いこう》が立ち並び、それらに掛けられた色鮮やかな着物が狛助たちを出迎える。その着物の全てが役者衆の注文とのお話だから、こ

こは狛助が座するお辰の目の前に尻を置くことにした。普段から役者を相手にしているのなら、金太の顔面の良さはうまく働かぬだろう。使うべきは木戸芸者の愛想の良さで、

「いきなりの訪いで申し訳がありまへんなぁ。お仕事の最中やなかったですか」

狛助は上方弁で話しかける。あら、あなたも上方の出なんでっか、とお辰の緩んだ口端から溢《こぼ》れる話を拾えればとの目論見《もくろみ》だったが、お辰の口は緩むどころか、きゅうっと嫌な感じに吊り上がる。

「よくものこのこと、この店に来られたものだすわ」

手ずから茶を淹《い》れてくれるが、目の前の湯呑みに手を出せないほどの声の冷たさ。

「あんさん方、扇五郎の手のものでしょう」

なぜにわかった。狛助と金太は互いに目配せをしてから、

「すわ、どうしてお分かりにならはったんです」

ここはあえて素直に驚いた振りをして、目には綺羅も入れてみせたが、お辰は「そのお召し物」と淡々と返してくる。

「扇五郎からのお仕着せとちゃいますか。扇五郎は裾のまつりに茄子《なす》紺色《こんいろ》の糸を捻りこませんのがお好きやさかい、一目見たらわかります」

すわ、とこちらは振りではない声が出た。女子だからと侮《あなど》っていたが、腕は確かな仕立て師らしい。狛助の小袖を睨む目も針のように鋭くて、着ている小袖の刺繡《ぬい》がほつれてきやしないかと心配になってくる。

「声も同じでっせ。一声聞いたら上方の出か似非《えせ》かなんぞ、すぐにわかるもんや」

つまりはその下手糞な上方弁もどきを止めろということ。

狛助はもぞりと尻の置き所を直してから、改めてお辰に向き直った。

「そうまで扇五郎さんを見てくだすっているお人が、どうしてあんな噂を流したんです」

「人として当然やからに決まっているやないですか！」

いきなり上がった声の調子に、狛助は思わず身構える。

背筋をぴっしり伸ばしたお辰の目は、力任せに研いだ刃《やいば》の如くにぎらついている。

「人殺しがこの江戸をふんぞりかえって歩いているのや。危ないで、近付かんで、と大きい声を出して皆に知らせてあげるんは悪いことでっか。それとも、なんや、あんさん方は人を殺したらあかんっちゅうことを、お忘れになってもうたんでっか」

「扇五郎さんは人を殺してなんぞおりません！」

狛助は膝で立ち上がって畳を叩く。金切り声を上げてから、横目で見やった金太は目を見張ってはいるものの、指の一本も動かさない。さすがは相方、狛助の仕掛け方をよう く分かっている。

「殺しましたで。だって自分で言うてはったんやもの」とお辰の口端は歪《いびつ》に吊り上がり、

「人を殺したと自分で言いはったんやもの！」

「よくもそんな出鱈目《でたらめ》を」

「出鱈目とちゃうわ。この店で、この部屋で、扇五郎は確かに言いよった！」

人は誰かと楽しくお喋りを楽しむときよりも、誰かの言葉を打ち消し、言い負かそうとするときの方が言葉を尽くす。

案の定、「殺された役者が着とった衣裳は、あたしが仕立てたものや」とお辰はひとりでに話し始めて、狛助らはよしきたとばかりに、耳にぐっと力を込める。

「せやから扇五郎が店に持ち込んで来よったときもすぐにわかりましたで。あたしは衣裳は下手人が骸から剝《は》ぎ取って持っていってもうたものやと思うとったから、腰が抜けるか思いましたわ。衣裳には金糸も銀糸も使《つこ》うたから、売れば大変な金になりますからね」

どうして衣裳を持っているのかとお辰は詰めた。殺したのだろう、衣裳欲しさに市之助を。すると扇五郎は、これはもしものお話だけどね、と気色の悪い前置きをしてから告げる。

下手人であるどこぞの役者は、衣裳を身につけた人間丸ごと欲しかったんじゃないかしらん。呆気に取られているお辰の前で、扇五郎はそっと衣裳に手を滑らせて、市之助さんはね、とっても似ておりましたから。そのどこぞの役者が次の夏芝居で殺す役柄の男の顔に、背格好にね。衣裳を着付けた中身が、その中身の死に様が見たかったというわけさ。おや、そんな怯《おび》えたお顔をされて。怖がらせてしまったねぇ。お詫びにこいつはここに置いていきましょう。

「あたしはその衣裳を部屋の隅にほっぽっておいた。あたしはあれを二度と触らん。でも、あたしはあれを二度と手放さん。簞笥《たんす》の肥やしにもしたらへんで、あのまま部屋で野晒《のざら》しにしたる。そう思うとったのに、あの日、店に戻ってきたら、衣裳が消えとる。あたしは店の見習いに飛びついて聞いた。したら、持っていかれましたと言う。あたしの留守の間に陣平《じんぺい》が来て、勝手に店に上がり込んだと思うたら、扇五郎の遺いだと口にして衣裳を見つけて持っていかれました、と」

「陣平？」

できるだけ言葉少なに差し込むと、「小屋で一緒に働いている者の名前も覚えてはらへんのん、衣裳方や」と嘲《あざけ》るようにして返される。知ってはいたが、話が散らばらぬように黙ったままでいると、お辰はまだまだ己の話にのめり込んでいく。

「取り返さなあかん。あたしの頭に浮かんだんはそれだけやった。気づけば、森田座の小屋ん中で床に押し付けられてるんやもの。しかも柄の大きい男が上からぎゅうぎゅう背中を押すさかい、肚に抱えてたもんが飛び出したのも仕方があらへんやおませんか。でも、どないでした？　小屋でのあたしの訴えは鬼気迫るもんがあったでしょう」

お辰はふふ、と笑ってから、湯呑みで口を湿らせる。この間に金太はてん、と小指の爪で畳を弾《はじ》くが、そんなことをされなくとも狛助だって合点《がってん》承知の助。次に狛助たちが聞きに行くのはその衣裳方の陣平で、ここはお暇《いとま》を乞うべきだろう。これ以上お辰に話を聞いたとて、扇五郎が殺しを自ら言った言わないと水を掛け合うだけになる。

狛助たちはお辰が湯呑みを置くのを見計らって、畳に額を近づける。こいつはどうも失礼いたしやした、どうやら俺たちの早合点だったようで、とこちらから折れてやれば、円満に店から出られるとそう踏んだが、

「そもそもや」

立ち上がった狛助たちの背中に、なおもお辰は言葉をかけてくる。お辰はやけに追い縋《すが》ってくる。

「犬を殺して、どうして褒められとるんや」

「犬？」

狛助は思わず振り返った。お辰の目は今や血糊を浴びて錆《さ》びた刀の色をしている。

「あんたたちはどうして犬殺しを許してしまえるんや。芸のためやったら、なにをしてもええんかいな。己の才を見せつけるためなら、なにをしてもええってことかいな」

お辰は舌が絡まっているような早口で、唾が口中に溜まっているのか言葉はどうにも聞きづらい。舞台の上なら半畳《はんじょう》を投げられるような台詞回しだが、狛助にはやけにくっきり聞こえてくるのはなぜだろう。今のお辰の声には刺さって抜けない芯がある。

「芝居者は人やない。人の枠から外れてしもうとる」

狛助は瞬《また》いた。耳の中に銀の匙を突っ込まれたかのような心持ちだった。

すると、前を歩いていた金太がするりと振り返って、口を開く。

「じゃあ、聞かせてもらいますけどね、お辰さんはどうして同心にこのお話をされないんです？」

狛助は寸の間考えて、たしかにちげえねえ、と心の内で頷いた。そうまで扇五郎を憎んでいるのなら、噂が扇五郎の首をじわじわ絞めるのを待つよりも、同心に直接訴える方が早いに決まっている。

「扇五郎は市之助殺しについてお辰さんにお話をいたしやした。あっぱれ、お辰さんは下手人の証を得たわけです。万が一、扇五郎が下手人ではなかったにしろ、殺しについて何か知っているのは間違いがない。ならば、その時点でどうして番屋に駆け込まなかったんです」

黙ったままのお辰に金太は「わかりませんか」と聞き、次に「お教えいたしましょうか」と聞く。

「それほど着物がお好きなんですよ」

金太の言葉に、お辰の切長の目が開く。

「あんたが番屋に走れば、今後一切芝居小屋の仕事は、あんたの店には回されなくなる。そりゃあそうだよ、あんたは役者を売った形だ。役者相手の仕立て屋である丹色屋は客がいなくなるだろうねえ。あんたは己の職がなくなるのが怖くなったんだよ」

指先一つ動かさないお辰を、ふん、と金太は鼻で笑う。

「あんたは着物のためなら、殺しにも目を瞑《つむ》れちまうお人なんだよ」

なんだよ、と狛助は無性に腹が煮えてきた。それを聞いては口を挟まずにはいられない。

「なんだよ、あんただって、人の枠から外れているんじゃねえか！」

狛助はしてやったりの心持ちだったのだ。己が口に出した言葉にお辰はしっぺ返しをくらった格好だ。ざまあ見さらせ、地団駄でも踏みゃあいい。だが、お辰は怒りはしなかった。目の前で歪《ゆが》んだお辰の顔は笑みを浮かべそうにも、泣き出しそうにも見えた。長年木戸台の上に乗り、檜舞台を見てきた狛助が、出会ったことのない表情だった。

「そうなんか、あたしは、着物のためなら殺しにも目を瞑れちまう人間だったんか」

金太の言葉を指先でなぞるようにして呟いて、

「でもな、あたしな」

狛助たちが部屋の襖《ふすま》に手をかけると、お辰は衣擦れのような小さい声を溢した。

「着物と同じくらいあの阿呆のことも好きやったんやで」

ぴしゃりと音を立てて襖を閉めたつもりであったのに、お辰の顔は今も狛助の目蓋《まぶた》の裏に貼り付いて離れない。

木戸芸者たるもの、己の知らない表情があってはいけない。狛助は森田座まで戻る道中、手鏡を片手に眉やら口やらを動かしてみるのだが、あの寸の間のお辰の顔はどうにも似せることができないでいる。今思い出してもあれが笑顔だったのかそれとも泣き顔だったのか、狛助には判ずることができないが、まあ、一旦そいつはさて置いて、森田座の楽屋口を潜《くぐ》った狛助たちは陣平を捜した。下手人捜しはここからは話が早いはずである。なにせ陣平は同じ森田座の芝居者。小屋で流行《はや》りの犬の形をした饅頭でもひょいと渡せば、話もすんなり聞くことができるとばかり思っていたが、衣裳蔵で見つけた小柄な男は「別に扇五郎さんの頼まれ事をこなしただけですよ」とひどく冷たい。

「その頼まれ事のお話を聞かせちゃくれないかね」

そうおずおずと話しかけても、陣平の目は蔵の中の衣裳に注がれたままで、附帳《つけちょう》に筆を走らせ続けている。

やりにくいったら、ありゃしねえや。唇もむいっと突き出しそうになるが、慌てて頬の肉を嚙み締める。かわいらしいお顔の割に腕がたつとの噂の衣裳方だ。べんちゃらが見破られてしまう分、下手にこちらから仕掛けることができない。金太と二人、積み重ねられた行李《こうり》の間でもじもじしていると痺れを切らしたのはあちら側で、ちいっと一つ舌を打って一転「その日もこうして衣裳蔵にいたら、扇五郎さんに呼び止められましてねえ」と筆を置き、微笑みを浮かべて話し出す。

「丹色屋さんまで衣裳を急ぎ取りに行ってほしいと仰《おっしゃ》られたんです。天下の末広屋さんにお遣いを頼まれて、それを断れる芝居者なんてここにはおりませんでしょう？　あたしは己の仕事なんてほっぽって、すたこら丹色屋まで参りました。店には見習いが一人おりまして、師匠が帰ってくるまで待てと言いますがね、こちらも急ぎの用ってんだから仕方がなかった。勝手に店に上がりまして、衣裳を探しました。すると、部屋の隅に畳んで置いてあるじゃあないですか。そのまま拝借して扇五郎さんにお渡しをした。これがなんてことのないあたしのお遣いの顚末《てんまつ》です」

言い切ってすぐにでも筆の柄を握ろうとするので、狛助は先んじて筆を取り上げて聞く。

「扇五郎さんは衣裳を受け取ったときに、何ぞ言っておりませんでしたか」

「しつこいねえ。そんなの覚えちゃいませんよ」

口振りは素っ気ないものだが、その手は筆が無いせいか忙しなく、何度も棚に並んだ衣裳に触れている。とくに袂のところを何度もはたりはたりと折り畳んでいるその衣裳の色は万両、紋は五つ扇――。狛助はぴいんと思いつく。ここは一つ手伝いでもして、御機嫌を取ってみようかしらん。

「糸を仕込むんなら、俺が衣裳を持っていやしょうか」

狛助得意の犬歯まで見せてのご提案だったが、びくりと大袈裟にも思えるほどに陣平の肩が揺れた。振り返り、こちらを睨みつける目玉は鈍く光っている。

「いい加減にしやがれ」

先ほどまでの品の良さはどこへやら、低い声がしたたたり蔵の床を這う。

「そうやって溝鼠《どぶねずみ》のように扇五郎さんを嗅ぎ回りやがって、森田座の狛犬が、恥ずかしいとは思わねえのか。手前らには芝居者としての心意気ってもんがねえんだよ」

吐き捨て、陣平は衣裳蔵を出ていった。

狛助は金太を見やるが、金太だって狛助を見やる。二人して何が陣平の気に障ったかがわからない。そのくせ狛助は、陣平の口から出された芝居者との言葉の響きがやけに耳の中に残っている。先にお辰がうめくように吐き出した芝居者との言葉と重ね合わせてみたくもなってきたところで、

「おっと、こんなところに狛犬がいやがらあ」

胴間声《どうまごえ》が蔵の中にうわんと響き渡って、陣平の言葉なんぞはたちまちに飛んでいく。

「どうした犬っころ。台所の鼠でも腹に入れようと追っかけてきたのかい。それとも何か、衣裳のことで悩みでもあんのかい」

しゃがれていても声が真っ直ぐに通っているのは流石名題役者と言うべきか。この味のある声は喉を絞らねば出ないから、木戸台で披露するには長い修練が必要だった。

ふうと細く息を吐いてから振り返ると、やはり何年もかけて真似をしてきた役者の姿がそこにある。

「なんぞ御用でいらっしゃいましたか、寛次さん」

口が大きいので笑みを浮かべると気迫がある。柄も大きく、衣裳蔵に一歩足を踏み入れてくるだけで、風が吹きこみ、衣裳の飾り糸がゆらゆらと揺れる。

「いやなに、お前らが衣裳蔵に入っていくのを見かけたからよお。なんぞ悩みがあるんなら、

俺も誰かさんみたいに衣裳の相談に乗ってやろうと思ってよ」

温《ぬく》みのある言葉を口にしているが、その顔に浮かんでいる笑みはニタニタだ。ああ、こりゃあ、噂を揶揄《からか》っていなさるね。思い出してみれば、木戸台周りで起きた騒ぎも米俵あたりの贔屓が悪口を口にしたのが発端だった。

寛次がなにかにつけて扇五郎に挑みかかるのは、森田座じゃあ皆が知るところで、おそらくあの悪口だってこの役者が己の贔屓たちをけしかけていたに違いない。狛助が腹をふつふつと煮やす一方、金太は「いやですよぉ、旦那ぁ」と袂から出した手拭いを口元に当ててくすくすと笑う。

「衣裳のご相談だなんて、お人が悪うござんすねえ。扇五郎さんみたく変な噂がたっちまいますよ」

ついでにちらりと手拭いの紋を見せるなんてのも、とんでもなくお上手で、

「俺の紋入り手拭いはきちんと使っているようだな」と寛次は単純至極に喜んでいる。

「そりゃあもう、たくさん宣伝させてもらっておりますよ」

嘘吐《つ》け、手拭いの端には茶色の染みがついている。屋台で落とした田楽のたれをそいつで拭っていたのを知っている狛助は思わず吹き出しそうになるが、寛次はどうやら気付いていないらしい。そんなら、礼の一つはしなきゃあならねえやなあ、と衣裳の入った行李の上にずんと腰掛ける。

「礼、というのは？」

「お前ら、市之助殺しの噂を追っているんだろ。いやね、さっき衣裳方とやいやいやってんの

がたまたま聞こえちまったもんだから、俺が持っている話の種を一つ教えてやろうと思ってよお」

胡座《あぐら》をかいて、寛次はぴしりと己の膝を打つ。

「扇五郎が楽屋風呂をよく使うのは、皆がよおくご存じのところだろ」

ええ、と狛助は素直に頷く。

「あの人は皺の間まで白粉《おしろい》を塗られますから、風呂に入って念入りに体を擦らないと白粉が落ちぬそうで」

ほとんどの役者は、舞台や稽古場に立った後小屋に設《しつら》えられている楽屋風呂を使う。一等白粉を使っているであろう女形《おんながた》は、殿方に体を見せるだなんて滅相もないと、風呂に入らず楽屋に湯入りの盥《たらい》を運ばせるものの、役者たちの白粉の溶けた湯船は濁りきり、泥風呂なんぞと呼ばれる始末。とくに扇五郎の入った後の湯船はひどいもので、化粧のいらぬ稽古の日でさえ白粉を塗り込んできたりするから、毎日のように役者衆から文句が出ている。「あの泥んこ風呂は思い出すだけで頭にくるぜ」と鼻っ面に皺を寄せる寛次はその筆頭だ。

「だがなあ、ここ最近で一日だけ、あの白い湯船にお目にかかってねえ日があるんだよ」

言って、寛次は行李の上で前のめる。ぐいと顎を突き出してくるのは、寛次が名台詞を口にするときの癖だから、狛助は自然と耳を寛次に寄せてしまう。

「市之助の骸が見つかるその前日、扇五郎は楽屋番に頼んで水を入れた盥を自分の楽屋に運ばせたらしいのさぁ」

そうだよなあ、美濃吉《みのきち》。

節の回った呼びかけに、へえ、と返す声は衣裳蔵の入り口あたりから聞こえてきた。楽屋番を待たせていたとは、寛次ははなからこの話の種を披露する気でいたに違いない。そう分かってはいるのに、狛助は楽屋番が姿を現すのを待っていられず、急《せ》くようにして問いかけてしまう。

「盥を運んだのはいつのことです」

「通し稽古を終えた後でした」

衣裳蔵に一足入れたっきり、入り口あたりでおずおずとしている美濃吉は、厳《いか》つい顔に似合わぬ細い声を出す。

「裏方もちらほらと数人残っていたのみで、あとは皆んなして家路についておりました。扇五郎さんは一人楽屋に戻って、振りをさらっていらっしゃったようでして。扇を使った所作事は、今度の夏芝居の目玉でもありますから」

「稽古をしていたとは限らないんじゃねえのかなあ」

またぞろ流石は名題役者で、寛次は聞いている者の耳にこびりつくようなねっとりした声色をつかったかと思うと、

「扇五郎は殺しに手を染めていたのよ」

いきなりひっそりと狛助たちに囁いた。

「市之助を殺して衣裳を奪い、楽屋へとのこのこ戻ってきやがったのさ。そこでふと己の着物を見やった。なんてえことだ。着物に血がついていやがる。市之助の野郎め、最後っ屁《ぺ》でどこかしらを引っ掻きやがったな。こんなものを残していちゃあすぐにお縄についちまう。着物は

脱いで、そこらへんにいる楽屋番に声をかけた。水盥を自分の楽屋に運ばせて、慌てて着物を洗えば、ほらみろ、盥の水が赤にゆっくり染まっていく」

馬鹿を言うない！　そんなもの、扇五郎を下手人に見立てた当て書きだ！　そう叫んでやりたいのに、狛助を含めその場にいる誰もが寛次の迫力に異を唱えられないでいる。

「てめえらも気をつけな」と寛次は狛助と金太の肩を軽やかに叩いた。

「扇五郎は人だけじゃねえ、犬を殺すのもうめえから、てめえらみたいな狛犬は血を抜かれて捏《こ》ねられて、饅頭にされて喰われちまうぜ」

言い置いて寛次は衣裳蔵を出ていった。美濃吉も逃げ出すようにして蔵をあとにした。残された狛助は未だ寛次たちが口にしたことを信じられないでいる。

「おかしいぜ」

狛助はぽつりと言う。

「扇五郎さんが市之助を殺しただなんて、そんなわけがねえものなあ。おかしいだろ。おかしいに決まってる」

先にそう口に出してしまったものだから、慌てて間に合わせるようにして頭の中でおかしい部分を探ってみると、頭の隅に引っかかるものがある。

「そうだよ、どうして扇五郎さんはいつもは風呂に入るのに、その日だけは水を張った盥を運ばせたのか。こいつはおかしな話だよ」

「だから、楽屋で血を洗い流すためなんだろ」

金太は冷たく返してきて、狛助はかっとなる。

「そいつは寛次さんの当て推量だ！　そんなはずはねえ」

何ぞ理由があったに違いない。

殺しなんかより、もっと役者としてふさわしい理由があったに違いない！

金太の袂を引いて衣裳蔵を飛び出した。捕まえたのはさっきまで蔵の中にいた楽屋番の美濃吉だ。

「さっき寛次さんが言っていたのは、すべて真《まこと》のことなのかい」

楽屋番は一日中楽屋周りにいて、飯に風呂にと役者の世話をする。あの役者は湯が熱いのがお好みで、この役者のお菜にしめじは入れちゃいけないと、役者には一等目を光らせておいでのお人らだ。扇五郎が楽屋に一人いたときの話も詳しく聞けると思ったが、

「ああ、俺が水入りの盥を扇五郎さんの楽屋まで運んだからな」

と言い捨てそくさその場をあとにしようとする姿は、先ほどの陣平と同じくで随分と素っ気ない。

「じゃ、じゃあ、盥を運び入れたとき、扇五郎さんの楽屋で何かを見たりはしなかったかい」

「見てねえよ」

一言に切って捨てるが、美濃吉は目玉が大きい分、目線が落ち着きなく床を彷徨《さまよ》っているのがよくわかる。その目線の行き着く先だって、木戸台の上から長らく客たちの足取りを見てきた狛助たちには容易に知れた。

「煙草《たばこ》入れか？」

金太の紅の腹切帯《はらきりおび》から垂れ下がっていた煙草入れの上で、美濃吉の目玉はつと止まっている。

はっと美濃吉は視線を逸らし、

「見てねえっつってんだろ！」

勢いよく吐き捨てたように見せるのは、肚の中に吐き捨てられない何かを溜め込んでいるからだ。そして狛助は、目の前で勢いよく吐き捨てた振りをしてみせた男をもう一人知っている。

ならば、と狛助は強引に美濃吉の腕を取った。

ならば、二人一遍に肚のものを吐かせてやりゃあいい。

美濃吉の腕を引きつつ小屋の中を捜し回って見つけたもう一人は、鬘《かつら》部屋の前にいた。狛助たちに目をやるなりどこぞへ向かおうとするが、こちとら長年木戸台に飛び乗ってきた足腰がある。すぐに追いつき袂を引いて、鬘部屋へと押し込んだ。踏み入れた部屋は薄暗く、部屋中に漂う鬢《びん》付け油の匂いは毛穴にまで入り込んでくるようだ。だが、今の狛助には丁度いい。一つ息を吸ってやれば、舌上に鬢付け油が乗ったようにも思えて、勢いよろしく狛助は引きこんだ男らに詰め寄った。

「陣平さん、俺はやっぱり諦めきれねえや。どうか本当のところを話しちゃあくれねえか」

一歩後ずさった衣裳方はいよいよ頭に血が昇ったようで、品などかなぐり捨てた様《さま》で狛助の胸ぐらを摑み上げてくる。

「手前らはどうしてそうも扇五郎さんを調べ上げようとするんだよ！　噂を暴いて何になるってんだ！」

狛助は陣平の腹を見る。陣平は怒鳴るたびに腹が動く。こいつは腹から声を出している。だからこそ、

「扇五郎さんがこのまま噂に潰されて消えていくのが嫌だからさ！」

狛助も己の肚を割る。

「俺は木戸芸者だ。狛犬だなんだと褒めそやされてはいるけどもね、所詮は似せ者、本物に届くことは決してない。でもな、だから俺は本物であり続ける役者の覚悟ってのが、ちいとはわかるつもりなんだよ」

舞台を下りても客の目はどこまでもついてくる。役者は常から役者でいなければならない。足の裏がずる剝けたって、なよなよとした役柄に合わせるために草履は小さいのを選ばなければいけない。

「俺は芝居者としての誇りがある。芝居者として役者のために己を捧げる覚悟がある。俺はなんとしても真実《まこと》にたどりついて、扇五郎さんをお救いしなきゃあいけねえんだよ」

静かにそう告げる狛助の顔を真正面から見据えた陣平は、押し黙った。それから、狛助の胸ぐらを摑んでいた手を離し、

「衣裳の折り目が正しすぎたんだよ」とぽつりと言う。

「折り目？」

「扇五郎さんの遣いで丹色屋まで取りに行った衣裳のことさ。此度の芝居じゃ、引き抜きを使う。糸を抜けば上の衣裳がするりと解《ほど》けて下からもう一着衣裳が出てくる細工は、うまくいけば客受けがいいが、一つ間違えばとんでもなく白ける。引き抜きは糸の仕込みが肝要になってくる。市之助の衣裳も、仕掛けを施す肩のあたりの扱いにゃあ慎重だったはずだ」

だから陣平は丹色屋から出るなり、衣裳の肩口を確かめた。ここを手荒に扱えば、仕込みの

糸がぴんと張らない。変な畳み方をされたなら、皺が癖付く場合だってある。

陣平は祈るような心持ちで衣裳の襟に指を入れた。

すると、何てえことだ。陣平の指は、美しく真っすぐ正しいままの折り目をなぞる。

「おかしな折り目がついていなかったんですよね。それの何がいけないんです」

「衣裳が丁寧に扱われすぎているんだよ。今回の仕込み入りの衣裳は生地が柔らかい。折り目も皺も残りやすいってのに、その跡がない。つまり、素人《とうしろう》が衣裳に触れていないことを証し立てする」

それを知った者たちは言うだろう。下手人はどうやら芝居国の人間らしいぜ。なるほど、金目当ての物盗りじゃなかったわけだ。おいおい、それなら噂の通り、下手人は自《おの》ずと決まってくるじゃあねえの――。

「そうか、陣平さんは扇五郎さんへの疑いが強まることを恐れたんだね」

金太が告げたその言葉に狛助が目を丸くする間に、金太はもう一つの肚を割りに来る。

「煙草入れの方はどうなんだい。扇五郎さんの楽屋で手前《てめえ》が見たものさ」

狛助が陣平と一緒に美濃吉へと顔を動かせば、こちらも、

「煙草入れじゃねえよ、巾着袋だ」と白状をする。

「扇五郎さんの楽屋前で俺はちょいと、と呼び止められた。へえとその場で膝を突けば、水が欲しいとのお申し付けだ。俺は盥に水を張って、楽屋まで運んださ。したら、入り口あたりに金子が置いてある。暖簾越しの持っておいきとの声は優しいが、俺だって伊達《だて》に楽屋番を何年もしちゃいねえ。この声色をつかったお侍さまは板の上で、ばっさり己のお父上様の腹に刃を

入れなさっていた。扇五郎さんは肚に何か一物《いちもつ》をお持ちだ。だけど、そいつを暴いちゃいけねえ。早々に盥を置いて、金子を引っ摑んだその時よ。暖簾の下からちらりと畳の上に置いてあるもんが見えたのさ。いつもの花の露が入っているギヤマンの瓶じゃなく、五つ扇の巾着袋だ。その口まわりには、何かが盛られている蛤《はまぐり》の貝殻がいくつも散らばっていたんだよ」

薬だろうか。それなら、風呂後はいつも己の顔の手入れに余念のない扇五郎が、この日は化粧水ではなく、薬を塗り込むことを何よりも優先させたという筋書ができてしまう。これが寛次の耳に入れば、喜色満面となること間違いがない。

「扇五郎さんは市之助と揉み合った際に傷をこさえたらしいねえ、なんて小屋中触れ回るに決まっているさ」

だから黙っていたのだと美濃吉は言う。

たしかに陣平の話も美濃吉の話もそのままで受け取れば、噂を裏付けることになりかねない。しかし、下手人捜しを前に進める種になりはした。折り目正しい衣裳に、薬入りの巾着袋。もっと早くにこれらの存在がわかっていれば、下手人へと辿り着く筋道を考えることができたはずなのに、

「どうしてすぐに教えてくれなかったんだよ」

狛助が恨めしそうに言えば、陣平も美濃吉も下を向く。

「真を世間に明かす必要がねえと思ったんだよ」と陣平がぽつりと呟く。

「下手に噂を暴いたせいで、扇五郎さんがお縄についちまうんなら、真は明かさず、ただの噂で終わらせちまった方がいい。衣裳の折り目は、あたしが一生かけて胸の内で消してしまえば

いいんだから」

狛助はその言葉が、浮かべている恨み面《づら》がほどけてしまいそうになるほど嬉しかった。

あれだけ怒鳴りあっていたくせに、蓋を開けてみりゃあ四人皆んなの心持ちは同じ。なんとか扇五郎を、芝居国の宝である役者を舞台から下ろすまいとする、その一心だ。

「どうしてそうまで」と金太が聞くと、陣平と美濃吉は顔を見合わせて、

「扇五郎さんの才に惚れ抜いているからさ」と力強く応えるのも、狛助は嬉しくってたまらない。

これこそ芝居者としてあるべき姿だ。

芝居者として役者を助けて、役者を支え、役者のために覚悟を決める。たとえ、人の枠から外れとっても。

思わぬところで上方弁が混じり込んだ気がして、狛助はあたりを見回した。だがそこには、下手人捜しに気合いの入った男たちがいるだけだ。

さあ、ここからの下手人捜しは、どんな事実が出ようとも扇五郎を信ずる心を強く持ってと思いきや、とんとん拍子に進んでゆく。

しょっちゅう刺さる木戸台のささくれで指の皮がずる剝けの己らとは違って、扇五郎さんは指先にまで気を使うお人だ。あの夜、どこかしらに傷をこさえたなら必ず医者に行くはずだと、手分けをして近辺の医者を当たってみれば、聞き込んだ医者は皆揃って同じことを口にする。

「役者ですか？　そういったお人は来ちゃいませんが、泣き面で飛び込んできた妙ちきりんな男がいましてね、この男が私の袂に縋《すが》りついて、役者様に俺ぁなんてえことを、と繰り返し喚《わめ》

くのは聞きましたよ。なんでも役者様の指に傷をつけてしまったから、出来るだけ早く傷を治す薬が欲しいのだと、あるだけ薬を購っていきました」

思わぬ男の登場に四人ともが前のめりになったが、ここから先は狛助と金太の二人だけが、とんとんとゆけた。

「その男の特徴ですか。小太りのお多福顔で……そういや変な歩き方をしておりましたな。足裏を全部床に吸い付けるようにして、親指とその付け根のあたりで板を押すようにして歩くんです。廊下を踏むときには、したりしたりと音が出ましてね」

木戸芸者らの頭にはすぐにぴんときた。そいつは芝居小屋で半畳や菓子を売り歩く中売りの歩き方で、それも年季の入った男に違いない。芝居者たちの頭の中には一人の男の姿が浮かび上がってくる。

中売りの男と仲が良かったという桟敷番《さじきばん》から居所を聞き出し、男の住む家屋まで来てみると、糊の剝がれた腰高障子の前で子供らが数人たむろしている。何をしているのかと聞けば、

「ここのおっちゃん、いつもお菓子を作ってるんだけど、うまくできなかったものはおれらに配るんだよ」

子供らはそのおこぼれを待っているのだという。

「その菓子を持っている奴はいねえかい」

おずおずと手を挙げる子供に、見せちゃくれねえかと頼む。子供は嫌がったが、懐に入っていた金鍔《きんつば》と取り替えっこだと持ちかけてみれば、素直に頷いた。

手のひらへと落とされたその饅頭は、可愛らしい耳と尻尾がついている。

楽屋の中で狛助らは四人揃って、名題役者と相対するように座している。

額を畳に近づけたまま目玉だけをちらりと上に動かすと、ああ、美形ってのはこうも間近で見るもんじゃねえやなあ。狛助は気付かれぬよう噛み締めた歯で息を濾《こ》しながら嘆息する。どれだけ白粉を塗りたくり顔貌《かおかたち》を整えようとも、このお人を前にすれば目頭の切れ込みや鼻の頭の尖《とが》り様といった生まれながらの逸品に膝をつくことになる。どこもかしこもすっきりお綺麗な人だからこそ、その左の人差し指の先に巻かれた布がどうにも目について、狛助は思わず口に出す。

「お指は大丈夫でございましょうか」

目の前の名題役者、扇五郎は一度目を瞬かせてから、くすりと笑った。

「ええ、大したことはござんせん」

そう応える声は皮を剝いたばかりの若木のようにしんなりと通っていて、木戸芸者がどれだけ修練を積んだとて出せるようなものではない。この素敵な声を守ることができたのだと思うと狛助の胸は高鳴って、畳についた両手もばしりと拍子木のような音が出た。

「此度、扇五郎さんにお時間を取っていただきましたのは、我らで確かめた噂の真相、そのご報告にございます」

「……へえ」

訝《いぶか》るようなその声も、この言葉で変わりましょうや。狛助は膝頭をぴちりと合わせて前のめる。

「市之助殺しの下手人は、森田座で犬饅頭を売っておりました中売り、三好屋の茂吉《もきち》でございます」

己がこれまで木戸芸者として培ってきた一等良い声でそう告げる。

「そもそもの始まりは、この茂吉とやらのしょんもねぇ勘違い」

――ええ、本当にしょんもねえ。あっしは扇五郎さんがあの若い役者の衣裳を欲していらっしゃると、そう思い込んでいたのでございます。

茂吉は現れた狛助たちに対し、家の中に招き入れ麦湯まで出して洗いざらいをぶちまけた。

あっしの饅頭の客の中に市之助の迎えをしている芝居者がおりまして、こいつから、市之助が仕立てている衣裳については色々と聞いていました。扇五郎さんの思案が随分使われていることには気に食わない思いでおりましたが、裾まわりに子犬の刺繍《ぬい》が誂《あつら》えてあるというのを耳にして、あっしは確信をしたのでございます。

ああ、犬を盗《と》られたに違いねえ。

あっしの犬だ、あっしがあのお人に褒められた犬だ、あっしと扇五郎さんの大事な犬だ、奪い返さねえと、とその一心でした。市之助のあとを幾日つけておりましたら、あの夜です。丹色屋から出てきた市之助が衣裳を着付けているではありませんか。あっしは、市之助の首を絞めました。犬よりも余程簡単でした。骸から剝ぎ取った衣裳を饅頭の背負い籠《しょご》の中に入れまして、急ぎ森田座へと向かいます。折り目ですか？　ええ、ええ、そりゃあ気をつけました。あっしは皮をめくって中身を確かめなきゃ気の済まない質《たち》だ。衣裳の仕込みにもすぐに気づいて、丁寧に扱いましたとも。扇五郎さんが夜な夜な一人残って扇の稽古をしていらっしゃることは存じておりましたから、そのお姿を廊下に見つけました。あっしは素早く駆け寄って、衣裳を、それとちょっとした祝いの品を差し出しました。扇五郎さんは驚いた顔をされましたが、口端をほんのり上げられて――。

「あなたは衣裳を受け取られた。それを丹色屋に持っていったというのが、市之助殺しの顚末です」

番屋にはまだ伝えていないが、茂吉のあの様子ならお役人の前でも素直に白状をするだろう。

「ですから扇五郎さんはもう、いわれもねえ噂にお心を痛める必要はないんです」

そう力強く言い切ったのは陣平で、狛助は決め台詞を奪われた形だったが、それでも良かった。このお人の薄作りのお口から直々にお褒めの言葉を頂戴できるんなら。狛助はずりりと膝を前に滑らす。

扇五郎は狛助の話を目を閉じ、黙って聞いていた。言い終えた狛助のずりりを聞いて、ほのかに目を開ける。そのまま狛助らの顔を順繰りに眺め終えてから、

「こりゃあまた、つまらない真似をしてくれたもんですよ」

……はて、今のは己の耳の聞き違いか。

狛助は瞬きをした。一度閉じ、開きを三度繰り返しても、扇五郎の顔ははっきりこちらを向いている。

「つ、つまらねえとは、噂のことで？」

「そうですよ。噂を暴くなどというつまらねえ真似をしてくれたと、そう言っているんです。でもまあ、これ以上広まって、お役人に出てこられちゃあ話がややこしくなるだろうから、丁

度良い幕引きの頃合いだったかもしれないね」

言って、扇五郎はつと指を揃える。

「此度はご苦労をおかけいたしました」四人相手に丁寧な辞儀をして、

「ですが、市之助殺しの下手人が扇五郎であるとのこの噂、流したのはこの扇五郎でございます」上げた顔には凄まじく美しい笑みが浮かんでいる。

「あの中売りから衣裳を渡された際は驚きました。三好屋にはこのところ始終追っかけられて随分迷惑をしておりましたが、まさかあの着物を押し付けられるとは思いもしませんで。ただし、着物の柄を確かめてわたしはいいじゃないか、と心内で思いました。いいじゃないか、こいつは使える。丹色屋に持っていけば、案の定あすこの女仕立て師さんが噂をばら撒《ま》いてくださいました。おまけに小屋で大立ち回りを演じて下すったのは物怪《もっけ》の幸い」

狛助はまだ扇五郎の言葉をほどけないでいる。しんなりとした声は次から次へと耳の中へと流れ込んでくるけれど、その意味を解するのには時間がかかる。だが、そんな狛助を扇五郎は待ってはくれない。

「わたしが欲しかったのは、衣裳でも人間でもない、人殺しの噂の種さ」

思わず口がぽかりと開いた。

「噂の種、でございますか」

「ええ。わたしが人を殺したという噂の種だよ。その種をわたしは客らにばら撒いたのさ。案の定さね、客らはすぐに食い付いた。種が根付いた客らは思ったんだろうね。舞台の上で幾度も殺し場を演じてきた役者が、とうとう舞台の下でも人の命に手をかけやがったそうだよと。

なんでも今度の夏芝居じゃあ、若手役者が殺されたのと同じやり方で人を手にかけるらしい。その役者はどんな面をして人の首に手を回すんだろうねぇ。ああ、なんてえ恐ろしい。恐ろしいから、そんな役者の顔は一度拝んでおかなきゃいけないね」

笑っている目の前の役者に、狛助はなんと返せば良いものかわからない。すると横から膝を擦る音がする。

「やっぱり、思った通りあなた様はでっかい役者でいらっしゃる！」目を向ければ、陣平が目に綺羅を入れている。

「ああ、末広屋さんは役者として、とびっきりの稀物《まれもの》だ！」叫ぶ美濃吉は口の端に涎《よだれ》の泡をくっつけている。

そうか。そうなのだ。狛助は必死になって頷く。扇五郎の行動を素敵と判ずることが、芝居者として正しいことであるのだ。だって、陣平も美濃吉もこうして扇五郎を褒め称えている。我ら四人は芝居者同士の絆があって、芝居者としての心意気も、芝居者としての誇りも一緒に培《つちか》ってきた仲だ。

狛助は干からびた口内で無理やり唾を作って飲み込んで、笑みを浮かべようとしたその時ふと、お辰の顔が頭に浮かんだ。

そうか。そうなのだ。――そうなのだろうか？　狛助は己に問う。本当に素敵なのだろうか。だって、あんな二度と真似できぬような顔をして好きだったと告げた人間がいるのに、その好かれた男の骸を芝居の種にすることが正しいことであるのだろうか。芝居国で正しいとされることは、現《うつつ》の世でも正しいことであるのだろうか。

なんだか頭がこんがらがって、だから狛助は隣の金太に目をやった。

金太はじいっと扇五郎を見つめていて、そのお口は一文字。吽《うん》のお口で、狛助はふっと腹が温かくなる。そうだ、俺たちは狛犬芸者。いつだって二人助け合って生きてきた。陣平と美濃吉が扇五郎に捲《まく》し立てている中、狛助は金太にそっと話しかける。

「扇五郎さんが市之助殺しの下手人じゃなくって良かったよ」

「そうだな」

「なんだよ、いやに落ち着いているじゃないか。実は下手人を知っていたってわけじゃあないだろうね」

「いや、あたしは扇五郎さんが殺したと思っていたさ」

「え」と狛助は目を見張る。

「じゃ、じゃあ、どうして俺の下手人捜しについてきてくれたんだよ」

「そりゃ、お前を殺すためさ」

金太は、言う。

「もし、扇五郎さんが本当に市之助を殺していて、お前が扇五郎さんの殺しを暴いたんなら、お前を殺して真実を隠しておきゃあいいと思っていたからね」

金太は事もなげに、言う。狛助の命を奪う話をしておきながら、狛助を見ることもなく、扇五郎をただひたすらに見つめたままで。

「お前は扇五郎さん贔屓ではあったが、ちょいと心根が真っ直ぐすぎる。あの女仕立て師の言葉にも何度かぐらりと来てたろ。ありゃあいけねえ。そりゃ、あたしに殺されちまうよ。その点、陣平と美濃吉はいい。こいつらは扇五郎さんのために見知ったものに口をつぐんでいた。扇五郎さんの市之助殺しを知ったとしても、知らぬ存ぜぬを通したはずだ。こいつらはあたしのお眼鏡にかなったってわけだ」

お前にはちゃんと言っといたはずだぜ、と金太は続ける。

「あたしは扇五郎さんが人を殺していなさろうが、いなさるまいがどちらでもいい、と。扇五郎さんが噂で潰されそうになったときは、あたしがなんとかするから、と」

ああ、言っていた。口に楊枝をくわえて胡座をかいて、金太はにへらと笑いながら。

だが、そのなんとかするとの言葉の裡《うち》に、殺しの証を隠すことになっても、と、人を殺すことになっても、とそんな文言が隠れているとは、狛助は夢にも思っていなかった。

でもまあ、お前を殺さずにすんでよかったよ、相方。金太はわん、とちゃらけて吠える。

扇五郎もにこにことして、狛助と金太のやりとりを聞いている。狛助は笑えない。狛犬芸者だと一緒にやってきた相方が己を殺す算盤《そろばん》を肚に抱えていたと知って、どうやって笑えばいいのか。

狛助は何がなんやら分からなくなってきた。体を動かしていなければ、ずぶずぶと沈んでいきそうで尻を動かしたそのとき、袂からころりと蛤がひとつまろび出た。「そうだ、指です」言って、狛助は藁にも縋るかのように飛びついた。

——己の所業を語り終えた茂吉は、狛助の袂にすがりついた。あっしが市之助殺しで捕まることなどどうでも良いのです。それよりもあの人の指が。大事な指が。

「指?」

きょとんとする扇五郎の前で蛤の上蓋を開けると、とろみがかった膏薬《こうやく》がたっぷり貝殻に盛られている。

「茂吉から、指の傷にいい塗り薬を預かっておりまして」

あっしは扇五郎さんの指に傷をこさえてしまったのです。

そう言って託してきた茂吉は泣き出しそうな顔をしていた、だとか、茂吉の説明によると薬には蝦蟇《がま》の油が練り込まれている、だとか、狛助は必死になって舌を回した。人殺しの噂から離れたい一心だった。

「ところで茂吉はどうやってあなたの指を傷つけたんです？」

狛助の問いに、扇五郎は己の手をちらりと見遣り、そして笑みを浮かべた。

「犬饅頭に噛まれましてね」

「は？」

「犬饅頭に指先を噛まれてしまったのです」

狛助は口を緩めて、はは、と笑いかけ、いや、しかしと口を閉じる。だって、茂吉はひどく心配をしていた。

――あっしは素早く駆け寄って、衣裳とちょっとした祝いの品を、犬饅頭を差し出しました。扇五郎さんは驚いた顔をされましたが口端をほんのり上げられて、それらを受け取られました。その瞬間、扇五郎さんは悲鳴を上げたのです。そして、噛まれた、とあっしを詰《なじ》りました。どうしてくれる、指に傷がついてしまったじゃないか。ああ早く、いつもの薬を塗らないと。声を上げて怒っておられました。だからあっしは江戸中の医者を回って薬を購った。こいつはその中でも一等効きがいい。これをどうか扇五郎さんにお渡ししてはくれませんか。

狛助は扇五郎をぽかりと見つめる。

嘘だ、嘘に違いない。饅頭に噛まれるなんてあるはずがないのだから、一芝居打ったに違いない。これも己の芝居の種にするつもりなんだろう。茂吉という下手人を世間に晒《さら》す目論見もあったのかもしれない。あれだけ医者を探して江戸を駆けずり回れば、いずれ同心も目をつけただろうから。

だが、美濃吉の話によると、扇五郎は一人で楽屋にいるときも、巾着袋から薬を出していたという。

狛助はもう、わからない。

噛まれたと悲鳴をあげて、茂吉を詰り、薬を必死に塗り込んでいた扇五郎は芝居だろうか、本当だろうか。

草履でずる剝けになっていた扇五郎の足裏の血は、己の血だったろうか、それとも犬の血だったろうか。

陣平に美濃吉、そして金太が声をあげて笑っている。扇五郎は袂で口元を隠しながら笑っている。

狛助が無理やりに口端を上げると、どこかで拍子木の鳴る音がした。

一柳　鬘比べ

　部屋に入ってくるなり、額を畳にずびしと打ち付けた男の頭を、柳斎《りゅうさい》は眼鏡越しにまじと見る。丸みはあるが、小振りでこめかみが張り出して、こいつは下《げ》の下の頭の形。結われている鬘下《かずらした》が、鬢《びん》も髱《たぼ》も顔の皮が引きつりそうなほど引っ詰められているから、よく分かる。凸凹《でこぼこ》はなく地金《じがね》は被せやすそうだが、ぷんと匂ってきた鬢付け油は至極下品だ。練り込まれている丁《ちょう》子《じ》と甘松《かんしょう》が濃すぎるのだが、まあ、下っ端役者が着物を質に入れたところで手を出せるのはこの程度の品だろう。

「ええで。顔を上げぇ」

　声をかけると目の前の頭はおずおずと上がるが、その泣きべそには思わず吹き出した。

「やめてや、笑かさんといてえな。そないなおもろい顔を見せられたら、手ぇが震えて仕事にならんさかいに」

　え、と男の口から素《す》っ頓狂《とんきょう》な声が溢《こぼ》れ落ち、

「い、一体何が駄目だったんです!?」

柳斎さん！　と畳を這い寄ってくる様は、まるで髪を掻き分ける虱《しらみ》の如くだ。皺めた柳斎の眉根が目に入ったか、男は勢いそのまま薄鼠《うすねず》の袂《たもと》に縋《すが》り付く。

「俺ぁ、言われた通りにやりました！　髷《まげ》を潰して鬘下に結い上げて、部屋に入ってすぐに頭をご覧いただく。額を付けたまま、十をきちんと数えました。もちろんここに来るまでに、芝居小屋まわりを小走りで一周ぐるりと。ほら、汗はいい具合にかいておりましょう。頭に巻く羽二重《はぶたえ》も、ご指示の通りに越後屋《えちごや》の一等高直《こうじき》な絹を用意して。ぐるりと走った後の昼餉《ひるげ》だって忘れちゃいやせん。口に入れたのは蕎麦を一枚」

唾。と一言告げれば、男は一瞬の内に口を閉じた。お頭《つむり》は役者にしては小さいものの、そのくらいの分別のつく脳みそは入っているらしい。柳斎はにっこり笑いかけてやる。

「いややわあ。冗談やがな」

唾の飛んだあたりの畳を己の袂でごしごしと擦りつつ、寄越してくる怯《おび》えた目になんやのん、と口をとがらせてみせる。

「えらい緊張しとるようやから、肩の力を抜いて差し上げたろうとしただけやないか。老耄爺《おいぼれじじ》いのかわいい転合《てんごう》やがな」

「転合……」

「それに、なんのためにその鬘下を見せてもろうたと思っとるんです。この鬘師《かつらし》、林《はやし》柳斎。あんさんの頭に滲《にじ》んだ汗粒一つ指に吸わせてやるだけで、数刻《すうとき》前のあんさんが何処へ行ったか、何をしよったか。語る言葉が嘘か真《まこと》かくらいは分かるもんでっせ」

手招くと、男はお次は蚤《のみ》のようにぴょんと傍に飛んでくる。部屋の中、いくつも並んでいる鏡台のうちの一つの前に座らせ、強張《こわば》るその背の後ろに柳斎も尻を置く。磨き上げられた鏡越しに男とゆっくり目を合わす。

「それにしても吃驚《びっくり》しましたわ。あたしの転合にえろう取り乱しはるんやもの」

うなじに物差しを当てながら聞けば、男の長い首がきゅうっと縮こまる。

「すいやせん。実は三月《みつき》ほど前、ある店に衣裳をお願いしたところ、門前払いを食っちまったことがありやして。此度《こたび》も断られたなら、俺もいよいよ舞台の上に足の置き所がなくなると思うと、この両手が手前勝手に畳の上をせかせかと」

「ちなみにその断られた店ってのは」

「丹色屋《にしきや》です」

「ああ、玄心《げんしん》のとこかいな」

柳斎は口端をにんまりと上げる。

「お知り合いですか」

「よお知っとる仲や。才ある人間ってのは、どないしても一ところに集まるもんやさかい、えぇ仕事の衣裳やなあ思うたら、裏にはあいつが隠れとったっちゅうことがようけある。あいつも、仕事中のあたしとばったり出くわして、ああ、やっぱり柳斎だと思ったよ、なんて分かったような口を利きよるわ」

言いながら手早く羽二重を目の前の頭に巻き付ける。白い頭を見下ろせば、ふん、と思わず鼻息が漏れた。

この男、おそらく、ここまで顔貌《かおかたち》の良さだけで上ってきたたぐいの役者だろう。己《おのれ》の身を飾り立てりゃあ、それなりに華があることを知っている。そういう役者は衣裳や化粧に金子《きんす》を掛けがちだが、ここで鬘に目を付けたってのは、凡凡なりに目の付け所はええやないか。

森田座《もりたざ》に身を置き、座付き鬘屋の一人として数十年、齢《よわい》は五十を越えたあたりから数えていないが、それだけ色々な役者を目にしてきた。その中でもきらりと光る役者は鬘に並々ならぬ気を配る。鬘に少しでも違和感があれば、所作事の足の運びにずれが出るし、鬘の据わりが悪ければ、右と左で手の動かし方も違ってくるものだ。

柳斎は鬘の土台となる銅の地金を畳の上へ置く。紙箱から鬘作りの道具を取り出していると、お稲荷《いなり》様のおかげです、と目の前の頭、清九郎《せいくろう》が洟《はな》を啜《すす》る。

「衣裳を作ってもらえなかったあの芝居は散々で、この先どうなることかと思いましたが、俺ぁこうして今、あの柳斎さんに頭を触ってもらえている。芝居のお稲荷様はまだ俺を見捨ててはいやしなかった」

柳斎は清九郎の頭を両手で包み込む。力を込めると、張りのある肉が柳斎の指の腹を押し返し、その下の頭骨は己の丸みを柳斎に主張してくる。

「でも、俺は不思議なんです」

勢い余ってぐうと指に力がこもった。慌てて頭から両手を離し、頭皮の具合を見るが、ほうと一息、よかった、頭は凹《へこ》んじゃいない。そこではたと気づいて、柳斎は己の額をぽりぽりと搔く。ちゃうちゃう、この頭が凹むわけがあらへんわ。

苦笑しながら顔を上げると、鏡に映った清九郎の濡れた目玉が柳斎を見ている。

「柳斎さんのようなお人が、どうして俺の鬘なんぞを作ってくれるんです？　あんたに頼み込んだのは駄目で元々でしたのに」

柳斎は年月をかけてこさえた皺をうまい具合に口端に寄せて、

「あたしはねえ、清九郎さん。ええ鬘が作れたらそれでええんですわ」

にっこり笑いながら、地金を清九郎の羽二重頭に被せた。

地金の上から幾度か小槌《こづち》で軽く叩いて、清九郎の頭にうまく沿わせる。耳から顎先にかけて再び物差しを当て、こめかみの出っ張りに指で触れる。四方八方から地金を見つめ、うんと頷き外した地金を手拭いにくるんだ。部屋の外で待たせていた一人の鬘屋を呼び入れて、

「ほな、お役目交代といきましょう」

柳斎が腰をあげると、清九郎はえっと尻で飛び上がるようにしてこちらを振り返った。

「か、鬘合せは柳斎さんがやってくれるというお話では」

「もちろんでっせ。せやけどなぁ、清九郎さん、この鬘屋はあたしの弟子や。今日まであたしの指の爪垢を煎じてずうっと飲み続けてきたさかい、もうあたしの爪同然なんですわ。せやから、こいつがあんたの鬘を弄《いじ》っている間は、あたしが弄ってんのと同じやと思ってくれてええんです」

ゆっくりとそう言って、柳斎はその年若い鬘屋と場所を入れ替わる。鬘屋は柳斎を見、清九郎を見、を何度か繰り返してから、観念したように清九郎の頭に手持ちの地金をがぽりと被せた。鬘屋の後ろで、柳斎はごろりと横になる。それを鏡越しに見た清九郎が事あるごとに柳斎さん、柳斎さんと呼びかけてくるのが鬱陶《うっとう》しい。柳斎は心の内で舌を打つが、現《うつつ》の舌には「見てまっせ見てまっせ」と優しい声を乗せてやる。

「ほら、こっちを振り向かんと鏡の中をご覧なすって。鬘屋が、あたしの爪が鬘附帳《つけちょう》を開きますで。おっとなるほど、此度の鬘の形は針つぶ。主にちんけな端敵《はがたき》の役柄が被るものですな。いやいや、清九郎さんなら秋芝居じゃあ、前茶筅《まえちゃせん》ぐらいは行けましょうや。ほら、そう肩を落とされず。爪が羽二重を用意しまっせ。布目に鉤針《かぎばり》を使って毛を通し、そうやって毛を植え付けた羽二重を地金に貼り付けていくのが手順やが、今日のところは鬘の毛の生え際の調えに重きを置きましょう。この生え際の形が肝心や。刳《く》りの形はそれだけで役の性根を表すさかい、場所は大事に決めなあきまへん。おっと、ええ位置が決まったみたいや。爪が鬘附帳に書き込んではりまっせ」

柳斎が唄うようにそう言ってやるだけで、己の鬘は柳斎印《じるし》だと信じ込み顔を赤らめるのだから、やっぱりどうして凡凡の頭だ。

そないな頭の鬘を、このあたしが自ら拵《こしら》えてやるわけがあらへんやろが。

このまま転寝《うたたね》と洒落《しゃれ》込みたくなったが、清九郎の顔を見て、おっ、と少しだけ頭をもたげる。

「へえ、清九郎さんは、一度浮かんだ肌の赤みが消えぬ質《たち》でいらっしゃる」

「え、ええ、汐干《しおひ》狩《がり》で一丁気合いを入れた日には、お天道さんにやられて散々な目に遭いました」

「珍しいものを見ましたわ。おおきにおおきに」

そうしてまた、ごろんと横になった。

鬘屋の書き入れる鬘附帳が黒々としてくるのを眼鏡を拭きつつ眺めていたが、ふと気づくと何やら床山《とこやま》部屋の外が騒がしい。何人もの人間が走って廊下を行き交う足音や怒号になりきらぬ声がやけに柳斎の耳をつく。

「なんやえらい慌ただしいやないか。またどこぞの役者でも殺されよったか」

ひところ芝居町で持ちきりだった役者殺しを口の端《は》に上らせながら、入り口襖へと目をやると、

「え」と清九郎は動きを止めた。

「ご存じないので……？」

黙って続きを促せば、清九郎は一旦地金を外し、ぴっちりと膝を揃えて背筋を伸ばす。何度も唇を舌で湿らせてから、歯の隙間にぎりぎり通すような声で言う。

「扇五郎《せんごろう》さんが殺されました」

柳斎は両手で思い切り畳をついて身を起こし、皮の余った腹から大きな声を出す。

「扇五郎って、あの扇五郎でっか！」

この森田座が掲げる大看板にでかでかと名前が墨書きされている名題《なだい》役者。その役者の屍体が三日前、森田座から数町離れた川の橋下から見つかったという。見出し人はそのあたりを遊び場にしている子供であった。朝の仕事を捌《さば》き終え煙管《キセル》を吹かす棒手振《ぼてふ》りのところへ、子供が泥面子《どろめんこ》を片手にてててと走り来て、この面子に描かれたお人がそこの草叢《くさむら》にいるようと訴えたそうである。その面子に描かれていたのは末広屋《すえひろや》、扇五郎。おうおう、この末広屋贔屓《びいき》に向かって馬鹿を言っちゃあいけねえや。そう啖呵《たんか》を切るものの、生い茂る草叢から伸びているその白い腕は気になった。酔っ払いでも寝こけているんだろ。草叢の中を覗き込んだ棒手振りは腰を抜かして、慌てて番屋へと駆け込んだという。

柳斎は黒々とした鬘附帳を横目で見やり、しもたな、と小さく呟く。

「そないなことになっとるんやったら、早《はよ》う墨を購《あがな》っておくべきやった」

玩具《おもちゃ》の泥面子から団扇《うちわ》に手拭い。身の回りのありとあらゆる物に似絵《にせえ》が描かれる人気役者が死んだとなれば、その死絵《しにえ》は絵草紙屋がこぞって絵師に描かせているはずで、江戸中の墨屋では売切御免の札が下がっているに違いない。

しかし、「いいえ」と清九郎は首を振る。

「死絵は未だ描かれちゃおりませんで」

役者の浸かった湯の水さえ瓶詰めにして売り出す芝居界隈が、銭儲けに走っていないとは、はてさて一体どういうわけか。首をひねる柳斎を鏡越しに見て、清九郎は恐々といった感じで口を開く。

「草叢の中にあった扇五郎さんのその屍体ですが、」

犬に喰い千切られて、頭がどこにも見つからなかったのでございます。

じゅわり。と、遠目からでも、清九郎の頭に脂《あぶら》が湧いたのが見えた。

柳斎は鏡台の前の清九郎に静かに近づく。

「……そら、えらいこってすなあ」

本当に、と清九郎が頷いた拍子に、清九郎の頭に薬指を擦《こす》り付け、柳斎はその指を己の鼻の穴へと近づける。すんと鼻を通り抜けたそのにおい。

「ところで、一つ聞き忘れとったことがありましてな。そいつを最後に聞かせてはくれまへんやろか」

懐紙で脂のついた薬指を拭い、それをぐしゃりと握り潰した。

「あんた、昼餉になにを食いおった」

清九郎のこめかみがびくりと動く。

「……そりゃあもちろん、言われておりました通りに、蕎麦を一枚」

あかんあかん。柳斎は顔の前で大きく手を振ってみせる。

「役者がそないにお粗末な嘘を口に出してどないするんや。つくんやったら、現《うつつ》か嘘か分からんくらいに綯交《ないま》ぜにしてくれへんと困ります」

青ざめたこめかみに滲んだ汗を一粒、指の腹で掬《すく》い取り、鏡にぺたりと擦りつける。

「あたしがなんで鬘合せをする日の昼餉は、役者の皆々様に蕎麦を食うてもらうんか教えたりましょ。油もんや米もんを食うたら頭に粘《ねば》つく脂が浮いてくる。その脂が頭に巻いた羽二重に染み入って、あたしのこさえた地金が汚れてまうんが、どうしても我慢ならんのや。今日のところはあたしの地金は手拭いの中やけどもな、あんたが脂を浮かせたんがもうちっと早かってみい。あたしの地金はおじゃんでしたで」

清九郎のこめかみには、汗がまた一粒、また一粒と噴き出してくる。

「あんたも分かっとる通り、この鬘作りは駄目で元々。あんたがどうしてもと頼み込んでくるさかい、せやったらこいつを呑んでくれたらええでっせ、と渡した条件はそれほど難しいものやなかったはずやけど」

汗は次から次へと流れ落ち、柳斎が両手を使っても堰《せ》き止められぬくらいの濁流となっている。柳斎は紙箱から小槌を取り出しながら、清九郎さん、と優しく呼びかける。

「あたしの鬘に合う頭を用意でけへんのやったら、あんたのような雲脂《ふけ》役者の鬘をこさえてやる道理なぞ、あたしにはあらあしませんのやで！」

小槌を思い切り畳に振り下ろす。腕から痺《しび》れが取れた時にはもう、床山部屋に清九郎の姿はなかった。


柳斎はひとつ鼻を鳴らして、小槌を放り投げた。目の端に畳がべこりと凹むのが見えたが、どうせ明日には元通りになっている。いつものように、雁首《がんくび》揃えたいずれかの鬘屋が新しく張り直す。

おい、と声を上げると、部屋の隅で縮こまっている若い鬘屋の肩が揺れた。

「桟敷番《さじきばん》を呼んできい。誰でもええわ。そこらで歩いてんのでええさかい」

畳に尻を落ち着け、懐紙で己の手のひらを何度もなすりながらそう言うと、

「お待ちください」

顔を上げれば、先の鬘屋はこちらを睨みつけている。

「この鬘、どうするおつもりです」

「なんやお前、言われな分からへんあほんだらかいな。適当に始末しとけや」

「私が鬘を拵えた時間は無駄であったと？」

その言葉に柳斎は目を細める。鬘屋はぐうと張りのある喉を鳴らしたが、それでも目を柳斎に据えてくる。

「これまでは、私ら鬘屋は皆、あなたの仕事のやり方に黙って従っておりました。同じ森田座

の鬘屋であっても、あなたと私らじゃ鬘作りの腕の差は雲泥万里《うんでいばんり》。そいつが重々分かっているからこそ、あなたが気に入った頭の役者の鬘しか作らずに、興味のねえ頭はすべて私らに振ってくるのも、すべて受け入れておりました。しかし、ここ数日のあなたはお人が変わったようだ。鬘合せを餌にして、大部屋役者をしこたま集めてその鬘を拵えなさる」

本来の鬘合せであれば、役者に鬘師、床山の三名が膝を突き合わせ、鬘についての思案を重ねる。その役者の目鼻に耳、頭の形に合う唯一の鬘とその結い方を見つけ出すものだが、柳斎が餌にしている鬘合せは、大部屋役者を呼び寄せるためだけのもの。床山には声をかけていない。

「そうやって仕事を拾ってくるのに、役者の頭の地金を取ったらその後は私ら任せ。おかげで私らの仕事は積もっていく一方だ。とんだ変わりようです。あんた、一体何を目論んでいらっしゃるんです」

「爪がえろう喋りよる」

こうして己に意見してくる尖ったところもまあ、細かい雑用をほじくる時には重宝《ちょうほう》するだろうと、手元に置いてやすりで磨いてきてやったが、こうも嚙みつかれちゃおもんない。この月代《さか》《やき》の青い恩知らず、すっぱと首を切られてもええっちゅうことかいな。

しかし、鬘屋はまだ呻《うめ》くように言う。

「このままあんたの指図通りに働いておれば、私らは潰れちまいます」

「潰れて歪《ゆが》んだら切ればええ。爪なんてすぐに生えてくるもの」

「外道《げどう》じゃねえか」

吐き捨てられ、柳斎はくくくと喉の浅いところで笑う。

「しょうがあらへんわあ」

だって、あたし、天才なんやもの。

柳斎の言葉に口を結び、部屋を出ていく鬘屋が、ふと部屋の中の鬘々に目をやったのが気になった。芝居に関わる生業《なりわい》は、役者にしろ鬘師にしろ総じて人見稼業だ。不審に思い、拵え途中の鬘を一つ一つ見分していくと案の定、

「おもろい遊び、仕掛けてくるやないか」

鬘の毛束を掬い上げ、おまけに己の口端も皺ごときゅうっと持ち上げた。

鬘の毛束を指でこよると、脂気の抜けた太い毛が数本飛び出してくる。

「しゃぐまを混ぜて植えよったな」

ヤクの毛だ。『楓狩剣本地《もみじがりつるぎのほんじ》』『道成寺《どうじょうじ》』でよく使われる長毛の鬘は頭を振り乱しても耐えられるほどのこしがある。こいつは手前勝手にはねるから、尋常の鬘にはほとんどの場合、植え込まない。

あたしの鬘にこんな真似しくさって、ただで済むと思うたか。この森田座の寄親《よりおや》が誰だかあんさん、分かったあるんやろうな。

役者の世界では男の役者、立役《たちやく》が一等上にくる。どんなに人気を誇る女形《おんながた》とて小屋の役者をまとめ上げる座頭《ざがしら》には基本なれぬものだが、髪に関わる世界では、立女形《たておやま》の頭を触る者が一等上にくる。これを寄親といい、柳斎はこの役職について早数十年。森田座の立女形のご指名を受け続けてきた。柳斎にとっては森田座の小屋は家も同然ではあるが、寄親の手に嚙みついて

きた子供《がき》を、やさしく叱りつけ育《はぐく》む親心なぞは持ち合わせちゃいない。

お首の餞別《せんべつ》としてほんまに爪でも切って渡したるかと、柳斎が和鋏《わばさみ》を用意する間にも、栈敷番が入り口襖のあたりで膝をついていた。

このあいだの若手役者が殺されたのとは比べようにならぬほどの大物殺しだ。この事件の詳細は、客席まで目も耳も行き届く栈敷番が一等よく知っているはずだと当て込んだが、どうやらそれは正しかったらしい。柳斎が煙管の先で末だうるさい廊下をちょんと示してやるだけで、扇五郎の死に因はわかっちゃおらぬだの、しかし下手人がいると噂されているだの、身振り手振りを交えながら語ってくれるのは話が早い。が、しかし、はて。柳斎は男の眉あたりをじいと見る。

綺麗に鋏の入っている眉毛は時折、皺が寄るのを我慢するかのようにぴくりと動く。

「扇五郎贔屓か」

問いかけると、きょとんとした目を寄越される。

「なんやえらい怒っとるようやから。扇五郎を殺《や》った下手人が憎うてたまらへんってな顔をしとる」

「俺が憎いのは下手人じゃありません」とようやく素直に眉間に皺が寄ったかと思えば、

「俺は扇五郎が憎くてたまらねえんです」

「どういうことや」

今度は柳斎が眉間に皺を拵える番だった。すると、栈敷番は揃えた膝の着物を強く握りしめる。あたしの口は地金よりも堅いさかい安心しい、と耳元で囁いてやれば、栈敷番は恐々口を

開き、

「あの野郎のせいで俺の友人は地獄へ落ちちまったんでさ」

これまでとは打って変わって苦々しく語られる話は、先ほど此度の事件と比べもした若手役者殺しの話である。

扇五郎がある若手役者を手にかけて、その役者が作った衣裳を己の物にした。芸のためなら犬だけでなく人をも手にかけてしまうその心意気。恐ろしいやら凄《すさ》まじいやらと世間は騒ぎ、芝居小屋へ足を運んだが、蓋を開けてみると、若手役者の首を絞めた下手人は森田座に出入りする饅頭屋であった。その饅頭屋が、この桟敷番の友人であるらしい。

名前を茂吉《もきち》。手前の名前は田助《たすけ》と言いまして、と名乗ってからは熱が入った。

あいつが売り出した犬の形をした饅頭は気色が悪かった、だの、だから俺はもう扇五郎に関わるのはやめておけと言ったのに、だのと、役者殺しの話の間に己の気持ちも入れ込んでくる。柳斎が耳穴に小指を入れてほじくって見せても気が付かない。こいつぁ、桟敷番失格ちゃうか。柳斎は煙管を吸ってから、

「そうぴぃぴぃわめいても、どうにもならんやろ」煙とともに田助の語りに割り込む。

「その殺しはとっくに片がついとる。その茂吉とやらが己がやりましたと番屋に駆け込んだんやないか」

茂吉はよほどの芝居好きであったのか、己の殺しが森田座と繋がらぬよう、首を絞めた相手が役者であったとは知らなかった、物盗《ものと》り目的であったと訴えたのだと聞いている。おかげで、森田座に興行差し止めが言い渡されることはなかったが、それでも、お上の目が光ったには違

いなく、まあ、面倒なことをしてくれたものだが、

「すべて扇五郎が悪いんだよ！」

畳に両手をついて、田助は大きな声を出す。

「俺はあいつの性根を知っている。本当は心根が誰よりも優しい良い人間だったんです。なのに、扇五郎に近づいたせいであの役者に呑み込まれちまった。茂吉は元々人間を殺すどころか、犬の頭すら叩けねえ人間だったのに」

湿り気を帯びた田助の言葉を、ふん、と柳斎は鼻で笑う。

「犬も人間も殺せる性根が、茂吉に本来備わっとった性根なんやろ。都合の悪いところをなんでもかんでも扇五郎のせいにして、楽になろうとするんやない」

「いいえ、あいつにはまだ心根の優しいところが残っているんでさ。その証にあいつは俺に扇五郎殺しの下手人を教えてくれた」

「なんやそれ。誰やねん」

「寛次《かんじ》です」

ほお、と思わず声が出た。

こちらも今年、森田座が掲げる看板に名前が黒々と墨書きされている名題役者。しかし、その看板は年季は入っているが、扇五郎と比べるとちと小さい。芝居を重ねるたびに人気の差は開いていく一方で、年上の寛次がなにかにつけて扇五郎に突っかかっていたのは森田座の誰もが知るところ。寛次に疑いの目を向けるのは、自然の流れでもあるように思えるが、

「なんや仲が悪いからっちゅうだけで下手人にされるやなんて、寛次もたまったもんやおまへ

んな」

しかし、田助は急に神妙な顔をして、違うんです、と落ち着いた声を出す。

「俺は茂吉が役者殺しで牢にぶち込まれる前、茂吉からこう聞かされたんです」

——最後にお前に伝えておきたいことがある。ああ、そうさ。扇五郎さんのことさ。あのお人、この頃よく寛次さんにお呼び出しを受けていらっしゃるんだ。間違いねえ。寛次さんは扇五郎さんの命を狙っておられるよ。なあ、田助、俺の一生のお願いだ。扇五郎さんをどうかお守りしておくれ。

「あいつは最後まで己の女房と子供のことを口にすらしなかった。そんな風に茂吉を変えちまった扇五郎が俺は憎い。でも、茂吉の頼みを叶えてやれなかったことも、俺は心から後悔しているんです。だから、今の俺にできることと言ったら、扇五郎殺しの下手人をあげること、寛次をこの手で番屋に突き出してやることで」

項垂《うなだ》れる田助のつむじを、柳斎はじっと見下ろした。と、柳斎の耳が襖の引かれる音を拾う。田助の肩越しにそちらを見やって、柳斎は片方の眉毛をついっと上げた。

「へえ、そないなお話になっていたんでっか。あたしゃあ、まったく知りませんでしたわ」

驚いたように言ってから、己の膝頭を入り口の方へぎしと動かす。

「あんたはご存じでいらっしゃいましたか、」

寛次はん。

一気に桟敷番の月代から脂が臭った。冷や汗の臭いは柳斎が好むものではないが、噴き出てくるのも無理はない。

田助がおずおずと振り返る。腰を浮かせ、そのまま尻餅をついてくれたおかげで、柳斎の目にも出入り口に突っ立っている役者の姿が目に入った。

そこには、剃り立ての月代から顎の先までを真っ赤に染め上げた寛次の顔があった。

そこで、おっ、と柳斎は目を見張る。

なるほど、このお人も一度浮かんだ肌の赤みは消えぬ質。

にんまり口端に皺をこさえる。

えらい、いいお肌をお持ちやないの。


青々と生い茂る草叢からこぼれ落ちるように、腕がすうらりと伸びている。

草叢の上に寝かされた体は目の覚めるような水浅葱色《みずあさぎいろ》の裃《かみしも》を着付け、その袂と裾には南無阿弥陀仏の文字が描き散らされていた。数珠《じゅず》は幾重にも手首に巻かれ、仏壇に欠かせない樒《しきみ》も草叢を割って生えている。隅には没年月日に戒名、菩提寺といったお決まりのものも書かれてあったが、どうしてもそちらまで目が行かぬ。犬である。茶毛に斑《ぶち》、成犬、子犬と様々な犬が、草叢の上に横たわる体を取り囲んでいる。犬らが各々《おのおの》手を合わせ嘆き悲しんでいる様はお釈迦さまの涅槃《ねはん》図に似せてあるらしく、洒落っ気がある。犬の形をした饅頭が供えられているのもお可愛らしいが、

「だが、頭がないのがやはり良くない」

差し向かいで膝を揃えている男がぺん、と手元に広げている錦絵を叩いた。胡座《あぐら》をかく柳斎も仕方なく、もう一度畳の上へと目を落とす。柳斎と男の間、一枚の絵の中に描かれている屍

体は首から上がなく、本物の扇五郎の屍体通りに下地の白が広がっていた。

「描き込めばええやないですか」

　役者の死絵はうまく世間の潮流に乗せてやれば、生前の役者絵よりも売れる。だが、そのためには出来るだけ早く刷り上げるのが肝心要《かなめ》。死んで二日は皆が涙で濡れた手拭い片手に購うが、十日もすれば値の下がった死絵を鼻紙にする。そんなこと、森田座を表から裏まで差配しているこの座元が知らぬはずがない。以前だって、ある役者の死絵の刷りを急ぐあまりに、戒名や死んだ月日をでっちあげ、挙句に他の役者の死絵の版木を使い回した。そんな座元が扇五郎の屍体に何を遠慮することがある。だが、この柳斎の提案に、座元はいや、と首を振る。

「本物の扇五郎が突飛な死に方をしてくれたもんだからねえ。生前そのままの頭を描いたんでは白けるよ」

「へえ、そういうもんでっか」

　こうまでほくほく顔で死絵の思案を捏《こ》ねられるのも、扇五郎が小屋外で死んでくれたおかげであろう。先の若手役者のときと同じく、此度の殺しのお調べで同心が小屋に押し入ってくることはなかったし、扇五郎の屍体は小屋が預かることもなく、女房が引き取っていった。

「今から急いで絵を描かせても死絵が一等売れる時節は逃してしまったし、それなら時間をかけて面白い仕掛けを施《ほどこ》した方がいい」

　だからね。座元はそこで一旦勿体ぶるように口を閉じ、

「作らせることにしたんだよ」

「何をです」

柳斎が片眉を上げると、

「頭さ、頭」

扇五郎の頭だよ。

寺子屋の手習い子が悪戯《いたずら》を思いついたときのようなひそひそ声に、柳斎は息を呑む。

「小道具方に扇五郎の切り首を作らせて、それで死絵を描かせようと思ってね」

絵など描かない柳斎にこうして死絵の下絵を見せつけてきたのは、それが理由か。

また、けったいなことを思いつきよったな。

心の中ではそんな軽口を口にしてみせるが、柳斎の現の口端は、両方が持ち上がってしようがない。

お首を作るんなら、なくちゃあいけないもんがありますやろ――。

「それでね、その切り首なんだがね、本物に近づけるため髪を直接植え付けず、鬘を被せようと思っているんだよ」

座元の言葉を耳にしたとたん、耳たぶから月代にかけてがかっかと燃えてくるのが己で分かる。

けったいなことやが、こいつは願ってもないことや。

「仕事は山積みやが、まあ、座元直々の頼みとあっては断われまへんわ」

震える声を空咳《からぜき》で誤魔化しながら腰を上げようとした柳斎に、ああ、ちょいと、とかけられた声は、少しばかり申し訳なさそうな響きがあった。

「その切り首に被せる鬘なんだが、どちらに作っていただくか、小屋じゃあ意見が二つに割れていてね」

へえ、こらおもろい。

柳斎は口元に薄く笑みを刷《は》いたままで、浮かせた尻を畳の上に戻した。

「あたしのほかに、そないな腕のいい鬘師がおるやなんて初耳や。はて、どこのどなたのこってすやろ」

座元はもじもじと揃えた膝同士を擦り合わせるようにしてから、

「先月、中村座《なかむらざ》がかけた『仮名手本忠臣蔵《かなでほんちゅうしんぐら》』の勘平《かんぺい》腹切り場のがったりは、とってもよかったろう」と切り出した。

「その前の『妹背山婦女庭訓《いもせやまおんなていきん》』。お三輪《みわ》の官女たちにいじめられてのさばきも大層乙粋《おついき》だった」

「役者がよかったんとちゃいますの。それか床山がええ仕掛けを施したんでっしゃろ」

髷の根元を崩して髷をだらんとさせるがったりに、髪をほどいて乱れ髪にするさばき。鬘に施す数ある仕掛けの内の二つだが、毎日鬘を結い上げて、その都度引き抜くための栓《せん》を鬘に仕掛けるのは床山の役目だ。役者の芝居がよかったんでないのなら、褒めるべきは床山の腕だろう。

だが、座元は違うんだよ、と顔の前ででっぷり芋虫の指を振る。

「あれはね、鬘が良かったんだよ」

きゅうと喉元が絞まった気がした。その喉にかろうじて通る声で、どういうことでっかと問いかける。

「聞くところによると、勘平の鬘は羽二重を細かに切り分けてから、毛を植え込んだものらしくってね。そのおかげで髷の落ち様が自然でなめらかに見えるのさ。お三輪の鬘は地金にいくつも凹みをわざと作ったんだと。すると、ああいう風に髪が束になってばらけてくれる。両方とも中村座の新しい鬘師がこさえた鬘でね。役者らの間でもひどく評判がいい」

だからね、引き抜くことにしたんだよ。

柳斎は目を細めた。ほぉと出した声には、痰《たん》が絡まっていた。

「大枚《たいまい》をはたいて引き抜いたからには、初仕事で扇五郎の切り首鬘を作らせてみてはどうかとのお声が、名題らの中であがっていてね。ああ、勘違いしないでおくれよ。もちろん、わしは柳斎贔屓だ。扇五郎の切り首鬘を作る鬘師は、この森田座で長年鬘を作りつづけてくれた柳斎、お前をおいて他にはいないと思っているさ」

そんな甘い言葉にのってしまうほど、柳斎は耄碌《もうろく》しちゃいない。

鬘師は己が抱える役者ごとの肉、筋、骨の寸法、芸に対する考え方を熟知していることが望ましい。舞台袖まで来ておきながら、腕を組み、やっぱりあの鬘師さんがつくった鬘じゃないと気が乗らねえやと、楽屋へ踵《きびす》を返す我儘《わがまま》役者も少なくないから、鬘師と床山は役者ごとに受け持ちが決まっているのだ。中でも名題らを多く抱えている柳斎がへそを曲げ、小槌を放り出しては次の芝居が開けられないとそういった魂胆で、この座元は甘い言葉を舌に乗せている。

「扇五郎はどこぞで勝手に鬘を拵えてきて、それを床山に結わせていた。扇五郎付きの鬘師を今から捜すんでは間に合わない。ここは一丁誰よりも鬘を作ってきた柳斎さんに頼みたいところだけどもね、名題らの意見に知らんぷりはできやしないよ。あの御仁らの機嫌を損ねちまったらどうなるか、お前さんはようくご存じだろう。だからこそ、わしは考えたのよ。柳斎さんと新人、それぞれに鬘を作ってもらって、競っていただくのはどうだろう。どちらの鬘が扇五郎の頭にふさわしいか勝負をしてもらうのさ」

いつもの柳斎なら、ここで煙草盆をひっくり返していた。

このあたしとどこぞのひよっこの腕を比べようとは、舐《な》めた真似をしてくれるやないか！

そう怒鳴りつけてやっていただろうが、しかし、柳斎は黙って広げられたままの死絵へと目を落とす。

「お前の気持ちだって、わしは心得ているんだよ」

座元の柔らかな声が顔を伏せたままの柳斎の頬を撫でてくる。

「お前が扇五郎の鬘作りを強く強く望んでいたことも、わしはきちんと覚えているさ」

死絵の中、手を合わせて拝む犬たちに囲まれ、草叢に横たわる扇五郎の屍体は、ぴんと張りのある肌をのぞかせている。

「ええでっしゃろ」

おお、と座元は声を弾ませた。

「柳斎さん、あんた、引き受けてくれるのかい」

「お引き受けしまひょ」

柳斎は小さく微笑んで、

「せやけど一つ、交換条件がありますねん」

鬢《びん》付け油を塗り込むかのようにねっちり口元の笑みを伸ばした。

「それでお前さまはその鬘比べを引き受けたのですか」

折紙風船の中で鈴を転がすような、慎ましやかな声に問われて、柳斎は目の前のつむじに向かってゆっくり頷いた。

「ええ、そうでっせ、天女さん」

実はな、と打ち明けてきた座元が語ることには、件《くだん》の切り首の製作は柳斎の了承も得ない前から着々と進んでいたらしい。すでに鬘比べの日取りも決まっていて、座元が柳斎に持ちかけてきた日から十日後、それぞれが鬘を持ち寄って、その鬘を被せた切り首を二つ森田座前に並べてお披露目となるそうだ。芝居茶屋にも伝えてみたんだけどね、扇五郎の首饅頭でも用意するかと、気合いの入った様子だったよ、と座元は嬉しそうにしていた。

「よく引き受けられましたね」

鏡台に顔を向けたままで、天女はこちらに流し目をくれる。

「お前さまは侮《あなど》られるのが、とってもお嫌いなお方でいらっしゃるのに」

この女形とは長年の付き合いになる。通りすがりの町人役にしてはあまりにいい頭の形だと飛びつくようにして声をかけ、それから鬘をこさえ続けているうちに江戸一の立女形にまで成り上がった。柳斎が寄親の地位につけているのも、この田川天女《たがわてんにょ》の頭があってこそ。小作りで可愛らしい形をしているが、常時小首を傾《かし》げたような首骨には癖がある。

そんな一筋縄ではいかぬお頭《つむり》に、ねっとりはまる鬘を拵えたときの幸せといったら！

思わずぶるりと体を震わせると、天女は仕方がないとばかりに口をつぐんで背筋を伸ばした。

そうさなあ、と柳斎は手のひらをこすり合わせる。

才のある者同士の鬘合せは声なぞ出す必要がない。

柳斎が鏡に向かって人差し指を右へ左へと動かすと、右へ左へ動く天女の輪郭を目でなぞっていく。肥えていないことを確認してから、べえと口を開かせる。筋の浮き出た首筋はいつ見たって艶めかしい。ここにほつれ毛、しけがはらりと落ちる鬘を拵えたときは、鬘の毛先を蚤の鼻毛分ほど長くするか否かで三日三晩悩んだものだ。産毛の流れを見極めようと、睫《まつげ》毛の生え際を半刻《はんとき》見つめ続けたこともあったが、そのときも天女は何も言わなかった。

　こうして天女の楽屋で天女の頭を触るたび、柳斎は指の腹が離れず困ってしまう。この頭は指で触っている間だけ柳斎のものなのだ。

　そのとき、ちりと肌を刺す目線を感じて顔を上げれば、天女が鏡越しにこちらを見つめている。「引き受けた理由だしたな」と天女の問いかけに答えていなかったのを思い出す。

「その若造の仕事振りを見てみたかったものでして」

「あらそう」と素気無く言って天女は鬘を外した。

　すると部屋の隅からぬるりと伸びてくる両腕がある。天女の手から鬘を奪い取り己の膝に落ちつけて、顔を近づけては離しを幾度も繰り返してから、

「うん。縮緬《ちりめん》だ。やっぱり縮緬だよ」と口の中でぷつぷつと言う。

「縮緬ですよ、天女さん！」

　鬘に取り付ける簪《かんざし》や櫛《くし》などは尋常床山が用意をする。蛍打《ほたるうち》、打紐《うちひも》といった髷を結ぶ紐布にしても床山が仕入れるのだが、その色味と生地に黙っちゃいられなかったのがこの男。この芝居衣裳にその生地はあいません、と立女形と鬘合せをしている最中に乗り込んできたのが、この

男との出会いであった。

「それなら縮緬でお願いいたしましょう。でも玄心さん。そう抱え込まなくとも鬘に足は生えちゃあおりません。勝手に逃げたりはいたしませんよ」

玄心と呼ばれた男は顔を上げ、それから恥ずかしそうに盆の窪を掻いた。

女形が肌を見せるのは憚《はばか》られるとあって、衣裳の着付けも鬘師と床山の仕事となっている。中でも天女は袖口すら捲《まく》り上げようとしないしとやかな女形だ。その天女が肌を見せるところは決まって己の楽屋内、人は柳斎、そしてこの役者専門の仕立て師、丹色屋の主人、玄心だけだ。

そういやあ、と柳斎は鬘に別裂《べつぎれ》をあてがっている痩せた背中に向かって声をかける。

「お前に衣裳を断られたっちゅう役者が、あたしんとこにも来たで。あれや、あの、泣きの清九郎」

すると、玄心の団栗目《どんぐりめ》がぱちくりとする。

「清九郎？」ううん、と喉の奥で唸り声を転がしてから、

「私、その人にあったことがあるかしら」

「うわ、殺生《せっしょう》なことをおっしゃるわ」

大きな声で笑い飛ばすと、眉毛を八の字に下げた玄心の顔がふと部屋の隅へと動いた。そこには一人の大柄な女が膝を畳んで控えている。玄心の後に続いて部屋に入ってきたときは、ただの供だと思っていたが、どうであったかなお辰《たつ》、と問う玄心に何やらを答えているところを見るに、女は玄心の弟子らしい。じろじろと女に視線を這わせていたが、その指にいくつも針

の刺し傷を見つけて、柳斎は片方の口端を上げる。

「ええ、ええ。あんな雲脂《ふけ》、覚えとく必要なんかあらへんわ。こういうのはな、しょうがあらへんもんなんや。ああいう輩《やから》はどう頑張ったって目ん玉の中には残らんさかい」

柳斎は玄心へと顔を戻した。ゆっくり一つ瞬《また》くと、女弟子の姿は頭の中から消えてなくなる。目の前にある玄心の指は年不相応につるりと真っ白で美しく、そして針の刺し傷ひとつない。柳斎は目をすがめた。

「ほんまお互い、才があるってのは生き辛くって困るなあ」

柳斎と玄心がこうして一ところに集まってしまうように、才ある者は惹かれ合う。魂が結ばれていると言っていい。その才ある者が集まってくるのが芝居小屋。櫓《やぐら》を上げることを許された小屋はこの江戸にたった三座で、尻を置く場所だって限りがある。今、小屋でこうして煙管を吹かしているあたしらは、選ばれた者なんでっせ。それを蔑《ないがし》ろにするとは、やっぱり、あんた、阿呆やわ。扇五郎さん。

柳斎は虚空に向かって呼びかける。

あんた、天才役者なんやから、この天才鬘師に素直に鬘をお願いしておけばよかったんやわ。せやから万両役者に届くことなく、死んでまう。

でもなあ、安心しい。

柳斎はゆるりと煙管を喫《の》む。

あんたは、あたしがきっちり救うたる。

「それで、柳斎さんは鬘を作るお約束に、何を交換条件になさったんですか」

鈴を転がす声で我に返った。柳斎が口を開くと、口端から数筋、煙が上がる。

「寛次の頭ですわ」

天女も玄心も柳斎の顔を見た。

「此度の芝居、寛次の鬘をあたしに拵えさせてくれとお願いしましてん」

二人は顔を見合わせてから、

「長くお付き合いさせていただいておりましたけれど」と天女は薄く笑みを乗せた口を開く。

「そんなにも寛次さんの鬘が拵えたかったとは初めてお聞きしましたえ」

むしろ、寛次さんの頭はお嫌いだったかと。

そう言って、柳斎の目玉をのぞき込んでくる天女の背中に回り込む。天女に鬘をつけ直しながら、柳斎は答える。

「ちょいと思うところがあったんですわ。こいつはええ機会やさかい、寛次の鬘をじっくり拵えてみようとそう思った次第で」

「へえ、じっくり」

天女が頭だけで僅かに振り返る。

「お前さまの言う、その若造とやらが拵えたお三輪の鬘」

鬘に当てた鼈甲《べっこう》の笄《こうがい》がぬらりと光る。

「あれのさばきは、私の目から見てもとってもお美しゅうございましたよ」

耳上から垂れるしけの間から、天女の黒々濡れた目玉が覗いている。ほんの少しだけ退《すさ》った柳斎の膝が、ぽきりと鳴った。

楽屋で柳斎を待っていた寛次の顔は、先日の赤ら顔とは打って変わって、涼やかだった。鼻と目元が作るお堀は吉原《よしわら》のお歯黒溝《はぐろどぶ》よりも深く、くわえて髪も髭も濃い。お声も名題を張るだけあって、

「座元から聞いたぜ」と口から出てきた言葉は、柳斎の耳穴まですうっと空気の道でも通り抜けてくるようだ。

「俺の鬘を作ってくれるそうじゃねえか。こいつはとんでもねえ僥倖僥倖《ぎょうこう》。これまで俺がいくら頼んでもてめえは俺の頭を弄っちゃくれなかったっていうのによぉ」

ほれ、触ってくんねえ、と寛次は座布団の上で図体の大きい体を回す。柳斎は膝をついたまま、えっちら鏡台の前まで膝を漕ぐが、目の前の頭にはやはりどうにもそそられない。頭の鉢がぐぐっと出っ張り、大きいところが迫力があっていいとの世間の評だが、柳斎に言わせりゃ、ただの大味。なんの面白味もない。頭にどうも気がいかないから、広い背中から立ち昇る汗の臭いが妙に鼻につく。思わず鬢付け油を手のひらにぬたくっていると、「だがなあ」と寛次の低い声が柳斎の耳たぶを打つ。

「てめえがそうやって腹の中をひっくり返したその理由、その魂胆が俺ぁ気になって仕方がねえ」

鏡に映る寛次は鋭い目をして柳斎を睨んでいる。

そら、お話が早くてええですわ。

心内でにやりと口端を上げながら、柳斎は寛次の頭に両手を吸い付ける。

「あたしは、寛次さんのお口からあの日のことを教えて欲しいんですわ」

出来るだけ短い言葉ですっぱと聞いたつもりだったが、うん？　と寛次はわざとらしく小首を傾げる。

「あの日ってのはなんのことを言ってんだい。俺ぁ、顔が最高にいい代わりにお頭《つむ》があまりよくなくってな。もうちっとわかりやすく言っておくんな」

「しらばっくれたらあきまへん」

柳斎は鏡に映る伊達男《だておとこ》の顔をじいと見る。

おっと、尖《とが》った顎には無精髭《ぶしょうひげ》の剃り残し。

「あんたはようご存じのはずでっせ」

太い眉毛に引かれた眉墨ははみ出していて、その穏やかでない心中が見て取れる。

「あんたが扇五郎を殺した日のことやおませんか」

じゅわり、と寛次の額に脂が滲むのがわかった。その脂に人差し指の腹を思い切り擦り付けるのと、寛次がはち切れそうな右足を畳に立てたのは、ほぼ同時。しかし、

「ああ、お気をつけなはれ」

柳斎は寛次のうなじにぴたりと鬢かきの後ろを添える。

「寛次さんはご存じであらへんのやろうけど、鬘の毛を羽二重に刺し込む作業にはけっこう力がいるもんでしてね。あたしゃ年のわりには力こぶが二つもつくれる。せやからそないに暴れられたら、手元が狂うて首にぷっすりいってしまいまっせ」

寛次は寸《すん》の間《ま》、体を止めて、おいおいおい、と大口を開けて柳斎に呼びかける。

「ちょいと待ちなよ、鬘師さんよう。もしかしててめえは今、この俺っちを脅しつけているんじゃあねえだろうな」

「そう意固地にならなくともええやないですか」

「あん？」

「あたしはただ寛次さんにあの日のことを、扇五郎さんを殺した日のことを白状してもらいたいだけなんですわ」

そのとき、人差し指の腹に、青筋が一本浮き上がる感触がありありと伝わった。

「馬鹿野郎！　俺ぁ、扇五郎を殺してなんぞいねえ!!」

目の前の寛次のつむじが赤く染め上がった。鏡に映っている赤ら顔が汗を散らして振り返ったかと思うと、柳斎は尻餅をついていた。頰は焼きごてが当てられたかのように熱くなり、こののぼけ、殴りよったな。体を起こせば、寛次が荒々しく楽屋暖簾《のれん》に額を打ち付け、楽屋の外へと出ていくところであった。

下手をこいたな。

柳斎はしぶしぶ鬘作りの道具を紙箱に入れる。

もっと頭を触って聞き出したかったが、これで仕舞いか。しょうがあれへん。

そうして、寛次の鬘作りは打ち切られたものと思っていた。が、しかし、次の日も寛次は己の楽屋に柳斎を呼びつけた。訝《いぶか》しげに楽屋暖簾を捲《めく》ると、寛次は鏡台の前でぎゅうと口を一文字にして待っている。柳斎が二の句が継げずにおれば、寛次はぶすくれた顔をして、鬘を作ってもらう約束だったはずだぜ、と己の頭を叩いてみせた。

なるほど、寛次もこの森田座に、曲がりなりにも尻を置いている役者。己の芝居がよくなるのであれば、柳斎の調べにも耐えてみせようとする心意気はあるらしい。

もしや頭の形で毛嫌いしていたが、存外いい役者なのではあるまいか。

「そんな期待を胸に抱いた日もあったっちゅうのに、どこがいい役者や。どうしてほんまに殺してはるんや、寛次さん」

寛次の頭を初めて触った日から三日たつ。寛次の楽屋の中、今日も柳斎は寛次の鬘を整えながら、その脳天にため息を落とした。

「だから俺ぁ、殺してねえと言ってんだろうが」

言葉を嚙みつぶしているかのような声に、おや、と柳斎は目の前のつむじを見下ろした。

どうも寛次はすぐ頭に血が上るお人のようで、鬘の思案を重ねるたびにその赤いお顔をお披露目してくれた。しかし今日はどうやら始終すうはあ息をして、己の心を己で宥《なだ》めるつもりらしい。

「ですけどねえ、話を聞けば聞くほど、あなたが扇五郎殺しの下手人やとしか思えねえんです」と柳斎はわざとらしく声をひそめる。

「こうして長年、人の頭を弄ってまいりますと、鬘のせいで凝った頭のほぐし方ってのも自然、身につくもんでして。あたしが揉んだら、役者の皆様は揃ってすうっと肩から力を抜いていかはる。寛次さん、あんたもそうでっせ。せやからあたしはその時を見計らって、あんたに扇五郎さんが死んだ前の日は夜やのにえろう暑い日やおましたなあ、と呼びかけたことがありました。すると、あんさんなんて言わはりました？　ああ、そうだな、と答えたんでっせ。覚えとらんなんて、その手は食わへん。扇五郎さんの屍体が臼かったことも、屍体にゃ犬が五匹群がっとったことも白状しはったやおまへんか。あたしはがっくりきたもんです。それは下手人やないと知り得へん事柄なんやもの」

それに、と柳斎は懐紙を取り出して、両指をなするように擦り付ける。

「扇五郎殺しの話題を出すたび、あなたの頭からは脂がじゅわりと滲み出てくる」

だんまりを貫く寛次の膝に懐紙をぽとりと落としてやると、

「……度《ど》し難《がて》えほどの気持ちの入れようだぁ」

寛次の声は無理やりに喉を細めたように明るい。

「あんたと扇五郎の間にそんな太いお糸がかかっていただなんて、俺ぁ、初めて耳にしたねえ」

「あたしはあの人との間にぴんと引かれているものを感じておりましたのや。あの人もこの糸の引きにいつか気付いてあたしに鬘を任せてくれる。あたしはそう信じていたんです」

「へえ、扇五郎の頭ってのはそんなにも良いものだったのかい」

「そらあもう！」

柳斎は寛次の肩に両手をつく。

「細面やが、頭の天辺が尖らずきちんと丸くていらっしゃる。こめかみの出っ張りもええんですわ。こめかみと耳の間の長さが、しけが一等映える長さをしとる。耳のところからちょいっとしけを垂らしてみい。色気で女どもは乳を隠して小屋から逃げ出しまっせ。このしけの形には、あたしの頭ん中にいくつも思案があったのや。でもって首が長すぎへんのが推しどころ。

鬘ってのは尋常大きめに作りますやろ。あの重さに揺れへんくらいに首は太く、せやけどうなじはすうっと通っとる。扇五郎さんの頭とうなじの割合は完璧でっせ。あれこそ天才役者の頭、万両のお頭《つむり》や。寛次さんの頭とはえらい違いで……おっと今のはご放念」

「そうまで強い思い入れがあるなら、どうして俺の鬘を作る？」

すうはあ聞こえてくる息の間隔が狭まっている。うなじまで朱が上ってきている。

「此度の鬘比べは、扇五郎の切り首が用意される絶好の機会だ。なのにどうして俺の鬘作りなんぞに時を費やす。毎日のように俺の楽屋へと押しかけてるんだ、切り首の鬘作りは放っておかれているご様子じゃねえか」

ここやな。柳斎はぐぐぅと指の腹に力を込めて、寛次の耳へ口を寄せ、

「だって、切り首は扇五郎さんのお首なんでっせ。扇五郎殺しの下手人が明かされへんことには、指が迷ってしまうさかい」

せやからねえ、寛次さん。はやいとこ、白状しておくんなさいな。

やはり寛次は顔を真っ赤に染め上げた。部屋を出るなり己はやっていない、と怒鳴り散らす声に、柳斎は鈴虫の鳴く音でも聞くかのようにうっとり耳を傾けていた。

柳斎が入った部屋の中、真ん中に置かれている扇五郎の切り首には、鬘が一つ被せられている。

生締《なまじめ》だ。

犬饅頭を食うその姿に渋みがあると、江戸の人気を一気に攫《さら》った皐月《さつき》狂言での当たり役の鬘

の形。しかし、その舞台で使われたままでなく、扇五郎の頭に合わせて工夫が凝らされていた。鬢はそれほど鬢付け油で締め上げず、刷毛《はけ》先《さき》をずらすその角度は、産毛の流れを読んでいるから絶妙だ。そして、しけは一筋も垂らされていなかった。あれほど柳斎が推していたしけが一筋も垂れていない鬢から、色気が匂い立っている。

扇五郎の切り首が出来上がったとの知らせを床山が持ってきたのは、扇五郎の死絵を見せられてから七日が経った日のことだった。座元は十日と見積もっていたから、完成まで随分と早い。柳斎が床山部屋で立ち上がると両膝がぽきりと鳴った。

近頃、やけにこの音を耳にする。柳斎はなぜだかひどく苛立って、荒々しく襖を開けると、そのままずんずんと座元部屋まで廊下を進んだ。踵《かかと》は木板を真っ直ぐに踏み締めて、角を曲がるときもよろめきもしない。ほら見さらせと誰にともなく啖呵を切ったそのあと座元部屋に入るなり、よもやふらつき、尻餅をつくとは思ってもみなかった。

扇五郎の切り首に載った鬘を前にして、柳斎は立ち上がれない。足はすくわれ、浮き足立って抑えようがない。

鬘の前に群れている役者らを掻き分けて、柳斎は鬘の真正面に四《よ》つん這《ば》いになった。なにか秘密があるはずだ。特殊な毛を、それこそ犬の毛でも植え込んでいるに違いない。そうでなければ、こんな鬘は——。そこでようやく、鬘の斜め後ろで縮こまっている男の姿が目に入った。

「……この鬘は手前が拵えたんか」

男はおずおずと頭を上げた。剃りたてらしい月代は青々とし、頬にはまだ産毛が残っている。枝毛よりもか細い声で梅之《うめの》助《すけ》と名乗った。その梅之助の隣では、座元が梅之助相手にせっせと胡麻《ごま》を擂《す》っている。鬘をお持ちくださったから被せてみたが、本当に見れば見るほどいい出来ですよ、梅之助さん。これでまだ途中だと言うんだから、私は腰が抜けちまうかと思ったよ。毛を全部植え込み終えたら、生き首になったりしないだろうね。ここで座元は柳斎をちらと見て、ああ、披露目の場はきちんと設けているから、柳斎さんの鬘はこの前言った通りのお日にちで問題ないからね、と胡麻を数粒こちらに投げて寄越した。

さよか、と皺でよれた喉を絞り上げてから、柳斎は踵を返した。廊下を小走りになりながら、ええんや、と柳斎は己の肋骨の浮いた胸を手で押さえる。

あの梅之助とかいう若造がどれだけ良い鬘を拵えようとも、別にええ。

この鬘比べは、ただの目外《めはず》しのために引き受けたに過ぎない。己の本来の目的は別のところにある。

ありがたいことに、柳斎の寛次への責め問いをどこからか聞きつけて集まってくる幕内の人間もおり、その男らが帯に挟み込んである手拭いや煙草入れの根付には、扇の役者紋が入れられている。

「手伝わしておくんねえ」と扇五郎贔屓たちは涙ながらに柳斎に言ってくる。

「俺らでも動いて寛次の殺しを暴いて見せるよ。なあに、ここにいるのは木戸芸者に衣裳方、奥役の面々だ。力を合わせて調べを進めれば、暴けないものはありゃあしませんよ」

もうすぐや。柳斎は贔屓たちが離れていく足音を聞きながら、拳を握る。

もうすぐ扇五郎を救ってやることができる。

昨日、散々時間をかけて整えた地金に、散々時間をかけて毛を植え込んだ羽二重を貼り付け終えた。寛次の鬘は仕上がってしまった。これ以上引き延ばすこともできぬだろうから、寛次への責め問いも今日で仕舞いとなるだろう。ならば、今日で決めねばなるまい。ぐぐと指に力が入るが、しかし、寛次の頭に触れる指の腹は、春先の綿雲にでも触れるかのように優しく柔らかく、

「寛次さん、あんた一体どうして扇五郎さんを殺してもうたんです？」柳斎は問いかける。

すると、寛次の首が、和紙でこよって作られたかのようによれよれと柳斎を振り返る。

「本当にてめぇはしつけえな。そうまで扇五郎が恋しいか」続けて、低い声でぽつり言う。

「……屍体となったあいつにも俺ぁ勝てはしねぇのか」

うなじはいたく真っ白で、どうやら血をのぼらす気力も尽きているらしい。

「そうだよなあ。この森田座は皆こぞって扇五郎贔屓だ。いや、森田座どころか芝居国《しばいこく》に住む者みんな扇五郎を贔屓しやがる」

青白い唇が苦しそうに言葉を吐き出すのを、柳斎はだんまりで聞く。

「そりゃあ、あいつを憎んでいねえと言っちまうと嘘になる。俺はあいつのことが憎くて憎くてしようがなかった。あいつは舞台に出るたびに一人人気を掻っ攫っていきやがるから」

柳斎は指の腹を寛次の脂でぬるつく髪に差し入れて、

「お辛かったでしょうなぁ」

労わるようにゆるやかに梳《す》く。

「扇五郎さんがいなければあなたは江戸一の立者《たてもの》でありました」

「ああ」と柳斎の耳当たりのいい言葉だけを拾っている寛次の耳は、今やもう役者の耳ではない。普段であればひっきりなしに物音や人の声が聞こえているはずの楽屋外が、静まり返っていることにまるで気付いちゃいない。

「あいつの首を見ると、手を出したくなったときもある」

「出したくなっただけですやろか」柳斎は会話の継ぎ目に髪の毛の一筋も入れない。「ほんまに出したんちゃいますのん」

柳斎はつつつと目の前の首筋を撫であげる。

「お首は太いが、あんたの力なら簡単やったはずでっせ、両手で摑んで親指にちょいと力を入れるだけでぽっきりいけたんちゃいますか」

「……俺はそんなにもあいつを憎んでいたんだろうか」

「ええ、そらもう殺したいほどでしたわ」

「そうか、そんなら俺ぁ」

寛次は一旦言葉を区切り、

「殺しちまったのかもしれねえな」

「さいですか！」

聞くなり、柳斎は寛次の頭からぱっと手を離し、

「寛次さん、あんた扇五郎を殺してしもたんでっか！」

叫ぶかのような大声を出すと、部屋に置いてある地金がうわんと鳴り響く。楽屋外がざわりとする。

一寸間があってから、寛次は「は？」と体ごとこちらを振り返ったが、もう遅い。

楽屋暖簾を一枚隔てた向こう側から聞こえてくる怒号は、寛次寛次、とその名前ばかりを繰り返している。ようやっと楽屋外の騒ぎに気づき、「ちげぇ……」己の口をはっと覆い、「ちげぇ、ちげぇ！」と声を荒らげる寛次の手の上に丁寧に鬘を載っけてやった。

「寛次さん、鬘はこれでええでっしゃろ。お渡しするさかい、どうか受け取っておくんなさい。あたしの茶番にえろう真剣に付き合うてくれはった駄賃や、駄賃」

柳斎の軽口に真っ赤になる寛次の頭は、やっぱりどうしていいお色をしていた。


小屋の鼠木戸《ねずみきど》を通り抜けた足は、自然と丹色屋へと向かった。役者らが押しかけて、色鮮やかな袂がはたはたごった返している店前を横目に、柳斎は裏口へと回り込む。そのまま部屋に上がれば茶が出されたが、湯呑みの底を畳に叩きつけてきたその女には見覚えがあった。

たしか先日の天女の鬘合せについてきていた玄心の弟子であったか。未だあたしと玄心の仲を知らんとは。部屋を出ていく大柄な背中にふんと鼻息も荒くなったが、入れ替わるようにして、襖を引いて現れた玄心に一旦心を落ち着けた。

「やはり寛次が下手人であったわ」

首を伸ばしてそう告げれば、

「そうかい」

玄心は後ろ手に襖をきっちりと閉めた。柳斎の対面に座し、しばらく畳に目を落としていたが、なにやら決心したように顔を上げる。

「私の店に来るのはもうやめてくれ」

柳斎は目をしばたたかせた。それから目の前の顔を覗き込む。

「なんや体の具合が悪いんやったらそう言うてくれはったらええやないか。今日のところは帰るさかいに」

「私はね、そろそろ表舞台から退こうと思っているんだよ」

その言葉に、柳斎は啜っていた湯呑みを揺らした。指先に熱い茶が引っかかる。手早く手持ちの膏薬《こうやく》をぬりたくりながらも、耳の中で今の言葉を反芻《はんすう》させる。

「……そないなこと、思いつきで口にするもんとちゃいまっせ」

「前々から考えていたことさ」

「芝居国は大騒動でっしゃろなあ。丹色屋の仕立てる衣裳やないと舞台《いた》を踏まれへん役者も大勢おりますやろ」

「この店は私の弟子が継ぐよ」

言って、玄心は店の表の方へと目をやった。柳斎の頭に先ほどの茶くみの女子の姿が浮かんで消える。

「あの子はとってもいい衣裳を作るようになったから」

優しげな色を滲ませた声音に、柳斎はへえ、と白毛混じりの眉を上げた。

「あんたが引退することは、そのお弟子さんにはもう伝えてあるんやろね」

「いや、まだだよ」

えっ、と大きく声を上げてみせてから、

「そのお弟子さん、お可哀想になあ」としみじみと言う。

「可哀想？　お辰は衣裳が大好きな子だよ。この頃は仕立ての仕事も任せているんだ。喜ぶに決まっている」

「わかっとらん。わかっとらんわ、玄心さん」

柳斎はぺちりぺちりと己の額を幾度も叩く。

「凡凡に天才の代わりをせえという、その非情さがあんたにはわかってやしまへんのやわ」

きょとんとするその表情を目の前で浮かべられて、針を箪笥《たんす》の奥底に仕舞い込んだ人間がこれまで何人いたことか、この男は知りもしないのだ。

「凡凡にいくら時間をかけたって、そいつが天才になることはあらへんのでっせ。そういう凡凡にかまっとったら、すぐに時間が過ぎていく。凡凡にかける時間が勿体無いとは思わへんのか。あたしらに代わりはあらへん。せやから、己の手を磨くしかない。あたしらが、この手でどれだけ素晴らしいものを拵えられるか。それが一等大事なんやおまへんか」

そう説いた柳斎を玄心は上目でうかがうように見て、実はね、とおずおずと切り出した。

「鬘屋さんにしゃぐまを混ぜてみろと言ったのは、私なんだよ」

その言葉に柳斎は思い出す。馘《くび》にした鬘屋が柳斎に黙って鬘に植え付けたあのヤクの毛束。

「私はお前が気づかないだろうと思ったんだよ」

申し訳のなさそうな顔にこめかみが震えたが、ちゃうちゃう。柳斎は深く息を吐く。天才に苛立つのは凡凡のやることだ。

「信じていたお仲間にこないな真似をされて、あたしったらなんてお可哀想」袖口で涙を拭う振りをしてから、口端を歪《いびつ》に持ち上げる。「しゃぐまなんぞを混ぜて何を目論んでおらっしゃった」

「しゃぐまを混ぜた鬘を柳斎が気づかず役者さんにお渡ししてさ、役者さんに怒られてそれで、寄親をしくじってくれればいいと思ったんだよ」

「は？」

柳斎はぽかりと口を開けた。玄心は慌てたように両手を振って、早口で続ける。

「そうすれば柳斎も己の腕が落ちたことに、己で気づいてくれるだろう？　たぶん私が言っても聞き入れてくれやしないと思ったからね、だから、鬘屋さんに耳打ちをしてみたんだ。お前に悪いとは思ったよ。でも鬘が悪ければ衣裳の見え方も変わってくる。お前に分かってもらうためにはこの方法しかなかったんだよ」

そうだった。柳斎は月代を熱くする。こいつはこういう男だった。

衣裳しか見えておらず、衣裳のためにしか体は動かない。衣裳のために思いついたその企みでまわりがどれだけ困るのか、まったく頓着していない。やはり昔からこいつは天才で、そして己は、この男の隣にこうして肩を並べて――

「私らはね、老いてしまったんだよ」

弾かれるようにして玄心の顔を見た。玄心は穏やかな表情を浮かべている。

「もちろん柳斎の鬘師としての腕は大したものだったよ。そうでなければ今日まで寄親で居続けるなんてできやしないもの。でも私には、近頃のお前の拵える鬘にきらりが見えない」

柳斎は愕然とする。

老い。老いとはなんだ。老いなど、柳斎は今日までこれっぽっちも感じていなかった。

膝は時折変な音を立てるようになったし、眼鏡もかけるようになった。しかし、柳斎は己の鬘に気になるところなぞなかったし、己の才の衰えなんて感じたこともなかった。なのに、この男は、この天才は柳斎の顔を痛ましげに見る。柳斎は必死に考える。

玄心は柳斎の鬘の何でそう感じた？　柳斎の鬘のどの部分でそう思った？　己はどうして、駄目な部分があると言われてなお、その駄目な部分がわからない？

玄心は、寄る年波には勝てないねえ、と茶を啜りながら言う。

「でもね、そう天才にこだわらなくてもいいじゃないか」

玄心はゆっくりと湯呑みを畳に戻す。湯呑みに指が引っかかり、熱い茶が手のひらに溢れたが、ふうふう息を吹きかけるだけで気にも留めない。すぐに柳斎へと目を戻す。

「もしかしたらこの世には天才なぞいないのかもしれないよ」

お前のこだわっていた扇五郎だって、天才を騙《かた》るのがただお上手だっただけだよ。

柳斎は膝の音が追いつかぬほど勢いよく立ち上がる。それだけは聞き捨てならなかった。

「己が耄碌してきたからって一緒にするんとちゃうわ」

唸るようにそう言って、目の前の湯呑みを蹴飛ばした。

「あたしは今でも才があるのや、そんでもって扇五郎も天才や！」

天才でなきゃあいかんのや！

踵を返して部屋を出た柳斎の目には、柳斎の倒した茶を引っ被っていないか部屋内の衣裳に目を凝らす玄心の横顔がずっと残っている。

家へと帰っても玄心の言葉は夜通し頭の中で渦巻いていたが、こうして立女形の楽屋で天女の鬘を梳いていると、己の心も次第に整ってくるのがわかる。

「明日の鬘比べのご準備はできておられるのですか」

天女は頭の形も良ければ、声もいい。問われて、柳斎はゆっくりと頷く。

「ええ、家でゆっくりと拵えましたわ」

「そうですか」

静かにそう言うと、天女の背筋がぴんと張った。

「今後、私の鬘づくりは違う鬘師さんに変えてくださいまし」

つむじから聞こえてくる天女の声は、先ほどまで耳にしていた折紙風船の中でころころ鈴が鳴るような声ではない。

「……急に何を言い出しはるんでっしゃろ」

「私は不思議だったんです」と話す声は折紙風船を突き破り、凜しゃんと柳斎の耳元で鳴る。

「己の格にこだわる柳斎さんがどうして近頃、そこらの菜っ葉役者の頭を触るようになったのか。ですが、鬘比べの話が持ち上がったとたん、手当たり次第に鬘を作るのをおやめになった。ああ、鬘比べが嬉しくていらっしゃるんだわ。扇五郎さんの頭には随分とこだわっていなさったもの。そう思いきや、お次は寛次さんの責め問いに夢中で、切り首の鬘作りを決して進めようとされません」

天女は柳斎の言行にずっと首を傾げていた。が、しかし柳斎に頭を触られて気が付いた。

「ああ、そうかと、そういうことであったのかと、お腹にすとんと落ちるものがありました」

「……お腹を揺らすんなら事前に言うといていただけへんと。鬘の地金が歪んでもうたらどないしますんや」

へへ、と笑い声を差し込んで、楽屋の空気をかき混ぜようとするも、柳斎さん、と天女は低く呼びかける。

「あなたは長年、私の鬘師を務めてくださいました。そのおかげかそのせいか、あなたが役者の頭の脂に触れて何やらを感じ取ることができるのと同じよう、私もあなたの手の脂で何やらを感じ取ることができるようになったのですよ」

思わず天女の頭から指を離した。しかし、その立女形の目は柳斎の指の腹をぶすりと刺す。

「あなたはその手で、触れてはいけぬものにお触れになりましたね」

動かせぬ柳斎の両手を見上げていた天女が、寸の間、迷うような目つきになった。

「扇五郎さんなら」と米粒をこぼすようにして言葉を口の端から落とす。

「扇五郎さんなら、その手を褒め称えたのでありましょうか」

役者なら、その手を褒め称えるべきなのでありましょうか。

だが、天女はいえ、とすかさず頭を振って、

「私の頭には、あなたの拵えた鬘は重すぎる」

ぽつりと言って、これまでありがとうござんした、と天女はその場で三つ指をついた。

夜道を急ぐ柳斎の心はざんばらに乱れていた。

寛次の自白を引き出して両手をあげて喜ぶやいなや、かたや玄心は隠居宣言、かたや天女は己を寄親から下ろすと告げてきた。思い出すたび、柳斎はわめき散らしたくなるが、まあ、ええわ。好きにせえ。

今の柳斎は、すべてをひっくり返す逸品を持っている。

逸《はや》る気持ちのままに角を曲がったが、はて。柳斎は足を止める。自宅の前にぼうとひとつ提《ちょう》灯《ちん》灯りが浮かんでいる。その灯りは火に入る虫のように四方八方へ動き回って、どうやら柳斎の家の門を調べているらしい。押込みか。その疑いが頭を過《よぎ》った瞬間、柳斎は灯りへと駆け出していた。

「てめえ、何をしくさっとんねん！」

柳斎の怒号に灯りはぴたりと動きを止めた。照らし出されるその青々とした月代と産毛の残った頬には見覚えがある。座元が中村座から引き抜いたあの鬘師。

「お前、なにしに来おった」

うろうろと視線を彷徨《さまよ》わせる梅之助は怯えたように口を閉じ、それから、

「……座元がおっしゃったんです」とやはり枝毛のようなか細い声で言う。

柳斎ですか？　ありゃあ鬘を作ってやしませんよ。梅之助さんの鬘の出来があんまりにいいものだから、作るのをやめたに違いありません。ですから梅之助さん、切り首と言わず、役者の生首の鬘もどんどん拵えておくんなさいな。

「そんなわけがねえんです！」

梅之助の大声で提灯の灯りが揺れる。

「あんたが鬘を拵えていないわけがねえ！　鬘比べもあんたの鬘を一等はじめに見られるとあって引き受けたんだ。あんたが鬘を作っていねえだなんて、信じられねえ！」

「……それだけで、あたしの家に忍び込もうとしよったんかいな」

こくりと素直に頷く髭の剃り残しのある顎に、柳斎は呆れ返る。呆れ返るが、ええやないか。自然と口端が持ち上がってくる。

ええで、ええで。鬘のためなら人の道理を外してもいいというその肝魂《きもだま》。

そいつは才ある者の証やさかい。

玄心、天女とあの二人にこだわらずとも、ここに己と志を同じくする者はおったのや。

「しゃあないなあ。あたしの鬘を見せたるわ。その代わり、あんたの鬘の秘密も教えてもらうで。何を毛の中に混ぜ込みおった。ちょい待ち、当てたろ。犬の毛やろ。犬を殺してすぐに毟《むし》った毛やろ。落ちとる毛や死んだ犬の毛じゃああかんことくらいわかっとる」

自宅の腰高障子に手をかけながら、早口でそう捲し立てるが、

「え？」梅之助はきょとんとした顔をする。

「いや、犬なんぞ殺しませんが」

おまけに小首まで傾げてみせる。

「別にそんなことをしなくとも、いい鬘は作れますよ」

心底不思議そうに口にする。

「犬を殺すってのは扇五郎さんの犬饅頭のお話の類《たぐい》ですか。あれは怪訝《けげん》に思っていたんです。扇五郎さんは犬を殺してその血をお使いになったそうですが、そんな殺生をせずともいいもの

は作れましょう。何かを犠牲にすることで芸が押し上げられるってものでもないでしょう。何かを犠牲にせずとも素晴らしいものは作れるんですから」

柳斎は戸にかけていた手をつと止める。その手を己の胸に当て、ほうと胸を撫で下ろす。

危ない危ない。犬の毛一本分間に合った。

こんな凡凡に騙されて、己の大事な大事な鬘を見せてしまうところであった。

困惑する梅之助を追い返し、自宅に上がって柳斎は廊下をひたひたと進む。鬘部屋につくなり、棒手振りから購った氷をたんと入れた桶を手元に引き寄せる。氷水に浸っている手拭い包みを両手で取り出せば、布越しであってもその類まれなる形に体中の産毛が総毛立つ。手拭いを解《ほど》いて、頭を一つ取り出した。堪らず指の腹をくっつけたが、昨日より頭の皮が軟らかくなっているようでぶよぶよとしている。

お首のくせして、足が早くていらっしゃるわ。

おかげで髪の毛はするりと引っこ抜ける。抜けた髪に目を凝らすと、きちんと根元には白い脂がくっついていて安堵した。頭と同じく脂が腐りでもしたら事である。

せっかく扇五郎の屍体から頭を切り取り、持ち帰った甲斐がない。

柳斎は懐紙で丹念に手の脂を拭き取ると、一本一本髪の毛を抜く。その髪の毛を鉤針に引っ掛け、羽二重へと植え込んでいく。

扇五郎の屍体を見つけたとき、柳斎は打ち震えたものだ。

夜道、川の土手下で群がる犬になにやら引き寄せられてみると、そこには人の屍体が転がっていた。犬が屍体の太腿に嚙みついて、頭がころりとこちらを向いた瞬間、気づけば柳斎は犬たちの間に体を突っ込んでいた。黒犬に並んで屍体を撫でくりまわし、喉仏のあたりを喰い千切られている頭をめぐって斑柄の犬と引っ張り合いっこをする。勝ち取った頭はまだ体が名残り惜しいのか骨が一本つながっていて、鬘道具の小槌をめちゃめちゃに打ちつけた。ようやく離れた扇五郎の頭を小袖にくるみ、柳斎は大通りを駆けながら雄叫びを上げた。

ようやっとや。

ようやっと触らせてくれはったんやな、扇五郎さん！

家に帰ってすぐ、水を桶にぶちまけ塩を入れ、その中に頭を浸したが、二日後には、腐った右の目ん玉が転がり落ちてきた。どんなに手を施しても、頭はじきに腐ってしまうだろう。頭がだめになってしまう前に、最高の鬘を作るのに合う頭をはよう見つけたらんと。

そう思い立ち、片っ端から役者の頭を触ってはその型をとっていた。もしや大部屋の中にもきらりと光る頭があるやもと、手当たり次第に鬘合せを持ちかけていたわけだが、柳斎はふと不安になった。扇五郎の頭を切ったことでお縄になるのは別条構《べっちょ》わない。だが、鬘が仕上がる前に扇五郎の頭を取り上げられては己はたぶん、その役人を殺してしまう。

そこで扇五郎殺しのお調べからの目外しとして、寛次を使わせていただくことにした。怒るとすぐに赤くなり、その赤みがなかなか引かないそのお肌。ただでさえ扇五郎殺しの疑いがかかっている渦中の人間が怒り散らしておれば、この役者、やっぱり殺しに何かしら関わっているんじゃなかろうかと、皆が当てこんでしまうのも無理はない。

そんな企みを立てている最中に、座元から出されたご提案は棚から牡丹餅《ぼたもち》、もっけの幸い。よもや扇五郎の切り首を拵えてくれるとは！

最高の頭を用意してくれるとあって、柳斎の目論見にも一層気合いが入った。寛次を下手人に仕立て上げるのは簡単だった。柳斎が扇五郎の首を持ち帰る際に見聞きしたものを、あたかも寛次が見聞きしたかのようになすってやればいい。あることないこと詰め込んだ責め問いに真っ赤になった寛次が楽屋から出てくれば、小屋の人間はざわめいた。最後の責め問いで、扇五郎贔屓の木戸芸者どもに飛びかかられていたお姿はちょいと可哀想であったので、柳斎は小屋の方角へと手を合わせる。

えろうおおきに、寛次さん。おかげであたしは最高の鬘を作り上げることができますわ。

明日の披露目の場では、真っ先に切り首に地金を被せよう。地金をいくらか叩いて形を整えたなら、皆の目の前で扇五郎の髪の毛を植え込んだ羽二重を貼りつけてやるのだ。

みんな、度肝を抜きまっせ。

そして、みんな口にする。

やはり柳斎、江戸一、天下一の鬘師だ！

ぶるりと震えた柳斎は扇五郎の髪の毛を数本抜くと、蕎麦のようにつるりと啜った。

一　女房役者の板

湿《しめ》した燕の糞は三つまみ、生姜《しょうが》の搾ったのは上汁《うわじる》を二しずく。蜆《しじみ》の殻は細かく砕いて粉にして、舐《な》めた親指を押し付け指の腹にくっついた分を使うぐらいが丁度いい。それらに大坂からの下り酒を溶き合わせ、出来た濃濁《だみにご》りのだらだらを角盥《つのだらい》から両手で掬《すく》い上げたその瞬間、お栄《えい》はあっと声を上げげた。すぐさま流しに盥の中身をぶちまけながら、口の中で小さく呟く。

駄目よ、駄目駄目、てんで駄目。私ったら何度間違えれば気が済むの。

ちらと目をやった流し台横の甕《かめ》は乾き切っている。あれだけ湧いていた羽虫もとんと姿を見せなくなったから、濃濁りのだらだらを撒《ま》いて臭いを消す必要がない。甕の縁に指を這わせてもみるが、指先は綺麗なままだ。ねっちり赤がまとわりついてくることはない。

その指を手のひらに巻き込んで拳をつくり「いい加減に覚えて、お栄」己《おのれ》の眉間のあたりにぎうぎうと押し込む。

「もう犬の血を集める必要はないったら」

だが、夫に嫁いでから五年続けてきた習いは水飴を焦がした鍋底のようなもので、そう簡単には剝がれちゃくれない。

迫る刻限に気付き、慌てて身支度《みじたく》をして家を出ようとも、芝居町に足を踏み入れるなり、すれ違う人々の小袖に舞う扇の数を数えてしまうし、今だって芝居小屋の枡席《ますせき》に尻を置いたそばから懐の手帳を取り出してしまう。

その手帳を夫に手渡す際の心の臓の高鳴りだって、お栄はすぐに思い出すことができる。

あの人はお栄が手帳を差し出せば、芝居終わりでどんなに疲れていようともその場で受け取り、目を落とした。しばらく目玉が紙の上を行きつ戻りつするのを眺めていると、

「なるほど。此度《こたび》のわたしは、西の桟敷《さじき》からが一等綺麗に見えるんだね」

そう呟き、お栄の用意した夕餉《ゆうげ》にも手をつけず、鏡台の前に座り込む。白粉《おしろい》の蓋を開けるのを待ってから、

「それでは、柏屋《かしわや》さんには西桟敷の木戸札をお渡しするようにいたします」

お栄が告げると、その人は顔に白粉を塗り込みながら、うんと頷く。

「そうだね。ああ、それと、柏屋のお内儀《かみ》は線の細い男がお好みだから、」

ここでお栄は息を吸い、

「和泉屋《いずみや》の美艶天女香《びえんてんにょこう》」

差し込む声は慌てず逸《はや》らず、添えるように。

「あれで作る肌色ならお内儀もお気に召しましょう。明日にでも買い足しておきます」

すると、真白の手はつと止まる。切れ長のお目目は鏡越しにお栄をじっと見て、

「さすがわたしの女房だね」

寄越される微笑みが、お栄にとっては何よりの喜びだった。

お上に櫓《やぐら》を上げることを許された江戸三座の内の一つ、森田座《もりたざ》で名題《なだい》役者を張った、己の夫。今村扇五郎《いまむらせんごろう》。

舞台の上で流す血に殺した犬の血を使い、積物《つみもの》を一等高く積み上げてくれた贔屓《ひいき》の好みに合わせて化粧の塗りを変える芝居狂いでもあった。

そんな夫のために、お栄は芝居の幕が上がって八日は席を順繰りに購《あがな》うことにしていた。まずは舞台正面、平土間の枡席から始まる。次の高土間は、平土間より一段高く作られていて、平土間の両端にあるから勿論左右で計二回。ここらは町人でも手の出し易い値の席である分、やっぱり流石《さすが》の團十郎《だんじゅうろう》だの、馬鹿言え菊五郎《きくごろう》こそ上上吉《じょうじょうきち》だのと大口を開けて好き勝手に喋るお人が多いから、役者の評集めには苦労しない。一転、仕切り板で区切られた屋根あり部屋あり畳ありの桟敷を選ぶお大尽《だいじん》らは、喉にまで肉を蓄えているかの如く声が小さく、耳をすまさなければ会話を盗み聞くことができない。こちらは一階二階の上下桟敷に加えて左右。四度桟敷の席を購えば、お次は一等安い席だ。

だが、ここがお栄にとっての胸つき八丁性根場《しょうねば》。追い込み場に尻を置くときには気合いを入れねばならぬ。

追い込み場は舞台の上の舞台奥、まるで大道具の一部のように設けられている席であるから、役者の背中しか見えぬし、席によっては目の前に桜やら柳やらの大道具の一部が垂れ下がっている。夫に嫁いで初めて芝居小屋に来たときは、そりゃまあお安いわけねと軽やかに腰を下ろしたわけだが、芝居が始まるやいなや、まわりの客の口から流れ出す芝居の評の濃さと速さといったら！　芝居中、まったく筆が追いつかず、芝居終わりに奥歯をぎりりとやったお栄だが、その帰り道に席につけられた名前を耳にして、またぞろぎりりとやる羽目になった。

その名前を先に聞いておれば、お栄だってそれなりの心構えができたというものを。

一階席の羅《ら》漢台《かんだい》との名前は、ここに並んだ客の頭が江戸の本所《ほんじょ》五ツ目の羅漢寺にある五百羅漢の如くに見えることから。二階席の追い込み場は、春興行では吉野《よしの》、秋興行では通天《つうてん》と名前を変える。客の目の前に垂れ下がる大道具の吊枝が桜の花であるときは、桜の名所である吉野山に見立てて役者の艶姿《あですがた》を肴《さかな》に花見。吊枝が紅葉であるときは、京の名所である東福寺《とうふくじ》の通天橋に見立てて紅葉見物と洒落《しゃれ》込むという。

席の名付けがなんとも乙粋《おついき》。道理で芝居に一家言ある通人《つうじん》が集まってくるわけだ。

そうやって全ての席で扇五郎の評を聞き、扇五郎の姿を目に映し、それらを手帳に記して扇五郎に渡す。日が傾きうす暗くなった時分にも出番がある場合には、これに面明《つらあ》かりの当たり方も書き添える。細長い棒の先に蠟燭《ろうそく》台を括《くく》り付け、そいつを黒衣《くろご》が役者の顔に近づけることで、暗くなった小屋内でも役者の表情が見えるという寸法だが、扇五郎は己の高い鼻先が顔に落とすその影の形にこだわった。鼻が一等美しく見えるよう面明かりの蠟燭を削るのは、お栄の役目であったのだ。

だから、こうして平土間に座ってゆっくり弁当を味わうなぞ、お栄には初めてのことだった。

お栄が顔を上げると、目の前にわたされている歩みの上を、仕出しの弁当をささげた出方が走り抜けてゆく。したりしたりと足裏が板に吸い付く音は心地よく、思わず首を伸ばせば、面皰《にきび》のあとが凸凹《でこぼこ》と残る、どこか幼い顔があった。しかし、手元の弁当に目を下ろしたときにはもう、その輪郭がふやふやとしているのはいつものことだ。

お栄の頭の中は扇五郎尽くしで、他のお人の顔貌《かおかたち》など置いておける隙間がない。

お栄は扇五郎の眉の枝毛の長さも、鼻に滲《にじ》む脂《あぶら》の形も、踝《くるぶし》の黒子《ほくろ》の膨らみもすべて知っている。


ただ、とお栄は卵焼きを口に入れる。歯ですり潰して無理矢理に飲み下す。

ただ、あの人の肚《はら》の底だけは見たことがなかった。

――犬に喰い千切られたあの人の腑《はらわた》は、その襞《ひだ》の色まで目に焼き付けたけれど。

チョンチョンと鳴らされる拍子木の音に、お栄は我に返った。舞台の幕が開かれてゆくのを見ながら、お栄はゆるゆると弁当を平らげていく。

扇五郎が芝居に出る際は、席につくなり尻を動かして扇五郎の見え方を探ったものだ。己の尻の下に敷く半畳《はんじょう》だって、一つ一つ高さが違うものだから、半畳売りに手持ちをすべて並べさせて吟味した。

だが今日の己の目当ての役者は、どの角度で、どの高さで見ようとも、同じであろう。

芝居客の騒《ざわ》めきに嘲笑が混ざり始めた頃合いをみて、顔を上げればほうら、やっぱり。

一人のお姫様《ひいさま》が花道に足を滑らせて、しずしずと舞台へ歩みを進めている。

「待ってました！」「たっぷりぃ」とあちらこちらから声がかかるが、それらにはどれも下卑た笑い声が絡みついている。聞き慣れているのかお姫様は、眉毛の一本たりとも動かすことはなかったが、

「でっけえ！」

との一際大きい掛け声には、顔を一気に桃色に染め上げた。むらのある白塗りの上、肌の赤みが顔に残る質《たち》であったのが運の尽き。お姫様の薄赤ら顔を見、客らは面白がって口々に声を重ね始める。

本来、でっけえは荒事《あらごと》を立派に演じ上げた役者にかける化粧声で、立役《たちやく》にとってはにんまり口端が緩む言葉だ。だが、女形《おんながた》の耳には己の芝居が猛々しいと言われているようなもの。一途な恋ゆえ命を落とすお姫様からしてみれば、大根、棒鱈《ぼうだら》に近い悪口《あっこう》だ。

しかしまあ、とお栄は目の前の横木に肘をつきつつ、白けた目を舞台に向ける。

客らがそんな言葉をかけたくなる心持ちも、分からないわけではないのだ。

茶を一杯注ぐだけでも手振りが荒く、胸を張り過ぎるから元々大きい柄が余計に大きく見えてくる。声も芯は通っちゃいるが丸みがなく、急拵《きゅうごしら》えなのが丸わかりだ。それでもお姫様は芝居を前に進めるが、しなだれかかった恋人役の立役がわざとうへえと舌を出し、そいつをやんややんやと客が囃《はや》し立てれば、お姫様の堪忍袋の緒もぶち切れる。

肩をいからせ花道を戻っていく女形のその背中に、客らはこれでもかと掛け声をぶつける。

「引っ込め大升屋《おおますや》ァ！」

「いんや、待ちやがれ！」

「逃げてんじゃねえぞ、白状しろや！」

秋の涼やかな風が通り抜けていたはずの小屋内が今や怒号で膨らみ、はち切れそうになっている。唾が飛び交い煌《きら》めく中、お栄は黙って席を立った。と、お栄はその唾にまみれた悪口の中に、ふと聞き馴染みのある声を拾う。

ああ、わざわざ足をお運び下すって、その上直々に木戸札をいただけるなんて、柏屋として高く積物を積み上げた甲斐がありましたよ。

家を訪《おとな》い、客間に通されたお栄が畳の上に滑らせた木戸札を、店の主人は指の腹の薄皮だけで触るかのように丁寧に撫で回してから、帯から下げた巾着袋に仕舞い込む。その袋に舞っている、金糸縫いの五つ扇紋に目をやれば、そらきたとばかりに主人はにっこり笑みを浮かべて、あたしは、根っからの末広屋《すえひろや》贔屓、生涯かけての扇五郎狂いでございますから。

そんな品がほの香る柔らかであったお声が、喉を裂かんばかりにかっ開いて叫んでいる。目玉にいくつも血の筋を走らせ、周りの誰よりも悪口を吐きつける、その理由をお栄は知っている。

お栄が小屋をあとにするその時、聞こえた柏屋の一声は小屋内で一等大きかった。

「この扇五郎殺し!!」

鼠木戸《ねずみきど》をくぐり出た小屋表は、どこぞから湧いて出たのか野次馬がわんさと集まっていた。木戸を覗き込もうとする輩《やから》と、その伸びる首根っこを摑もうとする留場《とめば》の間をするりと抜けて、お栄は小屋裏手の木戸へと回る。木戸横で煙管《キセル》をつかっている木戸番の袖下にいつものように金子《きんす》をつっこんでやれば、すんなり楽屋口に入り込めた。廊下にはまだちらほらと裏方が残っていたが、じきに姿を消すであろう。五立目《いったてめ》終わりは、此度の秋狂言の目玉であるどんでん返し。舞台の底面を後ろに起こして背景の書割《かきわり》とする大仕掛けには、役者以外の森田座一同が駆り出される。

おかげでお栄の足は誰に呼び止められることもなく、すいすい進む。これまで扇五郎の楽屋に犬の血を運び入れるのは、お栄の仕事であったのだ。人のいなくなる時分を狙って楽屋の中に入り込むなど、子犬の尻尾をひねるよりも簡単なことである。

お栄は無駄に煌びやかな楽屋暖簾《のれん》を両手で割って中に入ると、部屋の真ん中で足を畳む。顔を軽く右に左に振るだけで、丸められた塵紙が三つ四つ、鏡台の鏡の垢汚れも目に入る。この楽屋の持ち主はいつも、たらふく食った後の金魚の糞の如くに沢山取り巻きを引き連れていた。楽屋の掃除はその男衆《おとこし》の仕事であったはずではと考えて、なるほどとお栄は片眉を上げる。贔屓どころか取り巻きにまで逃げられなさったか。

すると、廊下から踵《かかと》を打ちつけるような足音がする。暖簾が割れたかと思うと、汗玉を光らせた額がぐいと現れる。荒々しい足取りで入ってきた女形は、楽屋の真ん中に居座っているお栄に目を見張ったが、ちいと舌打ち、お栄の向かいにどっかと胡座《あぐら》をかく。

「これはこれは、末広屋のお内儀《ないぎ》じゃあござんせんか」

わざとらしく深々頭を下げて、

「お栄さんは芝居好きでご高名な奥方だ。先ほどの俺の出番もご覧になったに違いねえ」

そんなら、どうでえ。羽織ったままの裲襠《うちかけ》ごと、こちらに体をずいと寄せ、

「俺ぁ、つゆの垂れるようないい女であっただろうが」

やけっぱちにでもなっているのか、女形は一方的に言い立ててくる。おまけに目玉も口と同じくよく動くこと。黙ったままのお栄をじろじろと眺め回してから、嘲《あざけ》るような鼻息を一つ。

「まあ、てめえなんぞよりこの寛次《かんじ》様の方が、閨《ねや》での抱き心地はいいだろうよ」

たしかにお栄はどこもかしこも貧相だ。鳥の嘴《くちばし》でつまみ上げたかのような上向きの鼻に、目は細すぎて岩にできたひび割れのよう。役者の女房を並べてこちらは顔が上吉、あちらは尻が上上吉と好き勝手に評する『役者女房評判記《やくしゃにょうぼうひょうばんき》』でも、お栄はまるで枯れた蓮《はす》の茎だと評された。対して寛次はお顔は言わずもがな、体つきまで派手派手しいのはさすが名題役者と言うべきか。中身がしっかり詰まって張りがあるから、骨張っているのは難あれど、お栄よりも肌を合わせるには心地が良いだろう。

しかし、そいつは現《うつつ》での話だ。

お栄は寛次の体をまじまじと見る。

「濡れ場でのお話をされておりますの？　それならもっと肘より上をしならせる必要がありましょう。立役では体の芯の硬さこそ大事であったでしょうが、あれでは抱き心地がよくは見えません」

しゃらりと言ってやれば、寛次は何やら面食らったような顔をする。

その上げられた両の眉毛にお栄はかちん、ときた。

この私が閨だの何だのの言葉に恥ずかしがるとでも？

「胸に入れている乳袋だって大きすぎるのです。だから所作事での振りが大振りになる。己の女子《おなご》の好みで女形を演《や》るのはおやめなさいませ。そんなに乳がお好きであれば、夜に水茶屋の娘のを好き放題お揉みなさいな」

そんなお栄の剣幕に、気まずそうに唇を尖《とが》らせるのも、ひどく頭にくる。男やら女やら、そんなしょうもない立場と物差しで私と話そうとしているのなら、ちゃんちゃらおかしい。

お栄は扇五郎の隣に立つと決めてから、乳も尻もただの肉《しし》として生きてきた。女子としてではなく、役者の女房として生きてきた。そんなお栄を女子として見る寛次の大目玉が、全くもって気に食わない。頭に血は上る一方で、魔羅《まら》の話でもしてやろうかしらん。膝を前に滑らせたその瞬間、袂《たもと》が揺れて中からこちりと小さく音がした。

お栄ははっと息を呑む。一旦息を整えて音を耳穴から消してから、ですから、と出した声は思いの外大きくなった。

「……ですから、垂らしているつゆが大味になるのです。昨日出された番付でも、寛次様のお姫様は吉にも足らぬ白抜きの吉。棒鱈は棒鱈でも、猫に食い尽くされた身のない棒鱈とひどい言われようだったではありませんか」

「ああ、うるせえうるせえ」

寛次は煙管を口に咥《くわ》えて煙を吐くが、お栄は煙を吸い込むようにして言葉を重ねる。

「寛次様は立役でお名前が通っておられましたから、此度の女形でのご登場には仰天いたしました。いやまさか、あなた様が立役から女形への役替えを望んでいらっしゃったなんて」

わざとらしく両手を胸の前であわせてやれば、寛次の立派な鼻の根本には皺が寄る。

「そんなわきゃあねえだろう」

黙って目で促すと、寛次は短く吐き捨てる。

「そそりだよ、そそり」

なるほど。やはり、そそりか。お栄は頷く時間を惜しむようにして口を開く。

「これまでの配役をすべて取っ替えたり、名前の付かぬ役柄を演じてきた端役が芝居の芯を張る大役を演じたりと、遊びの趣向を取り入れた客を笑わせるためのおふざけ、そそり芝居のことでございますね。しかし、これは千穐楽《せんしゅうらく》でしか見せぬものであったと思いますが」

そこまで言ってのけてから、お栄はつと己の口元に手を当てる。ああ、やってしまった。己の癖に内心、ため息が出る。芝居の言葉が出てくると、すぐさま己が知っているということをひけらかさなくては気が済まない。話の早さが己の唯一の取り柄であった。今やもう、その取り柄を見せねばならない人はいないというのに。

「千穐楽だけじゃあ物足りねえんだろ」

吐き捨て、寛次は右の口端を歪《いびつ》につり上げる。

「俺を笑い物にする時間がよお」

「そうですか……いえ、女形への転向でなかったら、もしや兼《かね》ル役者にお挑みになっているなんてことも、と考えておりましたから」

数年ほど前からか、芝居の世界の習いであった一人一役柄のしきたりを破り、一人二つ以上の役柄を兼ねて演じる役者が増え出した。この役もあの役もと欲をかき、全ての役が生半可《なまはんか》となる役者も多い分、兼ルができる者は芸域の広さを賞賛されて、役者の最高位が与えられる。

「もちろん此度の芝居の役柄が載っている役人替名《やくにんかえな》にも、きちんと目を通しております。寛次様のお役柄の下に実ハ鬼女、とでも書いてありましたら、寛次様は役を兼ねているのだとわかりますでしょう」

芝居の途中で暴かれる、ある人物の本性を実ハで書いて、はなから客に明かしておく。そんな芝居の知識をまたぞろひけらかしつつ、

「『義経千本桜《よしつねせんぼんざくら》』で言えば、佐藤忠信《さとうただのぶ》、実ハ源九郎狐《げんくろうぎつね》の役所《やくどころ》が私、大好きで」と、目の玉に無理やり綺羅《きら》を入れてみせれば、

「てめえは底意地が悪いな」

寛次はこれでもかと眉根を寄せた。

お栄ははてと首を傾《かし》げてやりながら、心内でふんと鼻を鳴らす。

底だけだと思っているのなら、余程おめでたいお頭《つむり》だ。お栄は意地が悪い。悪くなくてはならない。顔色ひとつ変えずに犬を殺せてしまえるほどに。

「ようく見さらせ」

寛次が懐から取り出した番付に目を滑らせると、寛次の役柄の上には小さく兼ルの文字が添えられている。兼ね役を全て立派に演じる役者は、番付の役柄の上に兼ルと記されるものだが、こんな役者がいや、まさか。しかし、よくよく見れば、兼ルの上に記されているのは、ちんまりとしたシの文字で。

「シ兼ル役者だとさ」

しかねる。なるほど、出来ない、難しい、不可能の意か。

この仕打ちにはお栄もちょっぴり同情をした。兼ルだと思わせてから、シ兼ルで落とすとは、どうにもいやらしい書き方をする。

「お怒りにはならなかったのですか？」

「すぐさま座元の鼻先に叩きつけてやったさ。だが、座元の野郎、シの文字はただの染み。兼ル役者にゃ嫉妬が付きもの。ここが寛次さんの踏ん張りどころでございます、なんて口端に笑

前にすすすと滑らされたそうで、座元が未だ寛次とのつながりを切る気のないことは、良かったと言えるだろうが、

役柄を増やしたことによる加役料《かやくりょう》に、役柄に不満の場合上乗せされる余内金《よない》は、寛次の目の前にすすすと滑らされたそうで、座元が未だ寛次とのつながりを切る気のないことは、良かったと言えるだろうが、

「たしかに、そそりのお扱いでございますねえ」

少しばかり憐れみも込めてそう言ってやれば、

「それもこれもすべては、てめえの旦那のせいだろうが」

向けられる顔は目玉が大きいから、ひどく恨みがましく映る。

「あいつがもっと大人しく死んでくれていたらよお」

そいつはお栄もそう思う。

あれは夏興行が幕仕舞いしてすぐのこと。扇五郎の屍体が川の土手近くの草叢《くさむら》から見つかった。死臭を嗅ぎつけたのか、体のあちこちを犬に喰い千切られ、おまけに首から上は行方知れず。扇五郎であることは、かろうじて体に貼り付いていた小袖の柄と脇腹にある二つ黒子から証《あか》し立《だ》てがされたものの、その死に因については皆が勝手に話を拵え、その下手人についても皆が勝手に仕立て上げた。中でも寛次を下手人としたお話は、扇五郎贔屓の口を介したせいで尾ひれに胸びれ、腹びれまでつき、寛次はお役人に扇五郎殺しのお取調べを受ける羽目になった。

結句、事件の顚末《てんまつ》といったら、わざわざ切り首を作らせてまで描かせた扇五郎の死絵はそれほど売れず、森田座古株の鬘師《かつらし》が一人消え、目の前にいる役者が一人、似合わぬ女形を舞台で

披露し、笑われているだけだ。

寛次は羽織っていたままの裲襠をふるい落とすように脱ぐと、そこらに荒々しく放り投げる。肌にぷつぷつと汗玉が噴き出しては流れていくが、湯入りの盥《たらい》を楽屋内に運ばせる気配はない。手拭いを用意しているところを見るに、寛次は楽屋風呂を使うつもりでいるらしい。

お栄は口端をそっと引き上げる。

芝居を見てそうであろうとは思っていたが、ここにきてしっかと確信をした。

女形の衣裳を手荒に扱い、女形は楽屋風呂を使わないとの小屋内での決まり事を守ろうとしない。この役者に女形を極めようとする肚はない。

ならばここに来た甲斐があるというもの。

「それでどうなのです」

お栄の問いかけに寛次は「あん？」と顎を向ける。

「あなたは扇五郎様を殺したのですか」

一瞬の内に、白粉の剝《は》げた顔に血がのぼる。

「馬鹿野郎！　殺していねえ！」

「あら、鬘師の前でそう白状をなさったとお聞きしましたが」

「俺ぁ、はめられたんだよ！　無理やりそう言わされた！　人気の鬘師だからと鬘を作らせてみりゃあ、鬘作りの間中、お前がやったのだそうだろうと詰めてきやがってあの爺《じじ》ぃ……」

その作ってもらった鬘も使う機会なく女形に役柄を変えられたのだから、お可哀想なことだ。

「あなたが扇五郎様をよく呼び出していたとのお噂もございましたが」

「あいつに、あまりでけえ顔をするんじゃあねえと、そう軽く脅しつけてやっていただけだ。あの野郎だっていつもの通りさ。応えた様子なんて微塵《みじん》もねえ。ただ黙って薄ら笑って聞いていた。変な素振りは何一つなかった」

寛次は手をつき前のめり、畳を叩いて訴える。

「俺は初めから言っている！　俺は扇五郎を殺しちゃいねえんだ！」

荒い息が収まるのを待ってから、お栄はすんなりと返す。

「ええ、そうでしょうとも」

大きな目玉が見開かれるのを見るのは心地よい。

「鬘師にはめられ、小屋内の扇五郎贔屓に槍玉に挙げられ、世間もその槍の穂先をやんやと囃し立て、あなたは扇五郎殺しに仕立てあげられた。しかし、蓋を開けてみれば、あなたが扇五郎様を殺した証はございません。私にはあなたが扇五郎様を殺したとはどうにも思えない」

ですからこうして参ったのです。お栄はしゃっきり姿勢を正す。

「扇五郎殺しの下手人捜しに手を貸してくださいまし」

今まで唾《つばき》を飛ばして捲《まく》し立てていたのが嘘のように、寛次はじいっとお栄を見る。

「同心らが調べているじゃねえか」

「あの木偶《でく》の坊《ぼう》らの調べを待っていたのでは遅すぎるのです」

今日の芝居小屋で、お栄の存在に気付く人間は一人もいなかった。『役者女房評判記』が刷られた際には、あんなにも指を差されて笑われたというのに。

扇五郎が死んで一《ひ》ト月《つき》が経つ。もうすぐ扇五郎への世間の興味は消えてなくなる。

「ですが寛次様、それはあなたにも言えるお話」

芝居は水物。やれ團十郎の助六《すけろく》がいい、やれ菊五郎のいがみの権太《ごんた》がいいと世間の波は絶えず動いている。ひとたび舞台に返り咲く時機を逃せば、二度と這い上がれまい。

「似合わぬ女形で散々遊ばれた挙句に、芝居小屋から放り出されましょう」

棒手振《ぼてふ》りにでもなればいい。お顔はいいのだ、周りが多少ちやほやとはしてくれよう。だが、檜《ひのき》舞台で四方八方から喝采を浴びていたその身では、到底物足りなくなるはずだ。

「違《ちげ》えねえ」

存外素直に頷く寛次に、お栄が口端を緩めた途端、

「だがなあお内儀。一つ教えちゃあくれねえか」

問いかけてくる寛次は、いやに甘やかな声を出す。

「似合わぬ女形で散々遊ばれた挙句に芝居小屋から放り出される、そんな落ち目の役者にあんたは一体どうして声をかけている？」

大目玉の上目遣いは、ぎろりと音がする。

「扇五郎殺しの下手人を捜すためなら、こうして楽屋に乗り込んでくるほどの熱の入れようだ。人を頼らずともお一人で調べを進めそうなものだけどなあ」

当たり前だ。お栄が動かぬわけがなかった。番屋へ毎日せっせと通い、大福や金鍔《きんつば》をしたま差し入れて、扇五郎殺しの調べを進めるよう同心らの尻を叩いた。しかし、男らは進展がないとそればかりで、ぶくぶく肥えてゆくだけだ。同心に頼るのでは駄目だ。お栄は思った。己で下手人を捜すのだ。だが己一人じゃ下手人に逃げられる。確実に捕まえるためには誰かの手

を借りねばならぬ。

「まあ、女一人じゃあ難しいものもあるだろうさ。だから、あんたは誰かに協力を仰ぎてえ。しかし、頼れるお人がいねえときたもんだ」

贔屓、芝居者には声をかけられない。どいつもこいつもお栄には怪しく見えてくる。そこで、そそりで除《の》け者にされている元立役に目をつけた。下手人の噂が立った時点で、この役者のことは散々調べたし、この役者が再び立役に戻ろうとの野望を持っているのであれば、己の疑いを晴らす必要がある。野望のある人間とならば、共に調べを進められる。この人間だけだった。お栄には寛次しかいなかった。

「扇五郎一心で誰も信じられぬままにここまでやってきちまった、そのツケかい。お可哀想になぁ。助けてくれる友達もいねえのかい」

尋ねられたその瞬間、袂の中に入れそうになった己の右の手を、お栄は左の手で握り締める。

「ええ」

頷き、お栄は寛次を真っ直ぐに見る。

「あなたと同じでございます」

寛次は暫《しば》らくお栄の顔を見つめていたが、

「仕方がねえやなあ」と言い放ち、白粉が半分流れ落ちた片足を畳にぶっ立てる。

「扇五郎殺しの下手人、この俺が見つけ出してやろうじゃねえか」

その姿に、お栄はほっと肚から息を吐き出すことができた。

明くる日、寛次の出る幕終わりに合力稲荷《ごうりきいなり》神社の境内で待ち合わせをした。石畳をわざとからころと言わせる下駄の音と、赤子を起こしそうなほどじゃらりとうるさい簪《かんざし》の音に振り返ってみれば、そこには大柄の女が立っている。

剃った額を隠すための野郎帽子《やろうぼうし》を頭に載せた女形の格好で現れた寛次の言うことには、これまでは外出時も頑《かたく》なに男の格好をしていたからこそ、女の姿でいた方が周りにはばれぬだろうとの肚らしい。

それにしても、とお栄は隣を歩く男の顔をそっとうかがう。それにしても、寛次の女姿は目を引いた。舞台でのねっとりと濃い化粧よりも、頬も目蓋《まぶた》も薄く刷《は》いた化粧の方が似合うのは、元の顔貌が良いからなのであろう。口調も元のままだが、その唇がほの開く瞬間にはどきりとさせられる。お栄は思わず目を伏せるが、地面にうつる鼻の影までもがその高さを訴えてきて、お栄は己の影をじゃりりりと踏んだ。

己と寛次、影の形はこうも凸凹《でこぼこ》していたが、下手人捜しの筋立ては木組みのようにぴっちり組み合い、お互い話が早かった。

人死にで面白い筋立てといったら、なんだ。そりゃあもちろん仇討《あだう》ちでございましょう。お互いが芝居者ならではの思案の合わせ方で、すっきり行き先は決まったが、しかし訪れた家は、筋立て通りの様相ではなかった。これが舞台の上に設けられた大道具であったなら、狂言作者が怒ってとんかちを投げ込むに違いない。

障子戸に括り付けられている風車はのどかに回り、家の前では子供が役者の顔の描かれた泥《どろ》面子《めんこ》で遊んでいる。この家からは憎悪のにおいがまるでしない。代わりと言わんばかりに鼻先に漂ってくるのは目刺しを焼くにおいで、こんな市井臭いものが役者の衣裳からにおってきてみろ、贔屓に半畳を投げつけられる。

くわえて、台詞《せりふ》だってひどいものだ。

「扇五郎さんを恨んでいるかですって？　いいえ、むしろ私は感謝しているのです」

障子戸を開けて現れた目当ての女は、お栄たちの訪いに驚いたが、元亭主の話を聞きたいのだといえば、すぐに家内《いえうち》にあげてくれた。

「扇五郎さんのおかげで、あの人の、茂吉《もきち》の性根を知ることができたのですから」

こちらへ湯呑みを滑らせてくる手つきは、楚々《そそ》としている。お園《その》と名乗るその口調もゆったりで、己が犯したはずの殺しを隠す焦りは微塵も感じられない。

「あの人は犬を殺しても、人を殺しても何も厭《いと》わないお人であったのです」

悲しそうに眉を下げるお園に、「だがねえ、お内儀」ずいと寛次が膝を寄せて、

「だがそれは、あの扇五郎に狂わされたせいじゃあねえか」

寛次は言いながら、こちらを目で制してきたが、お栄にはそんな気遣いなぞ必要がない。

茂吉は、たしかに狂わされたのであろう。森田座で細々饅頭を売っていた、しがない饅頭屋が扇五郎に心酔するあまり、扇五郎が舞台で使う饅頭の造形のために犬を殺し、そのうえ衣裳を扇五郎に貢ぐために若手役者を殺したのだから。

「茂吉は扇五郎にさえ出会わなければ、いい人間でいられたのかもしれねえぜ」

寛次はお園とぴったり同じだけ眉を下げるが、

「いいえ。茂吉は、はなからいい人間ではありませんでした」

お園は細い首で、だがしっかりと首を横に振る。

「己の饅頭を拵《こしら》える台所まわりしか見えておらず、家内のことは全く見えない気にかけない。稼ぎが悪いのを棚上げにして、時折行く泥鰌汁《どじょうじる》屋で家族三人鍋をつついて、子供にかりんとうを買ってやる、そんな幸せが何より大切だとのたまっておりました」

そんなわけがないでしょう、と吐き出すお園の声は一寸ばかし甲高い。

「本当は私は鯛が食べたかったし、平之介《へいのすけ》は金平糖を食べたがっておりました。そんな私らの肚内など探ろうともせず、泥鰌汁で満足する女房をいい嫁だ、かりんとうで満足する子供をいい息子だと褒めそやすあの人に、私は苛立って仕方がなかった」

しかしそんな素振りは一切出さずに毎夜迎え入れていた亭主が突然、犬の饅頭を作り始めた。冷たかった懐は急にかっかと火照り始め、お菜もお菓子も好きなものを購《あがな》えるようになったが、茂吉は口を開けば扇五郎が云々《うんぬん》かんぬんとそればかり。くわえて、野犬を見る茂吉の目に何かがよぎるようになった。

恐ろしかった。だが、それでも子まで生《な》した仲だ。情は少なからず湧いている。お園は仕事を終えて帰ってきた茂吉に訴えかけた。あなたは変わってしまわれた。どうぞ前のあなたに戻ってくださいまし。

「すると、あの人、どうしたと思います？」

お園は思わずと言わんばかりにくすくす笑い、

「犬を殺して帰ってきたのです！」

その大声に家の奥から子供が顔を覗かせた。「おっかあ……」とこわごわ掛けられる声が耳に入っていないのか、お園は前のめり「すぐさま子供を連れて家を出てやりましたとも！」と口端に唾の泡を拵える。

「もちろんのこと、あの人は私たちを追ってはきませんでした。人を殺して牢に入ったと人伝《ひとづて》に聞いたときには、たいそう嬉しかったものです。ああ、でも牢に入っている時間が勿体ない。牢の中で病でも貰って早くおっ死《ち》んでくれないかしら」

そこで、お園はあら、と口元に手を当てる。私ったらお客人の前でなんという口を。そっと恥ずかしそうに顔を伏せるが、もう遅い。その目の凄まじさはお栄の目蓋に貼り付いている。

「扇五郎さんが茂吉をたぶらかしてくれたおかげで、茂吉が肚に隠し持っていたものを知ることができました。私ね、家を出たあとで新しい亭主を持ったんです。とっても若くて、面皰のあとが可愛いお人。森田座で幕の内弁当を仕出している万久《まんきゅう》さんの出方をしております。その人との子が腹の中におります。私は今、とても幸せなのです」

口を挟むことの出来ぬお栄らに向かって、お園は口端を思い切り引き上げる。

「私が扇五郎さんを手にかければ、この幸せを己の手で壊すことになりましょう。そんな馬鹿なこと、するはずがございません。私が扇五郎さんを殺したとお疑いなら、いたく残念ではございますが、私はお力にはなれません」

お栄と寛次は横目の端同士で目を交わす。お園が下手人でないのなら、これ以上ここに長居する必要はない。畳に両手をついたそのとき、手と手の間に、何やら滑らされてくるものがある。

三角の耳がぴんと立ち、尖った鼻先には左右に三本ずつ髭《ひげ》の溝が細く引かれ、口からちろりとした舌を見せているそれは——

「犬饅頭」

お栄が思わず声に出すと、お園はええ、と柔らかに応える。

「茂吉の家は私の家でもありますから、あの人が牢屋敷に連れて行かれた後、新しい亭主を連れて移り住みました。茂吉の残したこの家には、菓子を作るための立派な台所があるものですから、近頃は菓子作りを楽しんでおりまして」

見れば、子供が部屋の隅っこで笊《ざる》に積み上げられた饅頭を貪《むさぼ》り喰っている。畳に入り込み、きらきらと光っているあの黒いざらめは、もしやかりんとうを潰した粉であろうか。

お栄は手元の犬饅頭に目を落とす。皿にちょこなんと座っている犬の形をした饅頭は、嚙んでも糖蜜の血が飛び出してくることもなさそうで、背骨にかりんとうが仕込まれている様子もない。茂吉が拵えていたものとは打って変わって、可愛らしい。

これまで幾人もの人生をひっくり返してきた菓子とは思えぬ愛らしさに、そおっと伸ばした指をお栄はその場ではたと止める。

わざとではなかろうか。

お園はわざと茂吉の拵えた犬饅頭とは、正反対に仕立てているのではなかろうか。

この犬饅頭は芝居外の人間による、芝居への怨み晴らしなのではなかろうか。

顔を上げると、お園は柔らかに、しかしうっすら細目を開けて微笑んでいる。

「芝居を生業《なりわい》にしていらっしゃる方々ですもの。犬饅頭はお好きでございましょう」

どうです、召し上がってはみませんか。

お栄と寛次の目の前にある饅頭の、そのどちらも口から舌がちろりと垂れていて、舌はいずれも真っ赤に塗られている。お栄と寛次は饅頭に手をつけることなく、家を出た。

外へ出てすぐに、お栄と寛次は二人して頭の内の筋書きに朱筆を入れる。

仇討ちものはちいとばかし廃《すた》れ気味。色恋での惚れた腫れたの恨みの方が芝居は格段に盛り上がる。お栄は寛次の足の長さに舌を打ちつつ歩を進め、たどり着いたのは大店《おおだな》造りの人気の仕立て屋。丹色屋《にしきや》の表は人波でごった返していた。役者の衣裳をもっぱら扱う店とあって、役者らの使いが着付けている小袖は色とりどりで、その赤は先ほどの犬饅頭の舌を思い出させる。しかしお栄は頭をぶんと振る。大丈夫。こちらの恨みは筋金入りだ。なにせ今から会う女仕立て師には、扇五郎憎しと芝居小屋に乗り込んできた悪行がある。

扇五郎のことでお辰《たつ》さんに用事があってと名前を出すなり、見習いの小僧はお栄らを店奥へと通してくれた。流石は流行《はや》りの繁盛店、襖《ふすま》絵に座布団と、どこもかしこも豪奢なものだが、案内《あない》された部屋は下《げ》の下で、ふん、と不満げに鳴らした寛次の鼻息にすら埃《ほこり》が舞う。腰を下ろしつつ、ふと視線を感じて顔を上げれば、見習いはこちらを向いている。お辰を呼びにいくことなく、そのますとんと膝を折る。

「姐《ねえ》さんには会わねえでいただきたい」

甲高く青臭い声に、お栄は思わず吹き出してしまいそうになる。見れば齢は十五、六。すました顔をしているが、その頬はまだ膨らみを残している。一旦息を整えてから、

「おや、どうしてでございます」見習いに小首を傾げてみせる。

「私どもをあなたの姐さんに会わせられない理由をお聞かせいただいても？」

「師匠が隠居をしてから、この店はお辰姐さんが回しております。今が姐さんの踏ん張りどころだ。あなた方のようなお外のお人にいらねえ茶々を入れて欲しくないんでさ」

「お辰さんの邪魔立てをするつもりはございません。私たちはただ、お辰さんに件《くだん》の扇五郎殺しについてお話を聞かせてもらいたいだけ」

優しくそう言い聞かせるが、見習いに耳を貸す素振りはない。それどころか膝頭をぴっちと合わせてお栄に牙を剝いてくる。

「そもそもどうして姐さんが疑われなければいけないのです」

お栄は右の口端だけで笑ってしまった。その理由で押し切ろうとするのはちょっと無理がある。

「おや、この店で仕立てた衣裳の持ち主の若手役者が殺された際、芝居小屋まで乗り込んできたのは、お辰さんだったではありませんか。あのときのお怒りたるや、そう簡単に収まるものではないでしょう。怒り余って扇五郎を刺してしまった。そうお辰さんがお申し出になっても不思議ではない」

「この世の皆が芝居小屋にいるようなねちこい人間だと思われては困ります。扇五郎への恨みなどとっくのとうに、からりと晴れている。扇五郎の名を出しても、姐さんは首を傾げてしまわれるのではないかしら」

あらまあ、思った以上にお頑な。はてさて、どうやって付け入るか。お栄が思案のために口をつぐんだのを見計らったかのように、金糸の光る小袖がお栄の目の前を横切った。

「いいや、お前の姐さんは覚えていなさるはずだぜ」

長い腕が日に焼けた小首にするりと回り、

「辛いわいなぁ。好きな男を殺されるってのはさぁ」

その下手くそな女形の台詞回しにはけちをつけたくなったものの、お栄は口を引き結ぶ。搦《から》め手はあちらの方が上手《うわて》だ。

「お前の姐さんの想い人、市之助《いちのすけ》を殺した下手人はすでに牢にぶち込まれちゃいるがね、そもそもの始まりは扇五郎の野郎さ。市之助殺しだって蓋を開けてみりゃあ、扇五郎の贔屓があいつのためにと市之助を手にかけたってえ筋書きだった。その上、市之助の衣裳まで扇五郎に持っていかれたんだ、姐さんも怒って芝居小屋に乗り込んじまうさ。そうして肩を落として帰ってきた姐さんを、お前はきちんと肩を抱くなり慰めてやったのかい」

問われて見習いは口籠《くちご》もる。肩を抱くだなんてと口をもごもごとやる姿は、もう見るからに初蔵《うぶぞう》だ。

「お前はお辰姐さんを好いているんだろ、守りてえと思っているんだろ」

寛次の畳み掛けに、初蔵はついに下を向く。

「姐さんが憎っくき扇五郎を成敗しに行ったその背中を見て見ぬ振りで、己の心内だけに仕舞っておく。その心意気、俺ぁはたいそう素敵だと思うぜ。だが、お前の心内だけに留めておくには、ちょいと重すぎやしねえかなぁ」

囁く寛次は見習いの口元に耳を寄せている。わななく見習いの口からは今にお辰の所業の色々が垂れ流されるのであろう。その中に扇五郎殺しに関わる何かがあればいい。

それにしても、とお栄は見習いのつむじを冷ややかに見る。

色恋が絡まるとこうも人は下手を打つのか。ほらやっぱり、色恋を絡めるのは舞台《いた》の上だけでいい。己が信じてきたやり方は、正しいものであったのだ――。

「お辰姐さんは才ある仕立て師ではございませんでした」

いきなり響いた芯ある声に、お栄は弾かれるようにしてそちらを向いた。するとそこにはしゃんと背の伸びた見習いの姿がある。

「あたしには才がない。突飛な思いつきで人をあっと驚かせるものは作られへん。あたしが作る衣裳はすべて凡《ぼん》衣裳になってまう。そう言って、毎日師匠の仕立てを喰い入るように見てておられました」

そんなお辰が初めて役者の依頼を請け負った。初めは市之助と衣裳の思案を打ち合わせるたびに顔を真っ赤にしていたが、あるときから、顔の赤は頬に移動してぽうと色づくのみとなった。見習いはお辰に惚れていた。色づくお辰の頬に、何やら胸のあたりがつきんと痛んだ。居ても立ってもいられぬようになり、気付けば衣裳はどんな塩梅《あんばい》ですかとお辰に聞いていた。

凡同士が集まったところでお師《し》様の衣裳の裾元にも及びまへんわ。お辰は笑う。

まあ、せやけども。お辰はちょっと眩しそうに目を細め、
凡凡衣裳ぐらいにはなっているんやおまへんか。

「姐さんにとって、市之助さんは想い人でもあり同志でもありました」

しかし、市之助は殺された。饅頭屋の茂吉によって。

「姐さんに残されたのは衣裳でした。しかし、それも失くしてしまった」

おいらのせいだ、と見習いは一瞬、先ほどの子供の顔に戻って、泣き出しそうな声を出す。

「おいらが衣裳を持っていく森田座の衣裳方を止められなかったから」

お辰が衣裳を取り返そうと森田座に乗り込んだと聞き、見習いは青ざめた。何かをせねばと思うのに、足が震えて動かない。そうするうちにお辰は、体中のあちらこちらに痣《あざ》を拵えて連れ戻されてきた。見習いは泣いて謝った。しかし、お辰は首を振る。

ええねん、これでようわかったわ。吐き捨て、お辰は赤らんだ目を一転、爛々《らんらん》と光らせる。

あたしにはもう衣裳しかあらへん。

「姐さんがこの世にしっぺ返しを食らわすには、もう衣裳しかないのです」

見習いは何かを確かめるように胸のあたりをそっと撫でた。しかし、その手を拳にして膝の上にぐっと置き、「その日から！」と声を張る見習いの喉仏が上下に動く。

「その日から姐さんは師匠の手ほどきを受けて、前よりも一層衣裳の仕立てに力を入れるようになりました。仕事も次から次へと受けまくった。姐さんに人なぞ殺している暇はねえ！」

今の見習いの顔は、頬の膨らみよりも眉の太さの方が目に入る。

「姐さんは散々揺れた。揺れたおかげでしゃんと立ち上がることができました！」

見習いは畳に両手をついた。浮き出る腕の筋がぴいんと張っている。

「姐さんはもう揺らがねえ！」

どうぞお引き取りを。

見習いが畳に額を打ちつけるその音は、拍子木よりもはっきりと聞こえた。

やはり筋書きというものは、芝居小屋の中でこそ使われるべきであったのだ。

お栄と寛次は、頭の内の筋書きの小屋外の場面全てに墨塗りしてから、通い慣れた森田座までの道を急いだ。その道中、己の袂がこうも軽いのが、お栄はなんだか落ち着かない。扇五郎は小屋内、小屋外に贔屓の多い役者であった。弟子は好まぬ質《たち》であったが、その代わりに扇五郎の着替えや飯の世話をする芝居者がわんさといた。そんな芝居者らに声をかけ、これで鰻でもお食べになってと、懐に金子を差し込んでやるのが役者女房の大事な役所《やくどころ》。小屋へ向かうお栄の袂はいつだって、金子でずっしり重かったのだ。

中でも、小屋表で客を呼び込む生業《なりわい》の木戸芸者《きどげいしゃ》に渡す金子には、懇切丁寧景気良くお色をつけた。おかげで、扇五郎の名前を読み上げる際は他の役者よりも喉を開いて、扇五郎の物真似は他の役者よりも長く演《や》ってくれた。お礼に五つ扇の紋入り長羽織を誂《あつら》えてやったが、ああ、あれは。お栄は、一寸息を止め、額を畳に打ちつける拍子木の如くの音を思い出す。あれは、丹色屋に仕立ててもらったものであった。

頭を振りつつ、お栄は寛次を連れて森田座の小屋表に回る。

散々金子をやって手懐けてきた木戸芸者だ。小屋内で扇五郎に恨みを持っていた人間の一人や二人、こっそり耳打ちしてくれるはずとの目論見だったが、いつもの木戸横に二人の姿はない。あたりを見回すお栄の背中に「これは末広屋のお内儀じゃあありやせんか」とかかる声がある。お栄は振り向き、

「美濃吉《みのきち》さん」

名前を呼ぶと、厳《いか》つい顔に似合いのしっかりとした声がまた返される。

「木戸芸者らになんぞご用でございますか？　今は支度《したく》にかかっておりますので、こちらでちょいとお待ちなすって」

このお人の変わりようには、いつまでたっても驚くばかりだ。夏芝居あたりでは始終びくびくとしている楽屋番であったのが、たった二《ふ》タ月《つき》で成り上がり、今では楽屋番頭《がくやばんがしら》、楽屋番をまとめる頭《かしら》である。美濃吉はお栄らを楽屋口へするりと通して、小部屋を一つ用意してくれる。舞台に並べる提灯《ちょうちん》や看板を入れておく物置には、この時間、滅多に人はやってこない。この気遣いにお栄が礼を口にすると、いやなにと美濃吉は白い歯を見せる。

「お内儀のお元気そうなお顔を拝見できて、ほんにようございました。ですが、お内儀のお隣が寛次さんとは、あっしはもう、びっくり仰天で」

名前が出たというのに、寛次は知らん振りで湯呑みに口をつけるのみ。お栄は横目で濡れもしない唇を盗み見る。この目立ちたがり屋がこうも大人しいのは、先日楽屋番らと起こしたあの揉め事のせいかしらん。鬘師に扇五郎殺しの濡れ衣を着せられた寛次は、扇五郎贔屓たちに引っ立てられたことで堪忍袋の緒をぶち切って、殴るわ蹴るわの大立ち回りであったらしいが、それをこの美濃吉が収めたのだという。頭への抜擢《ばってき》もその捌《さば》きようが一因にあったと聞いている。

「表方裏方らの悪行には、今思い出しても血の気が引きますよ。名題役者に手をあげるなんざ、芝居国の中じゃあ無礼打捨《ぶれいうちすて》。腹切りに値する。堪忍くだすった寛次さんのお心の広さに、あっしは感服いたしやした。そういや、あっしが楽屋番であった頃も、寛次さんにはあっしの粗相を色々とお許しいただくばかりで」

寛次が耳をほじるふりをするのは、何かやましいことがあるからだろう。さては楽屋番に横柄な態度であったか、無理難題を言いつけたか。何も知らぬお栄でさえ、言葉にたんと塗り込まれている皮肉に気づいたが、そそりの寛次は言い返せる立場にない。それに、今は寛次のことなどどうでも良い。お栄は美濃吉の口を見つめて、膝から手を動かさない。

「ただ、あの表方らの結びつきには、目を見張るものがありましたなぁ」

お栄は耳に力を込める。

「それもこれもすべては扇五郎さんのお力ゆえだ」

ああ、そのお言葉を待っていた。

「芝居のためなら犬を殺すことを厭わない。そうかと思いきや、時折お胸のあたりをきゅっと押さえて心苦しそうなお顔をされる。そうまで芸に身を捧げているお姿を見せられては、惹かれちまうのが芝居国に住む者の性《さが》だ。なにか己にできることはないかと探したくなるもので」

思わずお栄の口からほうっと安堵の息が漏れて出た。美濃吉の語る扇五郎のお姿は、これまでお栄が見てきた扇五郎の姿とぴったと合っている。

「実はね、お内儀。茂吉を市之助殺しの下手人として暴いたのも、あっしら小屋内の扇五郎贔屓だったんですよ。木戸芸者の狛助《こますけ》、金太《きんた》に衣裳方の陣平《じんぺい》、そしてこの美濃吉です。これも扇五郎さんを慕うがゆえでした。己らで調べを進め、下手人が分かった勢いそのまま扇五郎さんへ伝えに行ったんですがね、これが皆でするすると言葉が出る。まるで一つの台詞を順繰りに話している心持ちでございました」

お栄には不安に思うところがあったのだ。

いつからか扇五郎が、現の草履も小さいものを履くようになっていたこと。いつからか扇五郎が薬入れを持ち歩き、傷一つない指先に薬を塗り込むようになっていたこと。

「あっしは元々喋りが下手くそで、下手をこかねえようにと言葉を口にするたび、びくびくしていたんですがね、このとき、あら、あっしの口も捨てたもんじゃねえと気付かされたんです。それから、あれよあれよという間に楽屋番頭だ。あっしの出世は扇五郎さんのおかげです」

だが、己の知らぬ扇五郎の肚の中を誰も見ていない。誰にも抜け駆けはされていない。

「だからね、扇五郎さんが亡くなった時、あっしはひどく落ち込んだ。小屋の皆の嘆きっぷりったら、なかったですよ」

ずずと洟《はな》を啜《すす》る音に我に返った。いけない、とお栄は己の手のひらをついっとつねる。己が今捜しているのは扇五郎殺しの下手人だ。

「それは本当のことですか」

膝頭をずりりとやって、美濃吉に詰め寄る。

「嘆いているとは口ばかりで、小屋内には扇五郎様が死んで喜んでいるお人もいたのでは」

だが、美濃吉はいいや、と首を横に振る。

「妬《ねた》み嫉《そね》みは散々売られてはいらっしゃいましたがね。市之助を殺したとの噂が立ったときだって、少なくとも森田座内の人間は、誰一人として扇五郎さんが手にかけたなんぞ思っちゃあいませんでしたよ。あの人はどうしたって皆に愛される。役者の鑑《かがみ》とも呼べるお人でありました」

じゅんと下目蓋《したまぶた》が熱くなる。しかしお栄は己の睫毛《まつげ》の短さを知っているから、涙が溢《こぼ》れぬようぐっと我慢する。すると、運よく木戸表から客の呼び込み声が聞こえて、三人揃って首をそちらに向けた。木戸芸者らの支度はとっくのとうに終わっていたらしい。美濃吉から話は聞けたが、ちょっとご挨拶でも、と腰を上げるお栄に対して、寛次はまたぞろ飲み干している湯呑みに口をつけようとする。じと目で問えば、寛次は唇をへし曲げて、

「狛犬らにきゃんきゃん吠えかかられるのは、たまったもんじゃねえからな」

自嘲を含んだ言葉に「狛犬？」と美濃吉は首を傾げ「ああ、狛犬芸者のことですか」。

少し笑って、

「今、森田座に狛犬はおりませんよ。狛犬の一匹である狛助が辞めてしまいましたからね」

「え、狛助さんがですか」

声色《こわいろ》と読み立てがうまい狛助に、身振りと顔がいい金太。名前を並べて真ん中をずっぽり抜けば狛と太で狛犬、太と犬で点がずれているところもご愛嬌の阿吽《あうん》の二人。笑うと犬歯がちょろ見える狛助は、木戸芸者という生業に誇りを持っていたように見えていたが。だが、扇五郎が死ぬ半月前には芝居町から去っていたのだと美濃吉は言う。

「ある朝、木戸台に現れないので、あいつの住む長屋へ人をやってみたら、もぬけの殻だったそうです。五つ扇の羽織が一枚畳まれ置いてあるのみ。金太に聞いても知らぬというし、あいつはどこへ行ったのやら」

ふうとため息をひとつ吐いてから、湯呑みを口に運ぼうとする腕を、お栄は咄嗟に摑んだ。きょとりと寄越してくる目玉がお栄は少し恐ろしい。

どうしてそこで一服をおつきになれる？

目を見張るほどの結びつきとは、消えた仲間の安否をため息ひとつでさて置ける間柄のことを言うのだろうか。寛次も何かしら思ったようで、へっと口元を歪《ゆが》ませて、

「市之助殺しをともに暴いた仲間の消息も気にならねえとは、扇五郎贔屓は絆が深いこって。羨ましいかぎりだねえ」

こん、と煙管を煙草盆に打ちつける。その音にはっとしてお栄は美濃吉の腕から手を離した。さすがは扇五郎と看板を並べた名題役者だ。間を差し込むのがたいそううまい。ゆるりと寛次は続ける。

「それに引き換え、見てみねえ。これまで贔屓だった野郎どもから、笑われるこの俺様の可哀想なこと」

よよよと袖口で目元を拭う寛次はやはりなっちゃいないが、助けられた身だ。黙っていようと目蓋を閉じたが、あはは、とやけに大きな笑い声にお栄は目を開く。

「寛次さんったら、おかしなことをおっしゃいますね。木戸芸者らが今も扇五郎さんの贔屓でいるわけがないじゃないですか」

「は」

思わず喉から飛び出たお栄の声に、美濃吉も「え」と声を返す。

「そりゃあそうではありませんか」

素《す》っ頓狂《とんきょう》な美濃吉の声音は、小さな物置の中でよく響く。

「扇五郎さんは、そりゃ素敵な役者ではいらっしゃいますがね。もう過去のお人になってしまわれた。浮世絵、団扇《うちわ》絵だけで愛《め》で続けるのはちと難《すさ》しい」

その言葉が耳たぶに触れるのが嫌だった。お栄は退るようにして立ち上がる。そのまま首をぐるりと動かせば、どうして己は部屋に入ったときに気づかなかったのか、以前はあんなにも所狭しと置かれていた五つ扇の入った提灯、看板、団扇に手拭い、何もかもがすっかり消えてなくなっている。

「おや、お内儀たちはようくご存じのはずだと思っておりやしたが」

言いながら、美濃吉は寛次の目の前にある煙草盆を煙管の先で引っ掛け、引き寄せる。役者が吸い付けている煙草盆を奪うなんぞ、芝居国の中じゃあ無礼打捨。腹切りに値する。だが、寛次が何も言えぬのを、この楽屋番頭は知っている。

「芝居ってのは、そういうものでありましょう」

ふうとこちらに吹きかけた煙管の羅宇《らう》に、もう五つ扇は舞っていない。


ここまでくるともう、どうか恨みを持っていてくれとの一心で、床山《とこやま》部屋の襖に二人して手をかける。思い通りに進まぬ頭の内の筋書きはすでに火にくべていた。

鬘を作ってやると自ら持ちかけ、その寛次の鬘を拵えている間中、お前が扇五郎を殺したのだろうと耳裏からひたすら言葉を吹き込んだ、その鬘師のお心には扇五郎への執着なり何なりがあるだろう。あるはず、あるに違いない、と鼻息荒く床山部屋の中の一人に声をかければ、

「柳斎《りゅうさい》が今いる所ですか。あの人は気を病んでどこぞの寺に入れられておりますよ」

鬘を載せた頭形の台がいくつも並び、それらに髪を植え付けていく男らもずらずらと並んでいる中、入り口近くで鬘の髪を梳《す》いていた男が、こちらに目を寄越す。まるで髪の毛が舌に絡んでいるかの如く鬱陶しそうな物言いには怯《ひる》んだものの、お栄は男の横に尻を下ろして、膝を畳む。

「気を病んだ？」

「ええ。柳斎は最上の鬘を作るため扇五郎の頭を切り取って、その頭から抜いた髪を鬘に植え付けたのだと言い張っておりましたから」

お栄は寸の間、息を止める。

たしかに草叢から見つかった扇五郎の屍体に頭は無かった。体は野犬の嚙み跡だらけで、おそらく頭も犬が持っていったのだと思っていたが――。

顔色を変えるお栄を見、いやいや、お栄さん。鬘屋は右の口端を上げて、嘲りの滴る言葉を渡してくる。そんなもの、柳斎の妄言、嘘に決まっているではありませんか。

「証し立てとして、拵えた鬘をひとつ持って来ましたがね。その鬘の髪ったら、こしもなければ艶《つや》もなし。あんな髪が扇五郎さんのお髪《ぐし》であるはずがありませんよ。そう言ってやりましたら、薄い髪を必死に逆立てて怒髪天《どはってん》だ。ならば髪を抜いた扇五郎の本の頭を見せてやると、家から桶《おけ》を抱えて持ってきましてね」

鬘屋は髪を梳く手を止めず、ひたすらに口を動かす。

「桶の中、何が入っていたと思いますか」

お栄と寛次が答えぬうちから、己で先に答えを出す。

「人の頭骨だ。それにべったり肉がこびり付いておりました。肉は腐っていたのか、桶蓋を開けた途端ひでえ臭いが部屋中に広がりましてね。おかげで部屋に置いていた鬘を全て、新しい鬢《びん》付け油で結い直す羽目になりました」

「その頭はどなたのものだったんですか」

「さあ、どこの屍体から頂戴したのかは知りませんがね、そんな素性の知れない頭に、芝居小屋に居座られては困ります。頭の入った桶ごと隅田川に捨ててやりましたら、柳斎ったら年甲斐もなく、泣きわめきましてね。芝居町一の鬘師も、ああも耄碌《もうろく》しては終いですね」

お栄はもはや、ぼうと鬘屋の手元を眺めていることしかできないでいる。目当てにしていた柳斎が寺へ入れられたのは今から半月ほど前。現と虚《そら》の区別がつかぬ言動を繰り返し、寺を転々、大坂へ送られたとの噂もあって行方が知れない。追いかけてみたところで、数回しか顔を合わせたことのないお栄に柳斎が分かるかどうか。途方にくれるお栄なぞ気にした風もなく、鬘屋は舌を動かし続ける。

「近頃の芝居では、現に近ければ近いほどいいなんて評がまかり通っちゃおりますがね。この一件で私は写実にすぎることの恐ろしさがようくわかりましたよ」

ゆっくりと言い立てながらも、油でてらりと光る指先は鬘の髪を強く引っ張り、鬘の頭の皮は浮いている。

「もとより鬘は人の髪の毛を使うものではありますが、写実がいいだなんだと言って死んだばかりの頭を持って来られては話が変わってくる。生々しくって気色が悪い。そもそも写実であればあるほどいいのなら、人殺しが役者をやりゃあいいんです」

鬘屋が手を動かすたび鬘の毛がぷつりぷつりと千切れているが、鬘屋はそれに己で気づいていない。

「柳斎がその鬘を使っておこなった鬘比べだって蓋を開けてみりゃあ、屍体の髪の毛を使うことなく拵えた、梅之助《うめのすけ》さんの鬘が見事勝ったんですから」

あの扇五郎さんだって。

そこで一旦言葉を止めて、鬘屋はようやくお栄を見た。

「扇五郎さんが殺した犬の血を舞台に使ったのだって、己には芝居の腕がないと自ら申し出ているようなものではありませんか」

押し込んでいた発条《ばね》が弾けるようにしてお栄の腰が上がった。そのまま目の前の若い男に摑みかかろうとするが、どうにも前に足がゆかない。見れば、白粉がまだらに塗られた太い腕がお栄の小袖の裾を握っている。寛次の目が言う。揉め事を起こすんじゃねえ。お栄は真っ直ぐ目を返す。そんなこと百も承知だ。だが己は役者の女房だ。ここで嚙みつかずしてなんとする。

しかし、油が舌に垂れでもしたのか鬘屋の口は止まらない。

「才ある方々にはたいそう生きづらい世の中でありましょうなぁ！　屍体の頭から毛を引っこ抜かねば気が済まない。犬の血を使わねば気が済まない。しかし世間様には許してほしい」

だって、あたしらは天才なんやもの！

生っ白《ちろ》い喉を張り上げる鬘屋に、知らんぷりを貫いていた同部屋の男らもさすがに寄ってくる。

「柳斎の野郎は最後まで俺の名前を口に出すことはなかった。ずうっと爪とそう呼んでいた。才のねえ人間は名前を覚える価値がねえんだと。違《ちげ》え違え。ありゃあただの耄碌だったのさぁ！　言い渡された鹹も爺ィの呆けであったと呼び戻されて、ほうら、見さらせ！　天才鬘師様のつくった大事な大事なお鬘を今、弄《いじ》くってんのはこの俺さあ！」

柳斎への恨みだけでない。お栄は思う。この鬘屋は柳斎への鬢付け油よりもねちこい恨みがあんまりに根に染み込んで、才ある者への恨みにまで広がり、止まらぬようになっている。だから言ったじゃねえかと語る寛次の指先に袂を強く引かれて、お栄はお仲間に押さえ込まれている鬘屋へ背を向けた。すると、

「そういえば、あんた方、扇五郎を殺した下手人を捜しているんだったなあ……」

床に落ちている髪の毛を巻き込むようにして、声がこちらに這ってくる。

「教えてやろうか、犬だぜ犬犬、犬っころ。己がまわりと違っているところを見せようとして、犬なんて殺すからだ！　扇五郎が死んだのは、犬の祟《たた》りにあったからに違えねえ！」

一瞬の内に、頭の天辺まで血が上った。

「その無礼な口を閉じなさい！　そんな理由で扇五郎様が死ぬわけがありませんでしょう！」

かろうじてそう返せたが、すぐさま寛次に羽交い締めにされ小屋を出た。


お栄は腹が煮えている。

扇五郎殺しの下手人だと当て込んだ人間らは、すべて目論見違いであった。いやいや、初手で下手を打っただけ。まずは殺しの手がかりを探すのが肝要であったのよ。そう己に言い聞かせ、扇五郎の屍体が見つかった河原にやってはきたが、河原は全く賑わっていない。芝居町の近くを通る川であったなら、立ち寄る贔屓もいたはずなのに、扇五郎様はどうしてこうも寂れた川で殺されなすった。

川水は清くも濁ってもいないどっちつかず、川近くの岩はどれも大きく不格好。橋は欄干《らんかん》が腐りかけ。足裏に石粒の粗さを感じる土手で、寛次と二人並んで立っているお栄の腹はふつふ

つと煮えている。

贔屓め、一人くらいは役者絵を持って来て、生前の扇五郎を思い出して涙を浮かべておれ。子供め、そうも河原で長閑《のどか》に楽しく遊ぶんじゃない。草叢め、扇五郎様への手向《たむけ》の花の一輪ぐらいは咲いていろ。

お栄は目に映るすべてが憎らしく思えてくる。そして、お栄はこんなにもわかりやすく煮える己の腹にも、心底腹が立つ。あの人の肚は未だ分からぬままだというのに。

「おいおい、お内儀。大見得きって俺を連れ出したくせして、もう打つ手がねえってわけじゃあるめえな」

隣から寄越してくる声の持ち主が、にやにやとした笑みを口元に貼り付けていることなぞ見なくともわかる。

お栄はその場で下駄を脱ぐと、そのまま裸足で土手を降りる。

「聞き取りから始めようとしていたこと自体が間違っていたのです」

石粒が足裏を刺す痛みに負けぬよう、自然と声は大きくなる。

「まずはあのお人の死場所を探るべきでありました」

どうしてか寛次は黙ってお栄についてきた。なんでもない顔を作っておきながら、こわごわ降りるお栄の腕を取れるところに立っていることに腹が立つ。お栄は膝をついて四《よ》つん這《ば》いになる。草叢の中に目を凝らしていれば、寛次が自然な素振りで草叢の中の石ころを遠くへ蹴飛ばしている、その気遣いに腹が立つ!

「女子の扱いをしなさいますな!」

立ち上がり、お栄は飛びつくようにして寛次に摑み掛かった。

「私はそういった気遣いをされるような女子ではない。扇五郎の、役者の女房なのでございます！」

しかし、襟口を握る両手に力を込めても、寛次の、男の体はびくともしなかった。男は耳穴に小指を差し入れて、

「うるせえな。耳元で騒ぐない」と太く凜々しい眉根を寄せる。

「なんで俺がてめえを女子扱いしなくちゃいけねえんだよ。てめえが一人勝手に、これは女子らしいこと、これは女子らしくねえことと区別して、騒いでいるだけじゃねえか。それとも何だい、お内儀は女子の如くの扱いをされて嬉しくて舞いあがっちまったのかい」

「違います！　違います、私はただ」

「てめえが他の誰よりも、己が女子であることにこだわっているんじゃねえか」

吐き捨てられて、お栄は口をつぐんだ。少し考え、そのままお栄はぐっと唇を嚙む。たしかに、そうであった。女子であることを厭うお栄の頭の中には、隠れるようにして、だがいつでもずうっと、流行りの小袖で着飾り、目蓋に綺羅を刷き、唇に紅を引いた己がいた。

「それに俺は男の役柄を演ったつもりはねえ。今の俺は女子だから、てめえとは女子同士。さっきのは女子から女子への気遣いなんだよ。俺ぁ、いや、わちきは女房役者なんだからさあ」

紅を引いた唇を尖らせる寛次に、お栄はぷっと吹き出した。一緒に肚に溜まっていたものまで抜けたのか、なんだか腑抜けた体に川の上を走る風が通って心地よい。先ほどは、ああも河原をこき下ろしたが、風だけは良いのかもしれぬ。お栄と寛次は二人して川を眺める。

「ずっと不思議には思っていたんだがな」と寛次はお栄に問うてくる。

「お内儀は何のために扇五郎を殺した下手人を捜しているんだ？」

立役をしていたときは、あんなにしゃがれた声であったというのに。

「扇五郎を殺した下手人を捜して何をしたい」

こうも柔らかな声が出せるようになったのは、曲がりなりにも女形を演ったおかげであろうか。そう思うとお栄の口端はゆるむ。

「よくも私の夫を殺しましたな、嗚呼《ああ》憎らしい、殺してやりたい。などといった心持ちではないのです」

ゆるんだ口端から言葉が自然と溢《こぼ》れ落ちてくる。

「私はあの人を殺した下手人を捜し出して、そしてその下手人に聞いてみたいのです」

「何をだよ」

「あの人の最期はどんな様子であったのか。あの人が息絶えるその前に残した言葉は何であったのか」

寛次の前であると、肚の底に仕舞い込んでいた言葉がこうもするりと出てくるのはなぜだろう。

「一日かけて色々なお人の話を聞いて、私はしみじみとわかりました。扇五郎様はこれまでたくさんのお人らを狂わせて来られたのでしょう」

饅頭屋、仕立て師、木戸芸者に鬘師。芝居小屋の内、外かかわらず数多《あまた》の人間を。

物言いたげな寛次の視線を受けて、お栄は頷く。

「ええ、私もその一人」

よくある縁付きの形であった。三下《さんした》の役者の元に、三下の役者の娘が嫁ぐ。見目の悪い女子の上がり目にしては上上だろうと、夫となった男の家で三つ指をついてみれば、夫は悪いねぇ、と心底気の毒そうな顔を向けてきた。わたしはもうとっくの昔に芝居と縁づいちまっている。だからお前はどこまでいっても二番手だけど、それでもいいかい。お栄はそれを聞いてひどく白けた。そんな情の薄い台詞を言ってしまえる己が格好いいとでも思っているのか。ああ、自分はとんだ己酔いしている阿呆に嫁いだものだ。

しかしある日、夫は烏《からす》を殺して帰ってきた。部屋の中で、烏の血を、雛と大人でそれぞれ茶碗に入れて並べて、腕を組んでいる。

「ねえ、お栄。どちらが板の上で映える色だと思う？」

そう言って己を覗き込んできた目の色を、お栄はとても綺麗だと思った。ずっとお側で見ていたい。ついていきたい。この人の女房の座を誰にも渡したくない、とそう思った。

だから、お栄は女子を捨てた。

女やら男やらのそんな枠に、はめ込まれぬようにしなければ。はめ込まれては、お栄は間違いなく負けてしまう。この世には見目美しい女はいくらでもいる。お栄は、お栄にしか座れぬ場所を作り上げ、それにしがみついていなければいけないのだ。

お栄は、扇五郎が烏を殺したその夜、白粉をすべて捨てた。女の顔作りの指南書である『都《みやこ》風俗化粧伝《ふうぞくけわいでん》』を破いている間にも、扇五郎はせっせと烏を殺した。烏の血のおかげか知らぬが、扇五郎は役者として名を上げていく。いい役につけばつくほど、血を使う場面が多くなる。烏では賄《まかな》えなくなってきたので犬を殺した。すると犬殺しが客にばれ、だが、思わぬことにその犬殺しがさすが役者の鑑だと客に受けた。ついに扇五郎は江戸では五つ指に入るでっけえ役者となった。そんな夫を支えるべく、お栄は夫の芝居のあれやこれやを手元の手帳に書き連ね、寄ってくる女子がいればあの手この手で追い払い、犬を殺して血を搾った。

「ただ時折考えるのです。扇五郎様に嫁《とつ》がなければ、私には違う人生があったのだろうかと」

お栄はある日から客席に尻を置いてすぐ、ぐるりと首を回すようになった。ぐるりと首を回して、一人の女子を探すようになった。ただ礼を言うだけだ。袂の中の紅板を弄《いじ》りながら、己に言い聞かす。紅を褒めてもらったその礼を。謝ろうなぞとは考えちゃあいない。でも、もしも。何かの拍子に、ふとしたことで、犬殺しを目の当たりにさせてしまったあの日のことを謝れるのなら、あの娘と仲良く化粧の品を選ぶ人生があるのかもしれない。

「ですが扇五郎様は死んでしまわれた」

芝居小屋の看板から、店先の絵図から、人々の口端から日に日に消えてゆく扇五郎に、お栄は怒り、そして誓った。

「私は最期まで今村扇五郎の女房でいようと。私だけは扇五郎を守らねばと。だからこそ、私は知らねばならないのです」

お栄は清々しく言い放つ。

「あの人の性根はどれが本当であったのか」

芝居のためなら笑みを浮かべて犬を殺せる芝居狂いか、芝居のためなら仕方なく涙を浮かべて犬を殺した芝居奉公か、はたまた、そのどちらでもなかったのか。

「死ぬ間際ぐらいはそれをお吐きになったはずだから」

噛み締めるように言って、お栄は己の喉を冷やすように手を当てる。

「申し訳ございません。肚の内をこうもべらべらと晒《さら》して、はしたない」

寛次はお栄を笑いはしなかった。ただ、

「さすがは役者の女房だ。肚の奥底にある本性を語って見せるその姿。まるで性根場のようだったぜ」とぽつりとこぼした。

それから、性根場か、ともう一度繰り返してから、そうか、とつぶやく。

「すべて芝居の手法、仕内《しうち》なんだよ」

寛次の声は喉の一等深いところで出したように低く、そして少し震えている。

「……なんです？」

お栄が片方の眉を上げると、

「茂吉は見顕《みあらわ》し」

お栄は芝居についての話が早いことで扇五郎の横にふさわしくあろうとした人間だ。だからこそ、寛次の大きな口から溢れてきた言葉には、すぐに説明書《せつめいがき》をつけることができる。

見顕しとは、本性を隠し別のお人に成りすましていた人物がその正体を暴かれる、あるいは自ら名乗って本性を顕わすといった芝居の仕内。

「お辰はおこつき」

舞台の上でけつまずく動きのことを言う。挫折や戸惑い、色気などの内面の揺らぎを表すが、その場でぐっと踏みとどまり、しゃんと立ち直るところまでを含めて言う場合もある。

「狛助ら木戸芸者どもは渡り台詞」

複数の人物がつぎつぎと台詞を受け渡してゆき、最後は同時に同じ台詞で締めくくるという、これぞ歌舞伎といった御様式。

「鬘師柳斎は生写《しょううつ》しだ」

できるだけ現に寄せた芸を尊ぶ流行りのこと。あまりに生々しいのは「おなま」と言って嫌われる。すべて芝居は虚事《そらごと》の中の実《まこと》でなければならないとされる。

そうやって、お栄は言葉がすらすらと頭に浮かぶけれども、

「けれど、それがなんだと言うんです」

寛次の目玉はなにかに追いつこうとするように忙《せわ》しく動き、それがいきなりぴったと止まる。

「あの野郎、仕組みやがったな」

「仕組んだ？」

訝《いぶか》しげなお栄の声なぞ耳に入っていないのか、寛次はそうだ、そうだよ、と声を荒らげて繰り返す。その口元にはわずかに笑みが灯っている。

「やりやがったな。現に対して芝居を仕掛けるとは」

「ですからそれは一体どういう……」

いい加減、苛立ってきたお栄が言葉を言い切らぬ内に、

「なあ」と突然差し込まれた声は寛次のものではなかった。まだ喉仏に邪魔されることなく、つるりとした舌足らず。お栄と寛次は互いに目を見交わして、そのまま下へと目線を下げれば、小さな子供が一人、こちらを見上げている。汚らしい子供であった。齢はおそらく十にならぬほど。着物は襤褸布《ぼろぎぬ》、体をわずかに動かすだけで垢《あか》の擦れ落ちる音がする。手足は歪に長く、

骨や肉が育ちたいのにそれに貼り付く皮が阻んでいる。どこぞで見たことがあると思いきや、なんということはない。先ほどまで河原で遊んでいた子供だ。

爪の間まで垢《あか》の詰まった手を伸ばし、ん、と白い紙を差し出してくるその男の子に一瞬、眉根を寄せてしまうが、

「ここで死んだお人から頼まれた」

ぼそりと小さい口から落とされた言葉に、え、とお栄は目を見開いた。寛次がその紙を子供の手からひったくる。広げられた紙の上に目玉を押しつけるようにして睨《ね》めつけていたかと思うと、いきなり右の手のひらを己の額にぱしりと打ちつけた。そのまま下を向き、へへへと笑い出す。

「……扇五郎殺しの下手人は、はなからいねえ」

「どういうことです？」

「扇五郎はな、己で死んだんだよ」

お栄は寛次の手を掻き毟《むし》るようにして、紙を奪った。変に生温く黄ばんでいる、手のひらに収まる大きさのその紙表にはたった一筆、
己死に。ゆえに下手人なし。

そう書かれていた。お栄は息を呑む。止めはね美しく、意味ありげに字の横に墨が垂らされたその筆跡を、このお栄が見間違えるはずがない。

「あなた、一体これをどうしたの！」

お栄が喉を張り上げた声に、子供は少し後ずさった。しかし、くっと唇を噛み、すうはあ小

さく息を吸い吐き、

「あんたに渡してくれと頼まれた」

声がわずかばかりに芯を持つ。

「おいらは親なしだ。二親《ふたおや》は流行り病でおっ死《ち》んだ。橋の下を寝ぐらに、川から流れてくるもんを売ってつくった銭《ちゃん》ころで、どうにかこうにか暮らしている。あれは一ト月前のこと。草木もお眠《ねむ》な丑《うし》三つ時。お地蔵さんの供え物を食って帰ってくると、橋の上に誰かがぽつねん立っている。顔は見えねえ。でも、そのお人はおいらを手招いて、いきなりおいらの手のひらに文をぽとりと落とすんだ。そのお人は言った。一ト月経ったら、ここに細っこい女子が来る。そいつにどうか渡しておくれ。おいらが顔をあげたときには、そのお人の足は橋の欄干にかかっていた。おいらがあっと言う暇もねえ。そいつは橋の上から身を投げた」

子供は一度目を瞑《つむ》り、何かを思い出すかのようにほんのり目蓋を押し上げる。ひび割れた唇の端がやわやわと緩んで、

「そのお姿、ほんに綺麗でありました」

ぞぉっとするほど艶のある声だった。

「次の朝、河原を見れば、草叢の中に屍体があった。つついてみたけれど、体はぴくりとも動かねえ。犬に喰い千切られてお可哀想であったから、おいら、近くにいたお人を呼んだんだ。なあ、泥面子と同じ顔をしたお人がここに倒れているよってさ。そしたら、みんながわらわらと集まった。そのまま屍体をどこぞに運んで行ったというわけさ」

子供がほうと息をついた音で我に返った。子供とは思えぬ語り口は、尻に半畳を敷きたくな

ったが、お栄は己の手元に目を落とす。

こいつを森田座へと持っていけば、江戸を動かしている潮目が変わる。金の亡者である芝居小屋がこの文を使わぬわけがない。芝居を上り詰めた役者が己で己を殺したその理由を皆こぞって書き立てる。瓦版《かわらばん》は江戸中にばら撒かれ、扇五郎人気は息を吹き返すに違いない。

しかし、お栄には分からない。扇五郎さんはなぜ死んだ。なぜ己を殺しなすった。黙りこくるお栄に、隣の男がゆっくり口を開く。

「役者の業《ごう》さ」

お栄は寛次に顔を向ける。しかし、寛次の通った鼻筋は真っ直ぐ川を向いている。

「あの野郎はもう、周りのすべてを芝居にしなけりゃ気が済まなくなっちまっていたんだろうなぁ」

お栄にはまだ分からない。

「芝居にするとはどういうことです」

「周りのすべてを芝居の手法、仕内に仕立てあげたということさ。饅頭屋、仕立て師ら皆こぞって扇五郎の仕内に使われた。その中には己自身も入っているのさ。扇五郎の最期の死に様。ありゃあ橋掛《はしがか》りだ」

言って、寛次はお栄の説明なぞ待っておられぬとでも言うように、己で己の言葉に重ねる。

「橋掛りってのは、今日《こんにち》の花道が出来る以前に舞台にかけられていた、役者が出入りに使う通路のことだ。こいつは時折欄干をつけてつくられた。そして、お能じゃあ、橋掛かりはこの世とあの世を結ぶ。芝居の檜舞台が能の舞台を基に作られているのは、あいつも知っていたはずだ。だから、扇五郎が橋から身を投げたのも、そういう見立てであったんだろうさ。そんでもって、己が死んでから俺に明かさせるのだって、あいつの仕立ての内だった」

「そんなことをして、何の意味があるというんです」

「意味なんてねえのさ。意味もねえのにやっちまう。そんな己に何かしら思ってあいつは、死んじまったんじゃあねえのかな」

芝居に己を捧げるあまり、現と虚の境目が分からなくなってしまった、そんな己に扇五郎は何を思ったのだろう。

お内儀、と寛次は殊更《ことさら》優しい声で呼びかけてから言う。これがお前さんの知りたい答えだ。これがあいつの肚内であったのさ。

「肚の底の底、腑《はらわた》のひだの間まで芝居が詰まっていやがるんだ。どこを突いてもどこをめくっても、芝居浸しで芝居色さあ」

寛次はその場に座り込むと、かぁー、やられたぜ！　喉仏を晒して空を仰ぐ。

「この寛次様ともあろう役者が、あんな野郎の手のひらで転がされちまうなんてなぁ」

そう悪態をつくくせに、空に向けているお顔は晴れやかだ。つられて空を仰いでみれば、なぜだか目尻に涙が湧いてくる。滲《にじ》んでいく視界の端にふと立ち尽くしている子供が映り、ああ、そうであった。お栄は思い出す。

この子供は、扇五郎が橋から身を投げる姿を思い浮かべて、ぽうと熱に浮かされたようになっていた。ぞぉっとするほど艶のある声を出していた。

扇五郎は死ぬ最期の一瞬まで役者であったのだ。

「決めたぜ」寛次は裾を払って立ち上がり、

「俺はこれから女形として演っていこうと思う」

すっきりとそう言い放つ。

「寛次様が女形を？」

くすりと笑うと、なんでぇ、と唇を尖らす。

「笑いたきゃあ笑えばいいさ。だがな、俺がこうして今、女形の格好をしているのも、あいつの仕組んだ芝居の内じゃあねえのかなと思うのよ。そんなら、あいつの手のひらで存分舞ってやろうと思ってさ」

片方の口端だけを上げるいつもの笑みが、ほんの少し艶めいて見える。

「あいつのような役者にとは言わねえ。俺ぁ、橋から飛び降りる気概《きがい》はねえさ。だが、俺も芝居というものに己を捧げてみてぇ」

寛次が手を差し出してくるので、お栄はちょっと笑って扇五郎の文《ふみ》を手のひらの上に載せてやる。それを懐へと大事そうに入れ込んで、森田座へと帰っていく寛次の背中はしゃなりとしなっている。

扇五郎様ったら、とんだ役者だ。死んでまでもこうして男を一人たぶらかす。

ああ、でもそれって、とってもあの人らしい。

お栄はふふ、と声に出して笑ってしまった。あわせて涙が一筋流れる。

川縁《かわべり》を吹く心地よい風を目一杯肚に吸い、お栄は一歩足を踏み出し、ちょいと待って。


お栄はその場でたたらを踏む。

あの人らしい？

足裏の下で砂利が擦れる。

あの人らしいとはなんだ？

お栄は肚から息と風を吐き戻して、考える。

芸事に己の全てを捧げた役者。そんな役者はとっても美しかろう。面白かろう。己の性根がどれかすら分からぬようになり、仕舞いにゃ役者の業ゆえ狂って己で死んでしまった。そんな役者は皆、好きであろう。ずっとずっと語り継がれていくであろう。

それでいい。

役者絵に描かれる扇五郎はそれでいい。誰かが刷り上げる芸談集に書かれる扇五郎はそれでいい。芝居贔屓たちの舌の上に乗せられる扇五郎はそれでいい。

だが、私は扇五郎様の全てを見なければならぬのではなかったか！

役者の業？　そんな皆の好む言葉で腹落ちするな。芝居の空気に呑まれるな。寛次が女形？　寛次につとまるわけがない。顔が綺麗なだけでやっていける世界ではない。仁《にん》も柄もまったくあっちゃあいない。いい話で終わらせてなるものか。涙なんぞ流して、どうする。目尻の水を払い除け、洟をずるると啜りあげ、お栄は勢い良く振り返る。どうしてかまだ河原に突っ立って、こちらをじっと眺めていた子供が、雲脂《ふけ》の散る肩をびくりと揺らした。

そもそも、だ。

お栄は子供に近づきながら、頭を巡らす。

あの文は本物であったのだろうか。

扇五郎は己を作り込むためなら、決して手を抜かないお人であった。だからこそ、どの扇五郎が本物で、どの扇五郎が贋物《にせもの》なのか、女房である己でさえ分からなかったのだ。そんなお人が身投げで残す文が「己死に。ゆえに下手人なし」の一筆のみとは、あまりにお粗末、芸が無い。文字をしたためる墨だって、あの人なら犬の血にしたはずだ。

子供の前で足を止めると、お栄はその細腕を摑む。まだ喉仏も出ていない喉からひっと憐れな悲鳴が漏れても、お栄は腕を離さない。

よくよく思い出して、お栄。

お栄は心内で己に問いかける。

この子は先ほど、なんと言った？

おいら、近くにいたお人を呼んだんだ。なあ、泥面子と同じ顔をしたお人がここに倒れているよってさ、とそう言った。

そんなはずはない。お栄は唇を震わせる。そんなはずはないのだ。

いいいいいいいいいいいいいい
扇五郎の頭は切り取られていたのだから。

鬘屋の話では、誰一人として柳斎の言い立てを相手にしていなかったようだが、お栄はそれを信じていた。なぜってお栄にはわかるのだ。扇五郎に心酔する人間の目は、鏡の前に立てばいつでも見ることができた。

お栄はその目をもって子供を見下ろし、子供の前で膝をつく。

子供は橋の上で扇五郎と喋った際、扇五郎の顔は見えなかったとも言っていた。ならば、どうしてこの子供は、草叢で死んでいる人間が扇五郎であることがわかったのだろうか。

「ねえ、さっき言ったことは本当なの？」

子供がどこまで嘘を言っているのかわからない。だが、子供は扇五郎と話をした可能性があるのではないか。扇五郎が息たえる間際に吐いた言葉を耳にしたのではないだろうか。

膝をついたまま、「お願い、教えて」と両手で子供にすがりつく。

「何が嘘で、何が真実《まこと》なの？」

子供の口がわずかに開く。口から溢れる歯のきらめきが徐々に大きくなっていくのを、お栄は逸る気持ちで待っている。この子供の喉奥にこそ、お栄が心底得たかったものがある。

子供の口に耳を近づけようと膝を一歩前に滑らせた、そのときだった。

袂にずっと入れている紅板が、ころりと音を立てた。

その音はお栄の膝頭に絡みつく。何かを踏み越えようとするお栄の歩みを止める。

それは、小さな小さな音だった。

お栄は耳を塞ぐことができたし、聞いていない振りだってすることができた。そのまま一歩踏み出せば、お栄は己の望みを果たせる。どこの誰よりも扇五郎のお傍に近づいて、肚の底を覗き込める。扇五郎はもういないけれど、お栄はこの先もずっと扇五郎の女房でいることができる。

だが、お栄は。

お栄は、己の唇に、紅を引きたかった。

お栄は目を瞑る。己の短く細い睫毛が肌に食い込むのが分かるほど、強く強く。

お栄は黙って立ち上がった。子供にかろうじて礼を言い、それから子供に背を向けた。

歩き出したお栄は、二度と子供を振り向くことはなかった。


小さくなっていく蓮の茎のような背中を見つめながら、六助《ろくすけ》はほっと息をつく。間近に迫ってきた女の顔は凄まじく、思わず口が解《ほど》けそうになったものの、どうにか声を出さずにおれた。針は千本呑まなくていい。

六助は爪の間まで垢塗《あかまみ》れの己の小指をじいと見る。この小指と絡ませた、血のこびりついた細長い小指はやっぱり犬の腹に入ってしまったのだろうか。

あの日も六助は至極腹が減っていた。六助の腹の虫がこうも鳴くのは、しばらく前まではいたく簡単に飯にありつけていたからだ。芝居町の外れにある家に行けば、毎日のように饅頭が配られた。それらは、皮が破れた、蒸しが甘いなどの客に出せぬ代物《しろもの》なのだそうだが、饅頭の見目など六助にはどうでもいい。犬になり損なったようなそれを六助は腹一杯に詰め込むことができていた。しかし、ある日から戸口を叩いても誰も出て来ぬようになった。六助はかりんとう入りの餡子《あんこ》がひどく恋しい。諦めきれずに戸を叩いていると、歯茎を剝き出した女が家内から現れた。餡子のこびりつくすりこぎを振り回すので、さすがに近づかぬようになった。

足らん足らんと鳴く腹を摩《さす》りつつ、夕暮れ刻《どき》に橋の下へと戻ってきてみれば、寝床の近く、草叢の中に何かが倒れている。

近づいてみると、人である。

行き倒れでありゃあ儲けもの。ひょいと覗き込んでみた顔を、六助はよく知っていた。河原者《かわらもの》とののしって、六助を棒で突きにやってくる子供らから、唯一隠し通した泥面子を取り出してみると、そこに描かれている役者とやっぱり同じ顔をしている。六助は文字が読めないが、名前はたしか扇五郎というのではなかったか。

さらに近づき、そこでようやっと六助は気づく。

仰向けに寝転がる、男の腹には棒が刺さっている。

六助は男の脇横にしゃがみ込む。体からもう血はほとんど出ちゃあいないが、男の周りの血溜まりでは、蟻が何匹も溺れ死んでいた。

腹の棒に気づかなかったのは、お顔のせいだ。吹き出物の一つもない顔には、目玉が吸い付いて仕方がない。すると、屍体だと思っていた顔の二皮目《ふたかわめ》がぱっちり開いた。六助はぎゃあと叫んで、尻餅をつく。

「おっとその声は子供だね」

男の声はがさついていた。だが、喉にこびりついているだろう血の塊を、こそげ落としてからもう一度耳穴に入れてみたい。そう思える声だった。

「いいねえ、いいじゃないか」

男は、扇五郎は仰向けのまま、首をゆっくり動かして、六助を見やる。

「さあ、坊主。この扇五郎の芝居に手を貸してもらおうかい」

にんまり笑ったその歯は、すべて真っ赤に染まっていた。こうしちゃおれぬと立ち上がり、走り出そうとすると「何をする気だ」と鋭く呼び止められる。

助けを呼ぶ、と短く応えれば、

「馬鹿なことをするんじゃねえ！」

飛んできた血の痰《たん》が六助の頬にへばりつく。

「人なんて呼んでみやがれ。夜毎《よごと》じゃ足りねえ。転寝《うたたね》であってもてめえの枕元に立ってやる」

と脅しつけてくる扇五郎には気迫があって、もしや体はぴんぴん、血が出ているように見えるだけなのか。

「し、死なねえのか」と六助は聞くが、扇五郎は鼻で笑って、

「馬鹿言え。腹に棒が生えてからもう二刻《ふたとき》は過ぎているんだぞ。死ぬに決まってらあ」

なおさら、どうして人を呼ばぬのか。六助は考える。腹に棒が刺さった、その理由が関わっていたりするのだろうか。

「その腹、どうしたんだ」

六助の問いかけに扇五郎は寸の間口を閉じ、それから「土手を歩いていたら、道端に何かの糞が落ちていたのさ」と話し始める。

「そいつを避けようと思ったら足を捻ってね、よろけて土手脇に刺さっていた棒に腹をぶっす

りよ。そのまま川縁まで転がり落ちたというわけさ」

六助が呆気に取られていると、扇五郎の目玉がぬらりと光り、あわせてぬらりと舌が唇を湿らせる。この扇五郎がよぉ。

「この扇五郎ともあろう役者が、そんな頓馬《とんま》な死に方をしただなんて、皆に知られるわけにはいかねえだろうが」

九年しか生きていない六助でさえ、思う。そんなしょんもねえ理由であんたは人を呼ばねえのか。

だが、六助は何も言えなかった。この死にかけている男の肚の底の底、腑のひだの間から浮かんだ言葉であるのだと、どうしてかわかった。

「だけどもね」扇五郎はひゅるりひゅるりと喉から息を漏らしながら言う。

「このままおっ死んじまえば、いずればれちまう。わたしは面白おかしく書かれちまう。だからどう芝居を拵えようか、考えていたところにお前が通りかかったというわけさ」

震える手で袂から巾着袋を取り出すと、傍の血溜まりの中にぼしゃりと落とす。

「お駄賃だ」

紐を解いてみれば、中には木の札が一枚入っている。芝居小屋に入るための札らしい。

「これを持って芝居町の森田座へ行きな。扇が五つ舞っている紋を着物でも煙草入れでも、身の回りのどこぞに入れている人間に渡せば、金にしてくれるはずだ。わたしが己の名前を一筆入れて、おまけにわたしの血で印まで押してやっているからね、扇五郎贔屓にとっちゃあ、涎《よだれ》が垂れて仕方がない代物だ。小判五枚は出させるんだよ。四枚以下じゃあ承知するんじゃないよ。わたしの価値が下がっちまうからね」

金子になる手伝いと聞いては、目の前に差し出された小指に小指を絡ませない理由がなかった。

命じられるまま、扇五郎が持っていた飯粒と肉片を混ぜ合わせただらだらを扇五郎の体に塗りたくる。こいつは犬の好物で、食いつきがいいからこれで己の体には犬が寄ってくるはずだと扇五郎は言う。ここまでは手を動かすだけで良かったが、ここからは後日の役目だと言うから大変だ。明日になったら俺の屍体を見つけたふりして人を呼べ。それから一ト月経ったら女が一人来るはずだ。そいつにこの文を渡せ。死に際のくせに何度も書き直し、止めはね美しく書き上げた紙を、六助の手に押し付ける。

「あいつは聞いてくるはずだから、こう答えるんだ。わたしはお前にこの文を託して橋の上から身を投げたとね。いや、まずはお前の身の上を語るがいいね。だけど、そう詳しくは話しちゃいけないよ。あくまで芯はわたしだからさ。あんまり出しゃ張るんじゃあないよ」

六助が手順と台詞を必死に口の中で繰り返しているというのに、この男ったらその上に色々と注文をつけてくる。

「いいかい、橋の上からの身投げはお綺麗だったというんだよ。言葉かい。そうだね、そのお姿、ほんに綺麗でございました。このくらいが丁度いい」

「もしも女が来なかったらどうするのさ」

扇五郎を遮《さえぎ》りたい一心で噛みつくような物言いになる。

「一ト月後ってのも、どうして言い切れるのさ」

「来るさ」

扇五郎は答える。

「一ト月後に。必ずな。それまでは、女はわたしの死に因を調べている同心にせっせと菓子でも運ぶ。ものはそうだね、大福か金鍔《きんつば》か。出来るだけ手が汚れて、包み紙のごみが出る方がいい。それだけわたしの事件が同心の頭にこびりつく。あいつはそう考える」

「そんなことまでわかんのかい」

驚く六助に、扇五郎は口端をきゅうっと吊り上げる。

「あれはわたしの女房だからね」

その言葉は今までの扇五郎の言葉と少し違って聞こえた気もしたけれど、六助は覚える台詞があまりに多すぎて、それどころじゃあない。六助は頭から湯気が出そうだ。何より、何も知らないふりをして台詞を言うのが一等不安だ。六助は芝居をしたことがない。

「おいら、自信がねえよ」

仕舞いにはべそをかきながらそう告げると、扇五郎は血のこびりついていない方の眉毛をついっと上げた。

指でちょいちょいと招かれて、近づいた六助の手のひらに己の血で○を描く。

「こいつはおもいれ。芝居の正本《しょうほん》に書かれる印だ」

六助は己の手のひらをまじまじと見る。

「芝居の筋書きを書いた狂言作者から役者への注文なのさ。ここは心を入れて演ってくれ。だが、その心の入れ方は銘々《めいめい》役者にお任せをする。○を己の台詞に書かれた役者は、己なりに考え、己なりに芝居を演るんだよ」

　手のひらがじわじわと熱い気がするのは、己が興奮しているからか、それともこの男の血が激《たぎ》っているからか。

「だから、わたしがあんまりあれこれ指南してお前が固まっちまうのが一等駄目だ。お前の好きなように演じりゃいいのさ」

「そんなこと言われたってヨォ」

「それなら、仕方がないやねえ」

　話の間も時折小刻みに震えていた男の体が、一瞬の内に漲《みなぎ》った。

「この扇五郎様が直々に今村扇五郎の幕引き芝居の稽古をつけてやろうじゃないか」

　扇五郎の笑みに、六助は血溜まりの上に自ずと一歩足を踏み入れる。ここから稽古が始まった。

「駄目駄目、なにかを思い出す振りをするときには、もっとほんのり目を開くんだよ」

　六助はずっと陰を選んで生きてきた。そんな己が今、半欠け月の光を浴びながら、大きく手足を動かしている。

「大根。その台詞は、もっと息を絡ませるように声に出すのさ。そうまで頬を膨らませちゃあいけねえいけねえ」

　可哀想に。あっちへお行き。汚ねえ。臭え。これまで沢山言葉をぶつけられてきたけれど、この死にかけの男が首に筋を立て、かけてくる言葉の方がなぜだか六助の胸を揺さぶる。

「頭の上にこの扇子を載せてみな。こいつを落とさないように立つんだよ。……へえ、お前、所作事の筋がいいね」

目の前の萎《しお》れた草を女房に見立てて、六助はくっと唇を噛み、すうはあ小さく息を吸い吐き、

「そのお姿、ほんに綺麗でございました」

今のはそこそこ良かったんじゃなかろうか。息を弾ませ、後ろを振り返れば、扇五郎の口が戦慄《わなな》いて、目蓋が半分閉じかけている。六助はしばらく立ち尽くしてから、ぽつりと聞いた。

「死んじまうのかい」

「ああ、死んじまうねえ」

声は出るが、扇五郎の口はもうほとんど動かない。舌だけが、歯の隙間からひらめいているのが見える。時間がない。六助はおずおずと聞いてみる。

「ねぇ、そんならこの扇、もらっていいかい」

すると、「……なんだって？」と扇五郎の舌が震える。

「この扇、おいらのもんにしちまってもいいかい」

六助は、扇五郎が懐から出し、己の頭の上に載せてきた扇子がなぜか手離しがたかった。これから先の心の拠り所にしたかった。だが、

「……馬鹿を言っちゃあいけねえや」

白目の濁った目玉が動いて、六助を見た。

「その扇はわたしのものだよ」

「でもあんた、死んじまうんだろ」

扇五郎は目を見開いた。それからひどくおびえたような顔をして、

「駄目だよ、扇はわたしのものだよ。扇とくればこのわたし。扇を見れば思い出すのは今村扇五郎のお姿で、万両役者の扇と言ったら、今村扇五郎の……」

舌先から力が抜けてゆき、

「……そうだ、そうだよ」ぎょろりと目玉が動くのに合わせて目の縁から血が流れ落ちる。

「土手の上を見ろ！　早く！」

叫ばれ、六助はびくつき土手を駆け上がった。すると、そこには黒い糞が点々転がっている。

「それはなんの糞だ！」

重ねて叫ぶ。扇五郎は血反吐《ちへど》を吐きながら。

「犬だろう！　犬のはずだ！　ああ、俺としたことがそんなことも思いつかなかったなんて。犬の祟《たた》りで死ぬんならとっても素晴らしい死に方じゃあないか！　芝居好きは必ず語り継ぐ！」

六助はしゃがみ込んで、その糞をじいと見る。立ち上がり、土手から川縁を見下ろし、扇五郎に向かって言葉を投げ下ろす。

「猫だよ」

扇五郎の口がぽかりと開くのが見えた。口端から血と涎の混ざったものが一筋、二筋流れ落ちた。

「……猫か」

間違いない。六助は犬とも猫ともしょっちゅう飯の争いをするからよくわかっている。

土手の下から掠《かす》れた声が聞こえてくる。

「犬じゃあねえのか」

声はかろうじて六助の耳たぶにひっついて落ちた。そして、そのあと扇五郎の口が開くことはなかった。

それが、扇五郎の最期の言葉だった。

六助は、しばらくの間、先ほどまで扇五郎だったものから離れなかった。

少し考え、泥面子の顔面になるよう、扇五郎の血で扇五郎の顔に赤く太い線を描いてやったが、すぐさま川の水を掬って消した。寝床に帰って眠り、朝になれば約束通りに扇五郎の屍体を通りがかりの棒手振りに伝えた。棒手振りの叫び声に集まってきた人間らの隙間から、かろうじて扇五郎の体が見えたが案の定、犬に嚙み千切られていて、その屍体が扇五郎なのかどうかわからぬようになっていた。

そして、六助は役目を果たした。

蓮の茎のような背中が見えなくなっても、六助はその場から動けずにいる。

一ト月もの間、帯下に差し込み温めていた文を現れた女房に渡してしまうと、いやに体がすうすうとする。帯の下、腹に手を当てながら、六助はふと思う。

あの男、どこからが芝居であったのだろう。そしてどこまでが芝居であったのだろう。

わたしの芝居に手を貸してもらうと持ちかけてきた、あのときから芝居が始まっていたのなら、もしや、腹に棒が刺さっていた理由も作り話だったのではあるまいか。

足裏に血溜まりがひたひた引っ付いてくる心地がして、六助は歩き出す。

扇五郎にもらった木札は頼まれ事が終わるまではと手元に置いていた。これを売れば金になる。その金で飯が買える。腹はずっと減っている。だがあの日から、扇五郎と出会ったあの日から、六助の肚の底で何かがずっと蠢《うごめ》いている。その蠢くものが、六助の体を発条《ばね》のように動かしている。これはもしや、腹に棒が刺さっていても死の間際まで動き、喋り通しであった、あの男の肚の中にも、いたものなのではなかろうか。

六助は両手を見下ろした。

あの男の描いた、手のひらの〇がいつまでたっても消えやしない。

「一を書き、その横に役者の名前を一文字入れる。名前入りの一の下にその役者の演じる役の台詞を書いていくってのが芝居の正本の書かれ方でな」

〇の説明だけでは物足りなかったのか、手前勝手に言い足してきた扇五郎の言葉を思い出す。

「でもって正本は失くさねえよう、狂言作者が持つ。役者に配られる台本、書抜《かきぬき》は、その名の通りその役者の台詞しか書き抜かれていねえもんなのさ。台詞だけ見りゃあ、誰が正義で、誰が敵役かは、誰の書抜かによって変わってくる。だから、てめえもてめえを芯に置け」

なんでもてめえを主役にしちまえ。

六助はたまらぬようになって走りだす。

誰かの影を追いかけるように、はたまた誰かから背中を押されるように大通りを行けば、気づくと己は芝居小屋の前に立っている。色々な人間が六助を追い越し、すれ違い、ごった返す。六助の目、耳、鼻、口、すべてがかっかと熱《ほて》っている。

六助は扇五郎に貰った木札を木戸番に渡して、鼠木戸をくぐる。

小屋内は、小屋表よりも人熱《ひといきれ》で渦巻いていた。

目の前を通り過ぎる女の紅の色が、草っぱらで緑色ばかり見ていた六助の目に弾ける。

弁当の匂いが、今日まで干からびた墓の供え物に慣れていた六助の鼻をばかにする。

小袖の生地が、子供らから小突かれてきた六助の額をはたはたと撫ぜていく。

聞こえてくる裏方の声は、河原の虫の音よりも六助の耳穴を掻き乱す。

汗か油か、まわりのお人らの髪の艶めきに気を取られている内に、誰かが六助の手を引いている。

六助はその手に搦め捕られるように枡席に収まった。

もしかしたらそれは、犬の血のついた女の手であったかもしれないし、餡子が爪に詰まった手であったかもしれない。針の刺し傷のある手であったかもしれないし、木のささくれで皮のめくれた手であったかもしれないし、油でてかてかに光った手であったかもしれない。

遠くで拍子木が鳴っている。

その音に負けぬよう、女の声が、掠れた声が、上方弁の声が、二人ぴったと合わさる声が、痰の絡まる声が、六助の耳裏から囁いている。

とざい、とーざい。

幕が、開く。

六助は、

実ハ、のちの一六　万両役者、小扇屋《こおうぎや》、今村六助は、目を見開く。
芝居が、始まる。

【主要参考文献】

『増補役者論語』守屋毅編訳／徳間書店／一九七三年
『都風俗化粧伝』佐山半七丸著・高橋雅夫校注／平凡社・東洋文庫／一九八二年
『江戸時代の歌舞伎役者』田口章子／雄山閣出版／一九九八年
『江戸時代の流行と美意識　装いの文化史』谷田有史・村田孝子監修／三樹書房／二〇一五年
『大いなる小屋　江戸歌舞伎の祝祭空間』服部幸雄／講談社学術文庫／二〇一二年
『芝居の食卓』渡辺保／柴田書店／一九九六年
『歌舞伎のびっくり満喫図鑑』君野倫子著・市川染五郎監修／小学館／二〇一〇年
『戯場訓蒙圖彙』式亭三馬著・国立劇場調査養成部芸能調査室編／日本芸術文化振興会／二〇〇一年
『戯場樂屋圖會』松好斎半兵衛著・国立劇場・芸能調査室編／国立劇場調査養成部・芸能調査室／一九七三年
『歌舞伎大道具師』釘町久磨次／青土社／一九九一年
『歌舞伎のかつら　改訂新装版』松田青風著・野口達二編／演劇出版社／一九九八年
『歌舞伎の舞台技術と技術者たち』社団法人日本俳優協会「歌舞伎の舞台技術と技術者たち」編集部編／日本俳優協会／二〇〇〇年
『馬琴の戯子名所図会をよむ』台帳をよむ会編／和泉書院／二〇〇一年
『芸の秘密』渡辺保／角川選書／一九九八年
『江戸歌舞伎』服部幸雄／岩波書店・同時代ライブラリー／一九九三年
『図説江戸歌舞伎事典1　芝居の世界』飯田泰子／芙蓉書房出版／二〇一八年

早稲田大学文学学術院教授の児玉竜一先生に歌舞伎や当時の慣習等へのご助言をいただきました。謹んで御礼申し上げます。

初出
役者女房の紅「小説新潮」2021年6月号
犬饅頭　　　「小説新潮」2022年4月号
凡凡衣裳　　「小説新潮」2022年7月号
狛犬芸者　　「小説新潮」2023年1月号
鬘比べ　　　「小説新潮」2023年7月号
女房役者の板「小説新潮」2023年11月号
なお、単行本化にあたり加筆修正を施しています。

万両《まんりょう》役者《やくしゃ》の扇《おうぎ》

著　者……蟬《せみ》谷《たに》めぐ実《み》
発　行……2024年5月15日

発行者……佐藤隆信
発行所……株式会社新潮社
郵便番号162-8711 東京都新宿区矢来町71
電話　編集部(03)3266-5411
読者係(03)3266-5111
https://www.shinchosha.co.jp

装　幀……新潮社装幀室
印刷所……大日本印刷株式会社
製本所……大口製本印刷株式会社

乱丁・落丁本は、ご面倒ですが小社読者係宛お送り下さい。
送料小社負担にてお取り替えいたします。
価格はカバーに表示してあります。

ISBN978-4-10-355651-0　C0093